名家小说集

一个下午的延伸

乔　叶　著

作家出版社

目录

//一个下午的延伸//

到宣传部上班的第一天，我迟到了。

是因为鞋子。

其实我七点半就来到了县委大院，可是部里还没人。我就在办公大楼后面那所破败的花园里慢慢地转悠着，等着钟点。园里的花大多是易生易长的月季，萧条地抽枝疯长着，高高地擎着艳丽的花冠，仿佛柔弱得不堪一击，又仿佛孤傲得卓绝人世。这些巨大的花丛，多数已不开花，它们膨胀着无用的枝条，肆无忌惮地占据着花园的空间，猖狂得如人类某些难以节制却又盲目至极的欲望……我感慨着，在青砖小路上踱着步，忽然发现自己再也迈不动左脚了。

低头一瞧，原来是鞋跟深嵌在了砖缝里。用力拔了两拔，鞋拔出来了，可鞋跟从砖缝中脱颖而出的同时，也以一条漂亮而简洁的弧线飞离了鞋底。

我束手无策。

透过冬青树的枝叶往外望去，人们已经开始三三两两地上班了。但是没有人发现我，没有人从这条小路上走过。我张了张口，没能出声——我无法也不愿向那些陌生的远远流动的面孔求助。

我焦灼而沮丧地站在那里。过了一会儿，小路上终于走来一位中年男人。我远远地看着他，心里犹豫着。他似乎发觉了我的神情，很注意地看了我一眼，这让我鼓起了勇气。他平静地听我讲完，然后问道："你的脚没事吧？"

"没事。"

他躬下身仔细察看了一下我的鞋子，说："这得到外面鞋摊儿去修。你只好再委屈委屈，我去给你修一下。"

他从包里取出一张报纸铺到地上，让我把左脚踏在上面。

那个星期一的早晨，我就这么静静地站在那所破败的花园里，专心致志地等待着那个陌生的男人。焦灼和沮丧渐渐幻化成了一种恬淡的快慰。

他终于回来了。我穿上鞋子跟着他走出花园。从进办公大楼，上楼梯、转弯，直至将要走到宣传部办公室的门口，他都一直走在我的前面。在推开门的一刹那，他突然回头问道："你找谁?"

"办公室主任。"

"有事吗?"

"我今天报到上班。"

"那你迟到了。"他笑道。

"你也迟到了。"我也笑着跟着说。

"我们迟到的性质不一样。"他说着迅即而自然地收敛了笑容，推开了门，把我向同事们做了一个简单的介绍后，便带我去常委办公楼见部长。我这时才明白：他就是办公室主任。

我们慢慢地走在开满了紫桐花的林荫道上，所到之处都会激起一阵如洗的鸟鸣。忽然，一朵紫桐花优雅地落到了他的身上。他把花拿在手里，抬头朝树上看了看，笑道："紫花才谢尽，绿叶又争荣。看着你们一茬茬地赶上来，就觉得自己老了。"

那天我正好穿着一件浅紫色的裙子，便笑道："你才是绿叶呢，我是紫花。"

他看了看我，笑起来："今天你干吗要走那条小路?"

“你呢？你不是也走了吗?”

“我是习惯了。”

“我是新鲜。”

他又笑起来。他笑的时候脸颊上有两个很大的酒窝，使他看起来像个孩子。

后来我被分到了新闻科。我们接触的机会很少，也很公式化，平日里见面也只是点点头，打个简单的招呼。再后来他被提升为副部长，无形中便和一般的职员拉开了较大的距离。虽然他的言谈举止在我看来一如既往，但同事们背后议论起他来，总说他阴险。我却觉得他阴险得十分有趣，便常常偷偷地观察他。

有一次，我正在悄悄地看着他擦皮鞋，他忽然抬起头，对我轻轻一笑，然后又低下头擦他的鞋子。

原来他早就知道我在窥探他。我的脸红了。

然后就是那天下午。

那天下午，他到我们科询问“县十大新闻人物评选活动”的进展情况。科长不在，我负责候选人材料的收存工作。他让我拿出材料，大致看了一遍，特意把卫生口的材料选了出来。听同事们说，他原来是个医生，看来果然不假。

“这个人也当了候选人?”他笑道。

“材料上说，两年中就破格提了主治医师呢。”我说。

“主治医师怎么了？哪个医生不能成为主治医师？”

“那么容易吗？主治医师相当于教授呢。”

“谁告诉你的？”他笑了，“那是主任医师。”

“我不大懂。”我说。

他在我对面的桌前坐下，兴致盎然地给我讲起了医院的工资、职称、行政结构、人事关系等这些他曾经十分熟悉的内容。我发现他是一个极好的谈手，非常有自己的角度和趣味。而这种角度和趣味又出乎意料地吻合我的心理习惯。于是我们一问一答，谈兴倍增，营造出的谈话气氛十分融洽、活泼和热烈。

当谈到医生的人道主义精神时，我忽然想起一个故事，便对他说：“我读过一篇叫《无影灯下》的小说，讲的是一个医生在给背叛他的女友做阑尾炎手术时，故意破坏了她的生殖系统，结果这个女人婚后多年不孕，事情败露后医生被送进了大牢。不知道这个医生在做手术时是怎么想的？”

“这没什么好奇怪的。医生是医生，可也是有七情六欲的人。人们所说的‘救死扶伤’‘妙手回春’之类的评定都是死的、硬的，可医生这个人却是活生生的。他是白衣天使，但也有魔鬼附身。当天使战胜魔鬼时，他就是天使；当魔鬼战胜天使时，他就是魔鬼。”他神态从容地说着，仿佛在游刃有余地进行着一个手术，“你说的那个医生也是如此。他做阑尾炎手术时，他是天使。他破坏她的生殖系统时，他是魔鬼。其实这种事情再正常不过了。我们每个人都是天使与魔鬼的混合体，我们随时随地都只是这两种东西在斗争。人们之所以会对某些事情感到困惑，只是因为他们没有找到这些事情发生的内在因素罢了。”

“你对人性这么有研究，是不是看了许多哲学书？”

“有人就行了，何必非得看书？哲学无处不在。”

“没想到你悟性这么好，我原以为……”

“我不过是一个狡猾的政客，不是吗？”

我不好意思地笑了，却又蓦然一惊。我的笑等于默认了他的推测，这未免有点儿太危险了。

于是我试图亡羊补牢，说道：“和你聊天我很放松，就像朋友一样。可如果我说了什么不恰当的话，你千万不要介意。”

“你不应当有这种顾虑的。”他含笑道，“以我们相互信任的程度来说，我们所负担的风险值是一样大的。”

我觉得自己在他面前简直是一览无余。好在一览无余和一无所知一样，都可以让人毫无顾忌，于是我索性笑道：“前些天我听说了一件事，有个男人，和你年龄差不多，半个月前和一个女人私奔了。我觉得挺有意思。你们这一代人面临的冲击和诱惑似乎特别多，尤其是感情上的。”

“我说过，人们之所以会对某些事情感到困惑，只是因为他们没有找到这些事情发生的内在因素罢了。这种事其实也很正常。我们这一代人一次次地建立信念、怀疑信念和摧毁信念，直至最后没有信念，心灵所经历的折磨也许是你们难以忍受的。”他点燃了一根烟，“他能够私奔，我其实挺佩服他的。要知道，以这种方式抛弃过去的一切，是需要相当的勇气的。”

“他好像有点儿不太理智。”

“寻求感情的先决条件之一，就是至少得丧失一半理智。”他笑道，“尤其是对我们这些理智细胞相当发达的人来说，为爱情做出些什么已经是相当困难了。”

这是个周末的下午，办公室里很静。一些同事早就偷偷地溜回了家，几乎没有什么人来打扰我们的谈话，除了电话铃声。每接一次电话我都会觉得害怕和尴尬，害怕的是他会突然走开，让我们这次在机关里很难出现的谈话不了了之；尴尬的是我们重新开始接上话茬时往往有点儿不自然。虽然我们很像朋友，但毕竟不是朋友。他是我的上司，我是他的下属，我们不能不互相设防。

但是他在我接了五个电话后依然没有露出要走的意思，我自如了许多。我忽然明白，他在机关里其实也很难找到合适的谈手，他也需要松弛的倾诉。而我对他既没有什么实质性的危险，也能够比较快地领悟他的话。所以，对于这次谈话，他也珍视。

接下来他谈到了他的家，他的妻子，他的孩子。他的孩子在他的描述中显得非常聪明和可爱。

"有时候想想，我现在有房子住，有钱花，在社会上小有地位，家庭也算和睦美满，我就挺满足的。"他说。

"你是不是常常需要找一些让自己满足的理由?"我笑道。

他也笑了："没有你想象中的那种完美的生活，那不过是海市蜃楼而已。在现实生活中，能找到一些让自己感觉满足的理由，已经是一种幸福了。要知道，现在这个世界上疾呼痛苦的人已经越来越多了。"

"你的心理状态似乎平衡得很好。"我笑道，"如果现在有一个非常让你动心的女人在诱惑你，你还会这么平衡吗?"

"能让我动心的女人非常少。既能让我动心又很会诱惑我的女人更是少之又少——几乎是没有的。"他笑道。

"如果有呢?"

"我不知道。"他沉吟道，"我想象不出来。不过我知道，如果有这样一个女人，如果她不向我要求婚姻，那她就决不是真爱我；如果她向我要求婚姻，我就决不会答应她。”

我们都笑了，都望着窗外的婆娑树叶。如果，如果，怎么会有那么多的如果呢？如果我是那个女人，如果我向他要求婚姻，如果……一转脸，和他的目光相遇，我们都迅速地避开了。他的眼神告诉我，他也想到了这个“如果”。

我们静默了片刻。他站起身：“没有别的事，我该走了。今天下午和你谈了许多，收获很大。”他迅速恢复了他一贯的语言表达方式，一瞬间便完成了角色转换。我站起来，面对着他，居然不知道该说些什么好。

走到门边的时候，他又对我说：“以后你们科室的门不要在上班时间锁着，虚掩着就行。不然谁进你们科都得大呼小叫，像什么样子！”

“知道了。”我说。其实我知道他并不是在说门，他是在告诉我，别以为这场谈话有什么特殊意义，谈话过后，我还是我，你还是你，一如从前。

我不由得笑了。尽管如他所言，许多事情的发生都有它的内在因素，没有什么好奇怪的，可是我还是觉得新鲜，觉得有趣，觉得每一个人都实在很有意思。

也许和他相比，我还是太年轻，可是人一成熟往往就老了。和老相比，我还是宁愿年轻。

“十大新闻人物”评选活动结束不久，部里分到了一个去北京学习的名额，时间是半年，食宿和学习费用全部是公报，自然是个难得的好机会。部里很多人都想去，我也想。可我知道凭自己的身份和资历，很难争到这个名额。我知道我也可以去找他，但这么做无疑是在利用我们那次谈话的资本。这对我来说，未免太可耻了。所以我一直没有提出申请。不知为什么，部里也迟迟未定下去北京的人选。

一天早上，我们在上班的路上相遇，他忽然问我：“你看咱们部里谁最适合去北京学习?”

“我。”我开玩笑道。

“你好像没有提出申请。”他说。

“申请了又有什么用?”

“有没有用不敢说，但申请和不申请是不一样的。”他说。

于是，来到办公室我就写了一份申请，交到了他的手中，他什么也没说，顺手塞到了抽屉里。

没多久，去北京的人选定了下来，是我。

我当然很高兴，可是又有点儿担心别人的闲话——我知道我的入选肯定是他的策助。后来果然有人提了意见，他说：“这件事是部长决定的。有什么意见可以向部长反映。”当然没有人敢向部长反映，小小的风波便迅即无声无息了。

有一天，我在走廊上碰到他，低低地向他道谢。他淡淡地笑道："谢我干什么？你应当感谢组织。"然后就若无其事地走开了，好像我的事和他没有一点儿关系。

是的，我们是没有一点儿关系的，除了那次谈话。而那次谈话也已经成为历史了。

可我还是要向他表示感谢。我给他和他的妻子各买了一双优质的皮鞋，给他的儿子买了一身漂亮的儿童套装。其实我知道我实际上大可不必这么做，但我总是一厢情愿地对自己强调：虽然那次谈话只是一次谈话，对他来说也许不过是过眼烟云，对你来说却很重要。它是一张纯美的贺卡，不是一个实惠的存折，你不可以去玷污它。他的心灵可以向你敞开，但他的权力只属于他自己。你不要试图利用他曾经向你敞开过心灵而去和他的权力发生千丝万缕的联系。他的心灵和权力对你来说，根本就是两码事。

我不想欠他的人情。

送东西的时候，我认识了他的妻子。她有点儿胖，挺标致的一副眉眼，衣着、言语中透出一种可爱的家常与平淡的亲近。他的儿子果然异常聪明和灵慧。他常常长时间地注视着儿子，那种神态，简直像一个热烈的情人。

告辞的时候，他一家三口都送了出来。他边走边笑道：

“你这个丫头，我说过让你感谢组织，你还是这么不懂事。”

“组织就是抽象的你，你就是具体的组织。”我笑道。他愣了愣，也笑起来。

在北京的日子轻松而快乐。学习班的学员来自五湖四海，明知无碍于彼此的利害，所以不论什么级别的人在一起，都显得十分放肆和尽兴；但又因为明知仅是半年之缘，所以又都觉得没有深交的必要，在放肆和尽兴的同时也就不自觉地在交谈中进行了保留、省略和夸张。每到这个时候，我就会想起他，想起我们那次真实的谈话。其实我们还可以谈得更深，但我们的缘分在造就我们谈话的同时，也必然限制了我们交谈的程度。所以，只能如此。

这期间我往部里打了两次电话，汇报我的学习情况，恰好他都在。他按下电话的免提键，以一种敷衍的关切在众人的笑语声中询问了我的生活情况和学习心得，然后平淡地鼓励我一番，便告结束。回想起来，当时的每一次通话我们都好像说了很多，实际的记忆里却空洞得好像从来没有开过口。那些谈话与其说是谈话，不如说是一种表演。他表演得一直恰到好处，而我总是一不小心就想越出正常的轨道，飞到那天下午的气氛中去。

那真是个让人迷醉的下午，连沉默与尴尬都包含着无穷无尽的语言。其实，那天下午我们的谈话光明到可以公布给任何一个人听，但我们却默契地把它变成了一个由我们创造、我们分享也由我们占据的秘密。我们都没有向任何一个人讲过那天下午。没有必要。我们没有必要公布这个秘密以证明我们的清白，我们本来就是清白的。持有秘密并不意味着犯罪。也许在很多人眼里，秘密只意味着肮脏和阴暗。他们不明白，秘密同样可以意味着纯洁和深情。而在许多时候，人们之所以会成为秘密的持有者，只是不想让这种纯洁与深情受到世俗的侵犯和干扰。

一天晚上，我忽然接到了他的电话，他说他最近可能会来北京。

“有事吗?”我问。

“当然有，是部里的事。”他说。

我们都觉出这两句话有点儿“此地无银三百两”的味道，但都沉默了片刻，话筒中只听出共振的呼吸声。

“你什么时候来先通知我一声，我去接站。”我说。

“不必了，你去接站我还不放心呢。你只管好好学习吧。”他说。

这是他第一次直接而真实地向我表示关切：不放心。而且还是“我”不放心。他不再用那个概念化极强的词：组织。我的心忽然动了一下，我摸了摸自己的胸，仿佛要按捺住什么。物以稀为贵，大约温暖也是这样吧？我莫名其妙地想。

学习再有一个月就要结束了，离别的气氛被人为地制造了出来。校方早早地催促我们照了毕业合影；一些激情不减的同学已经买了精美的留言册四处请人留言；几个关系不错的同学也开始频繁地结伴外出旅游。我没有参与这些活动，在我的学生生涯中，除了小学毕业时我真心地流过泪，其余的几次毕业我好像都是无动于衷。在我的意识里，同学不过是一个名词罢了。它只能说明某些人在某一段时间在同一个地方吃过大致相同的饭、听过大致相同的课、打发过大致相同的日子，仅此而已。它和军队一样，不过是一种环境的形式。而生活在这种环境中的那些人在思想和情感上并没有什么特别的关联。所以许多人同学了十几年也不过是比较熟悉的陌生人罢了，而有些人只凭着一句话，甚至一句话也不用说，就仿佛已经认识了一生。

由于我对同学之情认识上的这种淡漠，所以我没有参与这些告别活动。我一个人消消停停、清清静静地逛着北京城，逛完了紫禁城、北海、颐和园、天坛等这些皇家地界，就开始瞻仰形形色色的名人故居，顺便再玩赏一番名目繁多的胡同，反正每天早上一起床就有事可做，一出门就有地方可去。在北京像我这么逍遥的人不多，所以我挺知足。

一天下午，我刚回到宿舍，就有人告诉我，有个男人打电话找我。

一定是他。他来了！我确认。除了他，北京没有一个能想起要给我打个电话的男人。

晚上，我又接到了这个男人的电话，果然是他。他告诉我，他们住在北海附近，明天早上我们可以在北海公园门前见面。

第二天早上，在北海公园门前，我们如约相见。他还是那个样子，只是见了我似乎有点儿不好意思。和他一起来北京的还有两个其他单位的人，那个单位想往北京的各大新闻单位送一些稿子，因为我们部里和这些新闻单位素有联系，所以他就来了。

当然，这只是他的理由，其实他完全可以不来。他来也许是为了我，也许不是。不过，不管怎样他都需要这个理由，我也需要这个理由。每个人似乎都生活在理由之中。

“今天不送稿子吗?”我问。

“他们还都在宾馆睡大觉呢。反正来了，也不急这一会儿半会儿的。什么送稿，还不都是挂羊头卖狗肉?”他笑道。

那你呢？你挂的这个羊头又卖的是什么肉呢？我真想问

他，可顿了顿，还是咽了回去。

“学习快结束了吧？”他问。我说是。他笑道：“真快。”

“快吗？”我笑道，“你的话让我想起了一篇短文，写的是一个人上班的时候要路过一棵核桃树。有一天早上他发现树下站着一个小孩，小孩问他核桃什么时候能熟，他一看核桃都青了，就对小孩说，很快。然后他就走了。下午下班，他又路过这棵核桃树时发现小孩还在那里站着。他问小孩怎么还不走？小孩说：‘我在这儿等核桃熟。你不是说很快吗？’这个人这才意识到自己认为的‘很快’和小孩认为的‘很快’完全是两回事。一年两年对他来说都可以说是很快，但一小时两小时在这个孩子眼里都足够漫长。最后这个人说，我这才意识到自己已经老了，像一个腐烂的核桃，隐藏在青枝绿叶间胆怯地张望着地面。”

“你这个故事更让我意识到自己老了。”他笑道。

我们买了票，走进北海。清亮的阳光洒在北海的山山水水间，我们慢慢地在柳荫道上踱着步，仿佛在小心地丈量着一幅巨大的画卷。

“真不能想象，这样的城市里如果没有公园会是个什么样子。”他笑道，“喜欢北京吗？”

“喜欢。”

“为什么?”

“没人管我。”

“真是孩子话!”他笑了，“北京的公园都走遍了吗?”

“差不多吧。”

“去故宫了吗?”

“去了，不过没走完。”我说，“那个地方让我感到绝望。”

“为什么会绝望?”

“房子太多，到处都是房子，好像一辈子都走不出这些房子似的。”我说，“看见那些房子我才明白，为什么皇帝也要时不时地下下江南、私访一下民间、逛逛妓院。”

他开心地笑起来。我们在一张长椅上坐下，轻风微拂，翠柳依依。他闭上眼睛，仰靠在椅背上，一副妙不可言的样子。

那天下午的气氛一点点地包围了我们。

“我真是无可救药了。”他忽然说。

我知道他指的是什么，我也一样。明知走到一起可能会发生点什么，可我们还是走到了一起。

北京既让我们松弛，又让我们紧张。

我提议去划船。

我们都是第一次划船。但他掌握得很快，他似乎在哪个方面的悟性都很好。

我正手忙脚乱地摆弄着桨，腕上的表链子忽然一松，在我还没反应过来的时候就掉进了湖里。一瞬间，我们静静地望着那片湖水，没有说话。

“这会儿可能就沉到底了。”他说，“这里面不知沉进去了多少东西，可外表什么也看不出来。”

“你怎么知道它沉到底了?”我问。

“假设你坐着游艇在太平洋上航行，驾驶员告诉你，下面就是全世界最深的地方，马里亚纳海沟。就在这个时候，有个笨手笨脚的家伙不小心把一颗五公斤重的炮弹从船边推进了海里。炮弹要多久才能沉到海底，你知道吗?”

我摇摇头，吃惊地望着他。

“假如你知道地球上最高的珠穆朗玛峰海拔是八千八百四十八米，你也许就会推测出地球的最低点大概也是八九千米。然后你或许会估计到一件重物大概需要一秒钟才会沉入水深三米的游泳池池底。根据这些估计，你就可以找到大致不错的答案。”他得意地笑道，“这是一道国外的一些公司用来测验求职者是否具有经验和智慧的著名问题。《参考消息》上介绍的。我就是用这种方法来推测你的表的。”

“可见经验真是财富。”我笑道。

“可有时候经验也意味着一种损失。”他说，“比如，当我拥有一种婚姻经验的同时，我就失去了重新选择另一种婚姻的机会。而这另一种，或许才是我想要的。”

我们相视而笑。笑过之后，我郑重地对他说：“我不喜欢听你说这些。”

他静静地望着我，说：“我知道了。”

中午，我们吃的是山西刀削面。他吃了两碗。他吃饭时津津有味的样子让人看着很舒服。吃完刀削面，他问我还想去哪儿？我说还是想去北海。我们就又来到了北海，又坐在了那张长椅上，有一句没一句地说着话，其间的沉默似乎更多些。我们就这么闲闲地坐着，看着夕阳一点点地将湖面染成金色。

“没来的时候，似乎有许多话要对你说，可一见面又不知道说什么好了。”他笑道，“要不这样，你想知道关于我的什么事儿，只要你问出来，我都可以告诉你，决不隐瞒。”

“你想说什么就说什么好了。”我说，“你说什么对我来说都一样，我都能懂。”

“不可思议。”他笑道。

“你不应当怀疑我的倾听能力的。”

“我没有怀疑。我只是觉得你太小。”他说。

“这和年龄没有关系。”我说。我是真的懂，真的。我总觉得有许多人身上就带着那么一股气儿，你一看见他就会明白自己能不能懂他。我是真的懂他。不管他多么阴险、多么世故、多么圆滑，甚至多么残忍，这对我来说都不重要。重要的是：我能懂他，他也懂我。虽然我们使用的唯一工具只是空洞的语言，但语言有时候确实比一切东西都实在。

静园的时间快到了，他拍了拍我的头：“我喜欢听你说话。”

“我也是。”

他忽然低下头，轻快地吻了吻我的额头：“你这个诱惑人的小东西。”他笑着说。

诱惑？我笑了。其实他也在诱惑我。其实我们对彼此的诱惑从那天下午就已经开始了。我们在竭力疏远对方的同时，就已经开始实施对彼此的诱惑。其实我们现在的一切都只是那个下午的延伸。

然而回想起来，存在于那个下午的似乎是两个面目模糊的人。就像我的那块手表，在沉入北海的一刹那，就只拥有那一个清晰的瞬间。而这之后，就再也不能走回从前了。无论我们怎么延伸，我们都不会再找到那个原址。而这种延伸也只会越来越细小、越来越混沌、越来越紧凑，越来越像一根藤，或者一张网。

我们为什么还要延伸呢？

一个月后，我还得回到我生活多年的那个小城，不能永居北京。即使我们能够永居，北京与小城又有什么本质的不同呢？

我们有什么必要继续延伸呢？

我们起身，缓缓地离开黄昏中的北海。

“有没有人知道你出来干什么？”他问。

我摇摇头，望着他笑了。

“你回去后最好不要对别人讲。”他说。

“以我们互相信任的程度来说，我们所负担的风险值是一样大的。”我笑道，“前些天我们学校的家属楼被盗了，所有装防盗门的人家都被撬了门，而那些没装防盗门的人家却都安然无恙。小偷还在墙上留了言：你对我放心，我对你放心；你不放心我，我让你不放心。”

他默默地望着我。

“你真像一个海市蜃楼。”他说。

我摇摇头。其实这个世界上从没有什么海市蜃楼，那些自认为看到海市蜃楼的人不过是眼睛错误的延伸罢了。

出了园门，他叫了辆出租车，先把我送到学校。分手的时候，他没有下车。他从车窗中伸出手和我握了握，说北京真好。

“北京真好。”我也真心实意地说。

出租车司机笑了，他大概是觉得我们说话挺好玩儿。

（《十月》1998 年第 1 期）

取　暖

“师傅，停车。”公共汽车刚刚绕过花坛，他站起来说。

售票员看了他一眼，眼神里似乎有一些不满，仿佛在责备他没有提前打个招呼。但是在车停下之后，她还是使劲儿把油腻腻、黑乎乎的门推开，说道：“走好。”

其实他也没想到自己会在这里下车，不过在这里下车也并不意外。对他这样的人来说，到哪里下车都可以。他之所以要在这里下车，是因为实在太饿了。

腊月二十五，他被放了出来，带他出来的“政府”拍着他的肩膀说：“我们放假，你小子也放假，我们放的是短假，你小子放的倒是长假。过年去吧，敞开怀吃！”

他犯的是强奸罪。

谁也没想到他会犯强奸罪，包括他自己。从小到大，他一直是个有口皆碑的乖孩子，不笑不说话，见面就问好。回家也帮父母干活，学习成绩一直在中上游，没有给父母丢过脸。临了考上了省里最好的大学，每月回一次家，非常规矩规律。这是他的白天。

不知道别人的黑夜怎样，他的黑夜是另一副样子。

他想女人，从十六岁那年在地摊上买过一本叫《香艳楼》的书之后就开始想。想得要死。起初的想是漫天飞流的礼花——乱。没有一个明晰的对象，只要是女人就可以。女人常常是在梦中，模模糊糊的一片白，向他走来，还没走到他身边，他就会跑马。一跑马就完事了，像礼花的尾巴消失在空中，了无痕迹。上了大学之后，功课没那么紧了，身边的同学也都出双入对起来，他便也谈了恋爱。夜里还做那种梦，但梦里的女主角却越来越清楚，而且换得还很勤，几乎每一个入眼的女生，都和他有过柔情缱绻。他把她们都弄了个遍。他要她们怎样她们就怎样，她们要他怎样他也怎样。

当然，梦只是梦。梦想成真的最切实的目标还是她的女朋友。一瞬即逝的礼花长成了精准导弹。他像解方程式一样步骤明确、绞尽脑汁地去解她，进攻她，一次又一次。可总是在最后关头被她拦截。“不行，不行，这不纯洁。”她总是这么说。她和他一样来自乡下小镇，守得紧。

那天夜里，他们去学校附近的一个影像厅去看碟，看的是莎朗·斯通的《本能》，看到莎朗·斯通在接受讯问期间故意轮换双腿在那些男人面前显露自己体毛的镜头时，他觉得浑身的血都沸腾了。他抱住她，她没拒绝。可当他把手往她的裙腰里伸时，她忽然恼了，跑了出去。

他跟了出去，却已经看不见她了。他一个人无精打采地走在路上，斜穿过一个街心公园时，看见了那个女人。那个女人躺在地上，支棱着双腿，一动不动，散发着一股呛人的酒气。刚开始时他吓坏了，以为是个死人。后来他慢慢走近，发现她还在呼吸，而且呼吸得很均匀。他把手放在她的鼻子下，她一点儿察觉都没有。他这才明白她是喝醉了，在这里酣睡。

女人长得很一般，但是身材很好，腿修长匀称。她穿着一条长裙，没有穿袜子，裙子被支棱着的腿掬了上去，连内裤都一览无余。女人的内裤非常窄小，上面绣着隐隐的暗花。

向天发誓，刚开始时，他真是想做件好事，把她送回家的。一个女人深夜躺在这里，危险是显而易见的。他的学校在这所城市的西郊，夜里的行人本来就很少。

“喂，喂。”他把裙子给她放好，拽她。

女人不动。明明不胖的女人，拽着时却死沉死沉。他又拽了一次，女人依然没有一丝反应。第三次拽她的时候，他一着急，抱住了女人，女人也揪住了他。

“不要走，不要走，留下来陪我……”她喃喃着，哼哼唧唧，带着点儿撒娇和放荡。她把他的手按到他的胸上，重又睡去。他的头一下子就大了。她的软绵绵的腰，她的丰满得要爆炸出来的胸，她内裤下面透出的神秘的黑丛，她全身散发出来的甘冽的体味……她是女人，是使他如饥似渴的女人。这是个机会。

车越来越少，行人也越来越少。他守着这个女人，矛盾着，煎熬着。零点过后，他算了算，已经有一个小时没有人打这个街心花园路过了，女人还在睡，似乎要一直睡下去。

他终于蹲了下来。他拨开了女人的内裤，看见了那个魂牵梦绕的秘密。然后，他用小刀把女人的内裤一点点切开，让自己的秘密闯进了女人的秘密里。在他动的时候，那个睡中的女人似乎是很舒服的，甚至有几声轻微的愉快的呻吟。可是当他结束了之后，她睁开眼睛，一切就都变了。

他被开除了学籍。在看守所待的两个月间，母亲从始至终都是像祥林嫂那样自言自语：“他怎么这么傻啊?!”父亲只说了一句话：“这么没出息的罪，还不如杀个人呢。”女朋友给他转来了一封信——当然是绝交信，痛斥他“下流，无耻，龌龊，肮脏，卑鄙，让全世界人都恶心”。

他被判了六年，因为表现好，减了两次刑，住了四年。服刑的监狱离家有一千里，四年间，母亲去看过他一次。

脚挨着土地的一刹那，他打了一个趔趄。坐得太久了，酸麻的腿让他有些失重。他背着一个深蓝色的旅行包，上面洒着黄色的小圆点，如同夜空里的星星。星星上印着两个硕大的连体字：北京。下面是一排相应的汉语拼音，也是字母和字母搅缠在一起，很热闹的样子。包的上半部明显是瘪的，这使包看起来很轻。

天正在下着小雪珠。很机灵、很调皮的那种，到手里，“刷”的就没有了。不仔细体会，连瞬间的凉润都是察觉不到的。到了衣服上，也是一刻间就消失了。弹到熙熙攘攘的路上，更是无影无踪。只是当人深吸一口气的时候，才会觉得鼻子里多了些冰辣的味道。

这是一个小镇，可也不是很小，比他家住的那个小镇似乎还要大一些。不过仿佛也是连一条正经的大街都没有。他走的这条街，一定就是最宽敞的了。相当于长安街在北京了吧？

这种小镇的格局，他是熟悉的：左边是“幸福烩面馆”，右边是“小玉粮油店”，前面是“换面条”，旁边一行小字：一斤面换一斤二两面条，特细，二细，一细，一宽，二宽，特宽——这些都是面条的型号。再往前是“黎民百货”，门口还放着一张铁丝床，床上用木板压着一摞春联，春联上面还覆着一层油布。过往的人们没有谁看它一眼。这会儿，哪家的东西只怕都备齐了。他沿路过来，已经看到好些人家都贴上了春联，红红的，青青的。贴青联的人家肯定是白事不足三年的。这些习俗，从他小时候起就这样。

今天晚上，是大年夜。

街实在是很短。他从南走到北，又从北走到南，没有看见一家饭店开门。所有铺面的卷闸门都拉下了脸，如同秋天的扇面，不动声色地裹着一股寒意。

肚子咕噜咕噜地叫着，他真是太饿了。当然，到百货店里买包饼干也不是不能垫垫，关键是，他已经两天没有吃上一顿热热乎乎的面了。天生就是吃面的命。这会儿，要是能吃上一顿面，喝碗清面汤，该有多么好。这两天，他基本上都是在汽车上过的，下了这辆上那辆，就是想离家越远越好。晚上随便找个旅馆，一蒙头就睡，第二天继续上汽车。一直赶到现在，吃的都是饼干。要是再吃下去，他觉得自己身上都变成饼干肉了。

“请问，哪儿有饭店?”他拦住一个正路过他身边的女人。女人腋下夹着一捆腐竹，匆匆忙忙地向前走着。听见他问，似乎被吓了一跳，随即呵呵笑起来。

“没有了，都关门了。回家过年呢。”她说。

“一家也没有?”

“没有。”

愣着的当儿，女人已经走远了。

他知道自己下错地方了。

雪下得比方才密了。然而没有风裹着，它下得似乎还有些犹疑。疏疏的、大大的朵片一点儿也不着急地盘旋着，迟迟缓缓地悬着，然后，低，再低，直到挨着了那些能挨着的物事。渐渐的，在屋顶，在路边，在所有人动不到的地方，涂出了水粉一般的轮廓。

他从包里取出伞。伞是鲜黄色的，非常好看。这是他在监狱里劳动时亲自生产制作的，是他们的日常工作内容之一。伞面上印着“一路走好”。在他们监狱，每一个刑满释放人员——这两年已经叫“归正人员”——的出监仪式上，“政府”都会赠送给当事人一只礼盒，盒里有一本《公民道德规范》，还有这把伞。

他撑开伞。傻站在这陌生的街上有一种引人注目的滑稽。

他重新走了起来。走了一会儿，他看见刚才那个女人又从一个巷口奔出，肩上落着零零星星的雪花。这次她手里拎着两捆粉条。

“那……请问，有没有旅店?”他跟上去，问道。女人站住了。大约对他如此迫切地想找一个吃饭睡觉的地方感到好奇，她使劲看了他一眼：“没有。”

他不知道该说什么了。

“你在这儿没有亲戚朋友?”女人问他。

“没有。”

“那你来这儿干什么?”

“回家。路过这儿。”

“哦。”女人发出一声短促的感叹，眼神里有了一点儿同情。大年三十还得赶路，是够凄惶的。

“有没有哪一家能让我住一夜的?”他连忙抓住这点儿同情，“请你帮忙介绍一下，价钱好商量。”

“大过年的。”女人皱着眉，“哪家人都多。”

他们说话的时候，有人叫那女人“四婶”，有孩子叫那女人“四奶奶”，女人都答应着。一个骑自行车的男人干脆停下来听他们说话。

有一个女人，打着红伞，路过他们身边的时候，和“四”

互相看了看，谁都没说话。女人走了几步，回头又看了看他。他知道女人是在看他，他没有看女人。已经几年没正经接触过女人了，他简直不知道该怎么面对女人的目光。不过不用看他也知道，女人很年轻。

“四婶。”骑自行车的男人“扑哧”笑了，悄声朝打红伞的女人努努嘴：“小春家不行吗？正缺着呢。”

“要说你去说，我不管这账。”“四”笑着，走了。骑车的男人也猫着腰，紧蹬着车，顺进了一条小街。

小春，一个茫然的名字。小春家，一个茫然的地址。缺着？一定是男人。别是个寡妇吧？

他走进“黎民百货”，要了一盒烟，一边抽着，一边继续往前走。

这烟有点儿呛。或许是他几年都没抽过烟的缘故了。他舍不得抽。这四年，家里没给他送什么钱。他的钱，全是自己在监狱里挣的。监狱和保险公司签订了服刑人员短期生活保险业务，只要愿意，每人每月都可以根据自己的实际情况从劳动报酬中拿出一些钱进行个人投保。监狱还根据每个人的具体表现，以当月的有效考核作为标准，再奖励一定数额。四年里，他每月为自己投保了四十元，出狱的时候，领到了近两千元。出狱之后他花掉了一些，现在也还有一千五。

为了这些钱，他在监狱里使了浑身解数去表现。“政府”安排的事，他一定会做好。“政府”没安排的事，他也见缝插针地去做。最脏的活儿——刷厕所里的尿碱；最累的活儿——给大厨房的瓷砖墙从上到下清除油渍；最巧杂的活儿——拾掇电器、维修线路、烧锅炉；最危险的活儿——站在七楼窗台外擦玻璃，大冬天，木疼的手，紧抠着里墙，不能往下看，随时会掉下来……这些，都是他抢着干。别人骂他，他置若罔闻。别人打架打到他身上，他躲开。他不想被扣分，扣分就是扣钱。就是这样，他攒了这些钱。他是有福气的，只是自己把福气浪费完了。以后的福气就得靠自己攒了。他知道。

早先还没出狱的时候，他就把这笔钱筹划好了，它得派上大用场。他得用这钱给自己，尤其是给父母，夯出一些好日子。他还年轻，二十六岁，还有过头。父母却是过一天少三晌，他再不抓紧就来不及了。

“今天我归正了，犯罪到此结束，新生从此开始!”这是他在出监仪式上的宣誓。宣誓的时候，他有点儿别扭，觉得这话有些变形。在心里，他早就把这话说了千遍百遍，不是这么个感觉。仿佛一个每天见面的家人，突然抹了脸上了戏台子。怎么看都很遥远，怎么咂摸都串味儿。但这话里的核是结实的，是掏他心窝子的。

前天回到家的时候，刚喝完母亲给他倒的一杯水，正准备把钱掏给母亲，父亲就回来了。看了他一眼，没说话，就进了卧室，再也没有出来。母亲跟进去了一会儿，说："要不，你先去别的地方躲躲吧？过了年再回来。你爸爸心脏不好，让他慢慢地把气儿顺下来。"他二话没说就拎着行李出了门，随便上了一辆公共汽车。

他能去哪儿躲呢？认识他的人都知道他是一摊粪。倒是陌生人的眼睛，只怕还可能会觉得他是一枚放干了的点心。

无论如何，他得往前走。要么坐车，可一直没有车来。要么找个人家住下，不然这夜冻可真够他受的。

他决定再问问。

他走进一家理发店。店里有两三个年轻人正在嗑着瓜子打牌。他一进去，他们都停下来看他。

"理发？"一个头发很红的男孩子说。

他下意识地想要去摸自己的头，又停住了。服刑时不能留长发，一层拱出头皮的硬茬，理什么呢？

"打听个事。"他说。

"什么？"

"我路过这儿，想找个地方住……"

"没旅店。"红发男孩打断了他。

“有没有哪家房子宽敞……”

“没有。”

“怎么没有？小春家啊。”另一个男孩子说。他们嘎嘎地笑成一片。在他们的笑声中，他不知道自己该不该笑。很孤独地站着。

“去吧，去小春家。沿着这条街一直走到北头，左拐，快出镇的时候，有一家小春饭店。”

“方便吗?”

“怎么不方便？方便着呢。方便得不能再方便了。”

又是一阵嘎嘎地大笑。

他出门，又是小春家。小春怎么了？她是个什么样的女人？会让他们笑得这么暧昧，这么放肆？他的心潮乱起来。不然，就去试试吧。既然她开着饭店。如果不能住，能吃点饭也是好的。如果不能吃饭，找个由头喝杯热水坐一坐暖和一下，也是好的。

他走到街的北端，左拐，一会儿，果然看见了一栋白房子。

暮色渐渐地重了，有鞭炮声不间断地响着。也许是因为处于小镇边缘，隔着那么多的树木和庄户，这鞭炮声听起来很奇怪：很近，但不刺耳。也很远，但又不渺茫。似乎有些像电视里的声音开大的效果，把那些棱棱角角都磨柔了。

他走上去。饭店是两间，门上一个木牌，写着“小春饭店”。门前有一棵小树，光秃秃的看不出是什么树，枝杈上挂着一个拖把，硬邦邦地擎着身上的布条，像一个冻僵了的人。玻璃窗很大，上面贴着几行字：“主营：烩面，拉面，炝锅面，炸酱面，手工面，米饭，水饺，精美凉菜，香热炒菜，欢迎光临，物美价廉”。

对联已经贴起来了，上联是“柴米油盐乾坤小”，下联是“万紫千红总是春”。初读着有些不伦不类，却也别有一种乡村野趣。再一琢磨，句尾里藏着“小春”两个字，他就不由得笑了。

他推开了门，一瞬间便闻到了一股诱人的香味，他一下子便断定，这家盘子里的饺子馅儿是芹菜大肉的。

“谁?”一个小女孩的声音。他看见了那个小女孩，四五岁的样子，穿着一件粉白色的外套，头上扎着满当当的细辫子，像个蒙古娃娃，滴溜溜地望着他。

他笑了笑。

“你家大人呢?”

“妈，有人。”小女孩喊。

一个女人走出来，应该就是那个打红伞的女人。她上下看了他一眼："有事？"

"吃饭。"他说。他下意识地抹了一把自己的脸。他知道自己穿得很滑稽：裤子太短，衣服太宽。这都是别人给他的。

"今天不给别人做饭。"小女孩说。

"不着急回家了吗？"女人问。

"嗯。"

"那，你坐。"女人说，"想吃点什么？"

"什么都行。快点儿。"他实在是饿极了。

吹风机呼噜噜的声音，油嗤啦啦的声音，汤咕嘟嘟的声音，此起彼伏地忙碌着，像赶着集。一浪一浪的气息涌出来，侵袭着他的肺腑。小女孩端出一只茶杯放在他的桌上。

"妈说，先喝口热水暖暖身子。"她的声音像嫩豆腐。

蒙蒙的水汽匀匀地润上了他的脸。

他打量了一下店里。店里的格局是两室一厅型的，他站的地方是厅，厅的一角摆着一个玻璃柜，柜下摞着一叠雪亮的大白方瓷盘，大约是平时放小菜用的。玻璃柜后面还立着一个书柜，上面放着几样白酒，全带着包装盒，崭新的样子。厅里摆的全是长方桌子，空间大的摆六座的，空间小的摆四座的。大约是不准备迎接客人的缘故，有几张桌子被挤到了一边，厅中间的地方显得大了起来，摆着一个煤球炉子，他的桌子就在炉子旁边。炉子封着，但热气还是毫无阻碍地传过来。厅的东墙上一溜三个门，一个窄怯一些，把手上闪着油光，里面有扑扑簌簌的响动，应当是厨房。女人刚才就是从这里面走出走进的。另外两个宽大一些，挂着帘子，应该是雅间。

这个格局，很像是监狱里亲情餐厅的格局。

亲情餐厅是监狱里近两年才设起来的。供服刑人员和亲人聚餐用。还有鸳鸯房。鸳鸯房是给夫妻的，他当然不敢想。就是在亲情餐厅能吃顿饭，他也没想到。母亲前年去看的他。当他接到通知的时候，几乎傻掉了，走路都不知道该先迈哪条腿。母亲几乎是从没有出过远门的人，一千多里，长途汽车、火车、公共汽车、三轮车，全都坐一遍才能到达他服刑的监狱，母亲就这样摸来了。在会见室，他和母亲一人拿着一个电话，却没有说什么，母亲只是哭。开始他也哭，后来他不哭了，他只是看着母亲。母亲老得那样厉害。他知道：她的皱纹，新长的，都是自己一刀一刀刻上去的。旧有的，也是他一刀一刀刻深的。

母亲在监狱的招待所住了一夜，第二天，他们在亲情餐厅吃了饭。四个菜：拍黄瓜，小葱拌豆腐，番茄炒蛋，红烧肉。还有半斤芹菜大肉饺子。他把红烧肉给母亲一块块夹进碗里，母亲又一块块地给他夹回来。他吃，大口地吃，噎得喉咙生疼，香腥得让他想要呕吐。他拍拍胸脯，对母亲笑。

结账的时候，他拦住了母亲：“我有钱。”

“贵。”母亲说。

吃完饭，他们又在餐厅坐了一个多小时。母亲说她该走了，赶下午六点的火车。父亲心脏不好，她放心不下。

“妈，好好的。”他说。

“我们一把老骨头就这样了。你得好好的。”母亲说。

他们吃的那顿饭，花了四十八块钱。餐厅给他开了一张大红色的收据，他一直收着。没事就看看，没事就看看。

厨房里的声音单调起来。咣，咣，咣，应该是菜出锅了。女人先送上来一大碗肉丝面，随后又用盘子盛上来一个青椒肉片，还开了一瓶半斤装的“玉液酒”，给他满上。又在厨房里忙活了一会儿，端出一大盘香气四溢的饺子，喊着孩子过来：

“一起吃点儿饺子。大年夜不吃饺子是不行的。”

他埋下头吃着，一句话也没有说，一会儿头上就冒出了热气。

窗户外的暮色渐渐地靛蓝了。往外看去，被越来越紧的雪衬着，靛蓝里又现出点儿粉白。他又点上一根烟，听着外面的车声。“突突突”的是活泼的时风农用三轮车，“轰轰轰”的是雄壮的双斗拉煤大卡车，“哒哒哒”的是热闹的小四轮拖拉机，

“嗤嗤嗤”的是安静的自行车。远远的，他似乎还听见有公共汽车的声音传来，咿咿呀呀，匆匆忙忙。

他慌慌张张地结了账，拎着东西走出门，那车已经绕过花坛走了——没有人在这小镇的边缘下去，因此，它似乎也知道根本不必节制一丁点儿速度，浪费一丝丝多情的停留。

一出来，就不好再进去了。

空中的鞭炮仍在响着，路却陷入了沉寂。他撑着伞站在路边，觉得手脚都冰冷起来。鲜黄的伞在雪中没了鲜气儿，被雪罩着，露出斑斑点点的黄。他踩踩踏踏，踏踏踩踩，暖意如调皮的孩子，总不会驻留太久。一股鞭炮的烟味融在雪里，沿着空气弥漫过来，浓浓地凝着，像是在冰箱里冻稠了。有行人过来，总要奇怪地看他一眼，他不由自主地往后退缩着，一点一点退到挂拖把的树前，觉得自己也渐渐地像一个拖把了。

“妈让你进去暖和。”小女孩探出头来说。女人已经为他倒好了水，炉子盖掀开了。橙红的火苗一朵一朵绽放着，像一块圆铁开出的奇异的花。

电视上正演着绚丽而遥远的歌舞。小女孩指指点点地跟妈妈说着：

“……彭丽媛，彭丽媛……”

“……宋祖英，宋祖英……”

“……赵本山，赵本山……”

他们都盯着电视。

“这镇子上，从来就没有旅店吗?”他问。

“没有。”

“饭店怎么全都关了门?”

“都回家过年了。”

“那，你们怎么不回家呢?”

女人不作声。

“我们家就在镇上。”小女孩说。

“那你怎么不回家和爷爷、奶奶一起过年呢?”

“我没有爷爷、奶奶了。”

“你爸爸呢?”他问小女孩。

小女孩看了他一眼，自顾自地指着电视说：

“潘长江，潘长江!”

小女孩渐渐地有些困乏了，眼神懈怠起来。女人从厨房打出热水，给她洗过，便让她睡去了。

“我走了。”他也站起来。女孩的入睡让房子一下子大了许多。他觉得自己再也没有理由待在这儿了。

“不会有车了。”女人说。

他还是拎起了包，有没有车他都得走。

“就住在这里吧。”女人说。

“方便吗?”

女人没有回答，起身走向厨房。他看着她的背影，想起那些男孩子们的话：方便得不能再方便了。

“多少钱?”

女人自顾自走着，依然没有回答他。

一会儿，女人回来了，叫他。他跟着穿过厨房，从另一个门出去。与厨房并排还有一个门，走进去，是一间窄横的屋子，方位应当是两个雅间的正后面。一个立柜和一道布帘把横长的窄屋分成了两部分。里面铺着一张床，立柜挡着，布帘没拉，他看见了床头。白花绿叶的被子上露出小女孩红艳艳的脸，像被窝里孵出了一只苹果。外面放着一个茶几，两个沙发，一张桌子，桌子上放着台灯、日历和闹钟——也放着一张床，床上方贴的全是奖状，肯定是孩子的。“……该同学成绩优秀，团结同学，热爱劳动……被评为三好学生……”最新的一张，落款是新年的元月，寒假前发的。

“孩子挺出息的。”他说。

女人笑了笑。

床上什么都没有，一张光板，被褥像小山一样堆在沙发上。

“我们把它抬到厅里。”女人说。

他站着。

“外间的桌子，拼拼也行。”他说。

“桌子不平。”

他们抬起床，他倒着走，她正着走。到厨房那儿，差点儿卡住。他们倒腾了好大一会儿才勉强把它弄了出去。

女人铺好了床，才九点半，还早。他们又在炉边坐下，默默地看着电视。

“多少钱，大姐?”他突然又问。这话存在心里，到底不踏实。他得问清楚。估摸着不会很贵。刚才吃了那么一顿饭，她才收了他十块钱。

“什么?”女人很困惑。

“住一宿。”

“算了。”女人说，“这又没什么成本。”

“可是太麻烦你了。”

“没什么。”

“店里只你一个?”

“还有几个工，都回家过年了。”

女人的话渐渐多起来。问他是哪里人，做什么事，算了算他离家并不是很远，怎么今天不想着法子回家。除了老家的地址是真的，其他的他都扯了谎——他当然得扯谎。他说他在外面打工，刚回到家就和家里人闹了别扭，一气之下就出来了。家里人个个都比他有出息，都嫌弃他是个打工的。

“年轻人，气性大呢。”她说，“多半是你错处多。大过年的，家里人说你两句，你就让他们说两句。什么嫌弃不嫌弃的。”

“大姐。”他突然想逗逗她，“你也不大。”

“我三十一了，还不大?”

“顶多像二十五六。”

“你就别忽悠人了。”女人笑着封了炉子，“睡吧。”

夜越来越深了，但是并不寂寥。鞭炮声隔着层层的墙壁，又添了几分茫远。棉被上有一种很好闻的清香，有点儿像浸了米酒，甜淡甜淡。许久没有闻过这种清香了。他伸了伸双臂，把腿蹬得很直，一股麻酸的细流顺着全身的血管快速地窜游到了全身，一瞬间又集合在了一个地方，让它膨胀了起来。

他屏住了呼吸。

他想女人，从来没有停止过想。监狱里的夜晚，男人们的汗臭掩不住那种腥液的味道。一开始，就有人把他当女人。一天一封给他写情书，承诺给他“政府”之外的所有保护。偷偷塞给他烟和丝袜等一些小玩意儿，洗澡时和他凑一块儿，干活儿给他搭把手，吃饭时往他碗里捡肉……后来，也有人把他当男人。对他捏着嗓子，扭着腰，飞着媚眼儿，有事没事都绕着他腻腻歪歪、挨挨擦擦、晃晃悠悠地转几圈儿……他都拒绝了。男人的气息一靠近他，他就浑身起鸡皮疙瘩。他是男人，不是男人他进不了监狱。他在床上要的，只是女人，女人和男人不一样。他为女人犯了罪，可他还是不能不想女人，女人好。

监狱四年，女朋友没有再看过他一次，遥远得像一个梦。他也不再存那份奢望。她是他出狱后遇到的第一个，对他来说，称得上具有真正女人意义上的，女人。

这是个什么样的女人呢？他捉摸不透。她是在可怜他吗？可她并不知道他是什么人。她想赚他的住宿费吗？可她明明说“算了”，况且，以她生意人的精明，难道不知道和他同住一间的危险，要远大于住宿费的利润吗？她看起来并不愚笨，可做的事情却有悖于最基本的常理。他不过是个陌生的路人，她为什么要对他这么好？好得实在有些可疑，有些不通情理。

正缺着呢，方便得不能再方便了。他又想起那些人的话。她是兼做那种生意的女人吗？他忽然判断。她没有男人，这是肯定的了。一个女人带一个孩子，支撑一个饭店，做那一行确实是很方便的，说不好饭店的生意和这个比起来，也只是捎带的利润。最起码，她也是个鸨头——鸨头多半自己也都做的。过年这些天，没有什么车路过小镇，她的客人就短了。

可她看起来实在不像。当然，不像也不能说明就一定不是。在监狱里听一茬茬的男人说女人，其中就提到过一种女人，说这种女人看起来很正经，很正常，一点儿也不风情，甚至古板得要死，可是一到男人身下就浪成了落花流水，天上人间。

他觉得自己浑身的火就要着了。如果她真是那种女人，她会要多少钱？他该怎么办？做不做？就这么挺着等她喊？或者自己先喊她？女人有时候是会装装羞的。她男人不在家，她或许早就熬坏了吧……这种小地方，肯定不会很贵。或者，干脆不给她钱？不做白不做，白做谁不做？谅她也不敢把他怎么着。她强不过他，她还有个女儿呢——不过，还是给她吧，她对自己不错。要不是她，今天晚上他就成冰凌了。她也不容易。

他打定主意，如果她来找他，他就做。这回即使被人发现，也算不上犯法了吧？顶多是个拘留，正好有地方过年了。反正回去也没人看出他的好来，他妈的，痛快一把是一把吧。

墙上的表滴滴答答地走着，像细碎的女人的脚步。在这脚步里，女人真的起来了。他听见她打开一道又一道门，轻轻地，来到厅里。摸索着朝他的方向走过来，他赶紧闭上了眼。

“睡了吗?”女人问。

他没有回答。

女人在桌边停下，猫一样在抽屉里轻柔地抓翻着什么东西，似乎有一滴滴微微的、透亮的叮叮当当的金属响，仿佛雨珠落在了剑上。他一动不动地躺着。她在找什么？刀子吗？她以为他会有多少钱？血里的浪头涌上去，又落下来。他忽然有些明白了她的小店为什么要开在小镇边缘，为什么大年夜里还会留他住宿吃饭。另一种可能在逼近着。

女人走到他的身边。他静静地躺着。

“喂。”女人低低地喊。

他沉默。

“喂。”女人俯过身，氤氲的汗香随着她的呼吸探过来，罩着他的肺腑。在眸缝里，他又看见女人眼睛里的亮，一闪一闪，毛茸茸地扎着他，又热、又痒、又疼。他格外分明地听到自己的喘息，风箱一样。

女人伸出手，推推他的被子：“快十二点了，你起来帮我放炮吧?”

他蒙怔了片刻，起身，披上衣服，两个人来到门外的一小片空地上，女人把火机和炮递给他。炮响了起来，迫炸着他的耳膜。已经很久没有放过炮，也很久没有听到过这么近的炮声了。他震了震，仿佛骨头末子都被震了下来，却又被震得浑身漾暖。炮的亮光炸得他有些晕眩，不由得眯了眯眼睛，有火星跳跃着弹过他的手臂，勾起一片片温麻，让他觉得自己的皮肤仿佛喝了一股刚出锅的姜水。火花的明灭中，他看见了女人的脸。女人有些兴奋地用手捂着耳朵，胆怯中含着几丝娇媚。她的头发有些蓬乱，眸子上镀着鞭炮映射的星星点点的晶莹。

“会不会吓着孩子?”他问。

“不会。”女人说，“我用枕巾给她堵着耳朵呢。”

回到屋里时，方才鞭炮的明亮一下子把屋里衬得很黑。女人扭开了一盏台灯。他坐在床边，等女人去睡。可女人没有立刻就走。

“先别关灯，我一会儿就来。”她说。

一会儿就来?一会儿来干什么?这句话有意思。她要他等她。她到底还是要他等她了。

他蹑手蹑脚地跟过去，听见女人打开柜子找东西的声音。他挪到门缝那儿，看见女人翻出的桃红色衬衣，粉绿色裙子，宝蓝色内裤，柳翠色胸罩……她是在找避孕套吗?听说做这一行的，都得有这个。

血又跳起了舞，空气重新变得异样起来。他回到床上，用手抓住床单，一下一下地揉着。他不是毛孩子了，得坚持到最后。

女人终于过来了。

“给你。”女人把一件东西扔到了他的床上。

是一条男人的秋裤。

“你的秋裤腿扯了。”女人说，“明天我给你补补。”

他的脸抽搐了一下。他全忘了，他的秋衣秋裤两侧都压着两条粗糙的白边，这是犯人服的标志。许多人出狱时都扔掉了，他没扔。他没有多余的秋衣秋裤。反正穿在里面也没人看见，他原本这么想。

他看着她。

女人又从口袋里翻出一张纸，递给他：“你的东西，刚才结账时，掉地上了，孩子捡着了，忘了还你。”

是那张他和母亲在亲情餐厅吃饭的收据。他一下子坐直了，接过来。

“睡吧。”女人也看着他，“孩子的爸爸，也在里面。八月十五，我去看的他，也是在亲情餐厅吃的饭。”

他不再看女人，只盯着那条秋裤。

“犯的什么事?”许久，他问。

“故意伤害。”女人说，“镇上一个流氓把我糟蹋了，孩子他爸揍了他，把他打残了。”

他们都沉默着。寂静中，他们听见了雪落的声音。

“那个人呢?”他终于问。

“还在这镇上。”女人说，“我不懂，没留证据，告输了。不然，孩子他爸也不会下那么重的手。”

“睡吧。”女人又说，“明天就回家去。回家多好啊。不管怎么着，家里人也是盼着你回家的。”女人关掉了灯，“再有两年，他就能打上你手里的黄伞，出来了。”

他仍旧坐在那里。女人也站着。雪光映着，如月光一样，屋里的轮廓一寸一寸地朗净出来。

女人忽然想起了什么，把窗户打开了一道两指宽的缝。

“屋里有炉子，别煤气中毒了。”她说。

一股清甜的气息顺着窗缝挤进来。透过那道窗缝，他清晰地看见，窗外的雪，如层层的纱布一般，下得正好。

深呼吸

一

那天下午，她一直隐隐地觉着有些异样。但这异样没有任何证据，她就没有让这异样任性。工作是不能任性的，尤其是她的工作。于是，她放弃了直觉，走进永安巷。

快走到 54 号的时候，异样的感觉再次袭来，而且越发强烈。这种强烈明白无误地告诉她：异样的发生源已经很近了。甚至，已经到了。如果靠近了放酒的窖子，酿醋的坛子，焐酱的缸子，那感觉也许都是这样吧？或者，就像她曾经被刺腹杀掉的那个孩子。几乎每个夜晚，当她脱衣睡下，抚着那道伤疤无边冥想的时候，那种血腥的气息，都会从她身体的下端逆流而上，在她的唇上和眉下萦绕，让她清清楚楚地嗅到，久久不散。

发生源只能是54号。

但还是没有什么可疑的现象。没有“尾巴”，没有“肠子”，也没有“帽子”。

“麻花哎！大麻花哎！又酥又甜的大麻花哎！”

卖麻花的老人仍旧一趟趟地吆喝着，声音依然是那么嘶哑和慵倦，像这漫长的秋日的午后。

她正路过的是财顺号，是这个城市小有名气的馆子，门口是大大小小的瓦坛，盛着各种各样的酒。三开间的铺面，以她高跟鞋的窄小跨幅，得三十三步才过得去。财顺号对面是万紫千红布店。一卷卷的布排得整整齐齐，把伙计呆板的神情都影射得有些生动了。52号前有一个中年妇人在骂孩子，由上辈子骂到现在，由奶奶骂到爸爸，又展望到连她自己也不可知的将来，断断续续，简直有些像唱歌了。

如果不是午后，永安巷要比这会儿热闹些。联系地点的选择是很有学问的，不能太冷清，也不能太繁华。不冷清、不繁华的地界，最好。好进去，也好出来。当然，对手也是好进去、好出来的。不过对手再怎么高明，到了这里毕竟还是生面孔。一生不如一熟，一动不如一静。相比之下，也还是她的优势大一些。

远远的，54 号二楼阳台上那件白衬衣还挂着，是干的。

它必须是干的。

她穿着新做的粉红色旗袍。这种粉红色水汽很重，十分娇媚。她本来也就娇媚，就更显得双重地娇媚。她走得不疾不徐，鞋跟“嗒嗒，嗒嗒”响在青石板上。她走过了 53 号、54 号，然后是 55 号、56 号。55 号是一间花茶店，56 号是一间童鞋店，门面都很窄，比 52 和 53 离 54 号都要近些。

她拿了两双鞋，看了看，又放回去。她从手包里拿出镜子和粉扑，背朝着 54 号仔细地端详着，专注得仿佛是位初次相亲的少女。

印在镜子里的白衬衣确实是干的。可是，它有褶皱，是刚刚从拆包出来的那种褶皱。

花茶店里有两个人晃出来了。

她把镜子和粉扑放进包里，一步步地走过 57 号，拐进了旁边的小巷里。这条小巷她是熟悉的。父亲生前有一位好友就住在这里，她和哥哥都叫他文叔叔。文叔叔和他的姓一样安静，细眉细眼，皮肤很白，有些像女人，只是不怎么爱笑，一贯严肃的神情不折不扣地显示着男人的刚硬。

多年以前，她和哥哥先后去教书，都是文叔叔介绍的。

二

她在这个城市做地下工作已经三年了。放在六年前，她根本不能想到自己会走到今天这一步。文叔叔介绍他们教书之后，她和哥哥一直都做着极稳妥的教员。她和哥哥在两所学校教书，薪水不算多，但供养体弱的寡母还是不成问题的。她教小学，哥哥教中学。她的学校离家近，哥哥的学校离家远。她天天在家吃饭，哥哥在学校住，到礼拜天才回家。哥哥一回家母亲就会让她上街买排骨，哥哥喜欢吃红烧排骨，她则喜欢吃排骨汤炖的长面。

于是，几乎每个星期日，都是哥哥横三竖四地啃一堆排骨，她呱呱唧唧地喝长面。她一直以为，日子就会在排骨和长面中这么过下去，国乱也罢，不乱也罢，总得容下他们这样蚂蚁般的百姓过日子。

忽然就到了那一天，哥哥不到礼拜天就回来了，说是被解雇了。问他为什么，他不肯说。但还是每天早出晚归。她和母亲的心每天都被他出门的声音悬起来，直到他进门才放下。可还是出事了。有一天，哥哥没有回家。后来，再也没有回家。她四处托人打听，才知道他和一些逃到红区的进步青年有不少瓜葛，被宪兵队抓走了。母亲当即病了。三天后，她在大街上发现了哥哥的尸首。葬完哥哥一个月，她又葬了母亲，然后她变卖了所有的家当，拎着一个小包袱出了门，辗转了两个多月，来到了红区。

那一年，她才十九岁。

三

巷子里没有人。她脱下鞋子，飞跑起来。左拐，右拐，左拐，右拐，右拐，右拐，左拐。她听见后面脚步声急促地跟上来。她爬上一道女墙，顺着墙跳上一排低矮的平房，爬钻过一道铁网，再跳上一排高一点儿的房子，然后是更好的房子，走，走，走。然后，她顺着一架木梯子到了一所院落里。

这是一个很舒适的四合院，很静。红门绿窗，中间用青灰色的砖隔开，怎么瞧着怎么悦目。种着很多花，却都不高大。淡淡的日影罩着晾杆上的几件湿衣。有小小的孩子的衣服，像玩具一样玲珑。也有女人的衣服，花色淡雅——女主人肯定不是一般俚俗妇人。挨着梯子的是两棵女贞树，随风吹来几缕微微的叶香，她不由地深深吸了一口。她熟悉这种香味。她的家，原来也有这样的女贞树。女贞树边的空地上扎着一圈矮矮的篱笆，篱笆上拖着一些南瓜的黄花。母亲生前，也是爱种南瓜的。

院子里还种着一棵樱桃树，树下放着一个木制的婴儿车。车里坐着一个咿咿呀呀的女婴，粉粉的，花蕊一样的脸。见她从梯子上下来，仿佛是打招呼一样瞪大了眼睛，冲她一笑。

她也朝她笑了一下。一边穿着鞋子一边想着如果有大人出来该怎么解释。或者就说自己走错了门，或者就说自己是邻居的朋友，来玩儿，在房顶上看到她的孩子实在可爱，忍不住想过来逗一下——自己的孩子如此被人喜欢，是多半父母都会高兴的事。再或者，就干脆走吧。

帘子响动，堂屋里走出来一个女人，一个穿和服的女人。

女人轻轻地惊叫了一声，嘴里嘟噜了一句什么，朝她弯下腰，微微鞠了一躬。

日本女人。

去他妈的日本女人！

她蓦然明白，她进的是日军的军官家属院。白塔寺这边有一个小小的日军家属院。可她今天全然忘记了。

她一把抓起了那个婴儿。

日本女人也呆了。她捂住嘴巴，似乎就要昏厥过去。但还是站住了。

她贴着嘴唇，竖起食指，示意日本女人不要出声。然后指指屋里，用手势问家里现在还有谁？日本女人很机灵，马上领悟了她的意思，也用手势回复说还有一个。她问在哪里？日本女人指了指她的怀中，意思说就是这个孩子。

她放出一口气，松了一下胸口。她知道，一场仗，要开始了。

她们一前一后进了屋。她一眼就看到了桌子上的水果刀，拿在手里。然后她把房子的各个房间都转了一遍，确实没有别人。她抱着孩子在客厅坐下。看见东墙上挂着地图，红区那里圈着红圈。地图旁边还挂着一把长剑。而在她坐的椅子扶手上，还搭着一件日本军服。多么熟悉的黄色，让人憎恶的肮脏的黄色，大便一样的黄色。

她抱着孩子。孩子很轻，但她还是觉得胳膊使得有点儿木。也许是她不会抱的缘故吧。她从来没有抱过孩子。

本来，她是很有机会抱的。

四

到红区的第三个年头，她结了婚。不久，他们都有了一个上战场的机会。他是连长，毋庸置疑是要上的。她是可上可不上，可她还是坚持要上战场做医护。战友们笑她双宿双飞，一刻都离不得丈夫。她笑笑。她有一个想法，对谁都没有说：她想亲手在战场上杀人，杀日本兵。他们杀了她的哥哥和母亲，她不能就这样算了。别人杀是别人杀，她要杀自己的。最少要杀一个，能杀两个最好。当然，能多杀一定要多杀，因为除了她的哥哥和母亲，还有那么多人，那么多。

最初的一刹那是可怕的。以前都是离战场近或者远，现在不是近和远的问题，而是在战场里面。她几乎有些惊慌失措。她觉得，不光是自己，周围的人其实也都有些惊慌失措。他们的神情都有一种莫名其妙的激动和难看。呼啸着的炮弹拖着长长的光芒划破了天空，像彗星失控后，一头从轨道上栽了下来。尘灰飞扬，气浪激荡，余声汹涌，狂流澎湃。

然后就好了。他们奔跑着，叫喊着，冲上前去。有许多人倒了下来。炮弹压缩着空气，在一片又一片的土地上炸开，有血溅到了她的身上。到处都是浓烟和纷乱。有些人在土壕里躺下，流血呻吟，脸色是青乌的。有些人因为伤在要害，痉挛着手抠着地面，一道，一道，像小小的扒犁。一些人胳膊上一边流着血，一边镇定地给枪装着子弹。她跑来跑去地包扎着伤员，等待着自己上去的那一刻——那一刻其实是战争已经胜利的一刻，她要去战场搜检伤员。她想，如果看到有受伤的日本兵，她就毫不留情地杀死他，杀死他。

她终于可以上去了。但上去的时候，她却已经顾不上杀人了。战场已经差不多安静了下来，从这一端到那一端。处处都有流动着的呻吟和凝固的血。她忽然觉得恶心，她从来没有见过这么多血。他们胜利了，可她还是恶心。到处都是尸首，到处都是。而在几个小时之前，他们都还是活生生的人。

她和战友们找着自己的同志，一个个地清理、安顿。等到找得差不多的时候，她靠近了一个日本兵。那个日本兵一动不动，应该已经死了。可她恍惚觉得，就在她要转身的一瞬间，他的胸膛似乎有一次轻微的起伏。于是她又回转身，在他面前弯下腰，忽然间，她听到战友可怖的惊呼，然后，她失去了知觉。

她被抢救了过来，但她的孩子没有了。而且，再也不会有孩子了。那个日本兵没有死，他一刀刺向了她的肚子。

她怀孕已经两个月了，可她不知道。

她的丈夫也在那场战争中死了。她又只剩下了一个人。因为身体虚弱，她做不了别的什么。后来组织说想要在这个城市建一个工作站，她比较熟悉情况，问她想不想过来，她没有犹豫就答应了。她不需要忌讳很多。在这个城市，她已经没有亲人了。即使是以前认识她的人，经过了这几年，也多半不能认出她。经历了这么多，从里到外，她再也不是以前的她了。

她改了姓名，回到了故乡。有限的熟人果然没有一个认出她来。她在离旧居很远的地方租了一个房子，另一位同志做她名义上的爱人。她仍然在一所小学谋得了一份工作，只不过不是教书，而是在教导处。这一干，就又是三年。

那场战争在她身上烙了四个疤，不过还没有妨碍到她穿旗袍。

五

婴儿开始哭起来。热热的一股染到她的手上，孩子尿了。孩子的尿没有多少异味，清冽冽的，温湿温湿。

日本女人拿过一块尿布，恳求地看着她。一瞬间，她几乎也想把孩子给女人，但是，终是没给。她接过尿布，一手拿着尿布，一手抱着孩子，刀柄挨着孩子的头，孩子翻着眼睛看着刀柄，不哭了。她的小手一抬一抬，想要去抓住刀柄似的，粉色的胳膊映在刀光里，呈现出一片模糊的温柔。

他们欠她四条人命。今天把她们杀了，还有两条。再加上自己的死，其实还有三条。她算着这笔清晰的账。一会儿工夫，她就算了七八十来遍。这账好算，一年级的学生也会算。可她一边给孩子换着尿布一边算着的时候，不知怎的就觉得很模糊，有些盲目。

日本女人窒息一般地看着她。换完尿布，孩子开始玩了。

日本女人长吁了一口气，抬起袖子擦了一下汗。

女人的和服上满是樱花，樱花的粉色和她身上旗袍的粉色有些一样。从上到下，樱花渐浓渐密，像暮春时随风落了一场雨之后，从树上吹下，匝匝地铺了一地的樱花。离树远的地方，铺得少。离树近的，就多一些。到衣襟的下面，绵绵麻麻分不清楚的，也就是树下了吧？

她原本也喜欢樱花的。以前她在这个城市教书的时候，校园里也有几棵樱花。有一棵刚好长在她的办公室前，开花的时候，枝桠会伸到窗棂间，引得蜜蜂们不时地撞到玻璃上。

咚，咚……

六

门外响起了脚步声，很多人的。其实还隔着几条街，但因为人多，声音就显得很近。声音总体是整齐的，偶尔有一些不规律的乱。一定是那帮追她的人进来了。

日本女人轻轻地退到墙边，她随着日本女人的脚步握紧了刀——长剑离日本女人越来越近。等到她简直就要把刀举起来的时候，日本女人把手指向了地图上的红圈画着的红区，询问地看着她。

她点点头，指指长剑，用手放在自己的脖子上，一下，一下，又一下。她希望日本女人能明白：你们就是这样对待我们的。

日本女人向她鞠了一个躬。她没有动。

日本女人朝门外的天空张望了一下，指指窗外，又指指她。

她点点头。

日本女人走向里间。她跟进去。她只有跟进去。

女人打开衣柜，取出了一套和服，指指她的旗袍，要她换上。她沉默。女人打开和服，用表情配合赞美着让她看这和服多么好。这套和服是淡绿色的，上面的图案是一枝枝的梅花。白色的梅花像星星一样绽放在奇异的夜空中，浅褐色的枝干十分结实温存。束腰用的缎带是乳白色的，质地很细腻。她注意到，日本女人的腰带也是乳白色的。

她停住。要她穿日本女人的衣服？

日本女人微微地鞠了一躬，神情很执拗，执拗而又有着莫名其妙的恳求。

她摇头。士可杀，不可辱。这句古训从心底冒出来，却有些虚弱。或许，真的是个希望吧？如果日本女人是诚心救她呢？日本女人未见得像她那样有那么深的仇恨吧？再说，穿穿衣服不等于就是受辱吧？即使是受辱，古训也还有大丈夫能屈能伸呢。

她终于点点头。当然不一定能过得了关。这是赌博，她知道，该赌就得赌。在这么多年的风险里，她赌了不止一次了。

换衣服必须放下孩子，她示意日本女人退在墙角，然后把孩子放在床上。孩子离她近，她有主动权。脱衣服的时候，她手里也始终拿着那把刀。她已经习惯让全身都长满防备的眼睛了，防备就是她的职业特点。即使是在路边浏览一个小小的橱窗，她也不会忘记从暗彩的布料反光上去看一眼有没有人盯梢。

女人上前帮她穿和服。穿罩衫的时候，女人指指她身上的伤疤，又拍拍自己。她点头。女人又看见了她肚子上的伤疤，指指孩子，指指她。她摇头，把手放在脖子上。女人又指指自己，她点头。

她看见，女人的眼圈红了。

和服穿上了，有些宽，腰间的褶子很多。穿完她转身就抱起了孩子。女人示意她放下孩子。她不放。女人示意说这套和服之所以有些大，因为是怀孕的时候买的。她应该让她穿自己身上这套。

女人说完就开始脱衣服。很快就脱得很干净了，像棵白萝卜一样站在那里。

她也只好放下孩子，脱。

七

有那么一小会儿时间，两个赤裸的女人就那样站在那里，什么也没有了。墙，屋子，更大更多的什么，好像都没有了。只有她和她，还有孩子。远处的脚步声好像越来越近，但其实还是远。远得似乎根本不需要去在意他们，远得似乎他们永远也不会抵达。

孩子躺在床上，自得其乐地说着谁也听不懂的话。她们都静默地站在那里，很认真地听着似的，谁也没有看谁。有什么东西流在她们中间，让她们都有些恍惚。

八

开始穿衣服了。女人显然是想要自己先穿好，再帮她穿的。她用眼神制止了女人。谁先穿好谁就主动，她不能给女人这个机会。于是女人温顺地走过来，先替她穿。然后自己穿。穿好了，把她推到镜子前。

她看见镜子里的自己，线条有些僵硬，眼睛也有些手足无措。但不可否认的是，即使这样，樱花和服穿到她的身上也是出奇地明艳和漂亮，真的是合适极了。她们的身材本来也就很相像。她本来也就最适合粉色，粉色衬得她女人气十足。她是女人，她当然是女人。可有多久了啊，即使是穿着旗袍，她也不觉得自己是个女人了。

和服上，还带着女人的体温。

女人又来给她整理头发。她横抱着孩子，把刀垫在孩子的背上，女人的手真是麻利，很快就给她盘出个发髻来。又往她脸上抹了些红红白白的颜色。她抱着孩子站到镜子前，都有些认不出自己了。

女人又拿来了一双木屐。

九

门外的声音越来越近。有日语，也有中国话。中国话是片片断断的：

“……有可能……”

“……试试……”

“……也没别的地方可去……”

“……仔细着点儿……”

“……别乱来，规矩些……”

有人敲门。女人示意她不要说话。一个字都不能说！她的表情很严厉。然后她去开门。一伙人进来，有日本兵，也有中国兵。有日本军官，中国兵也有一个头目。他们先向女人满面笑容地解释了一番什么，然后里里外外地找。找了一遍。就要走的时候，日本军官在她面前停下了脚步。打量了一下她，然后取出一张照片，对着她看，看了一眼，又看了一眼。笑了。笑声仿佛刚从冰窟里取出来，冰凉冰凉。

她看了他一眼，困惑的。然后低下头看着孩子，不再看他。什么人都不看。抱了这么大一会儿，她又穿着那件和服，孩子显然觉得她很亲切了，小手一拽一拽，开始看着她和她玩。女人赶过来，哇啦哇啦地向那军官说着什么，军官也哇啦哇啦地说。女人说的句子长一些，军官的句子短一些。翻译向一边的中国军官介绍说，这个日本女人说抱孩子的是她妹妹，因为她在这里很孤单寂寞，所以刚刚从日本赶过来陪她。

日本军官对翻译耳语了一些什么，翻译走过来，把照片举到她面前："小姐，你见过这个人吗?"

她迷茫地看着他。

"你和她长得很像啊。"

她继续迷茫。

"你这个婊子他妈的挺能装啊。"

士兵们有人笑出了声。笑的这些，一定是中国人。

她还是迷茫。

翻译又开始用日语对她说。她的神色开始冷漠起来，一句也不搭腔，仿佛一向就不屑于理这些人一样。

日本女人来到翻译旁边，开始说话。翻译断断续续地对中国军官说：这位太太自己妹妹的耳朵不是很好，性格也很内向，他们这么多人，会吓坏她的。请他们先出去。

“可她和照片里的人太一样了。”中国军官说。

日本女人又是一串。翻译说：这位太太说，自己和妹妹长得也很一样，那么也就和照片里的人很一样了。要抓就请把她抓了去。

正僵持着，孩子突然大哭起来。一屋子人都看着这个孩子。她的嘴巴张得很大，仿佛饿得很久很久了。她费力地拍打着孩子，孩子却愈哭愈烈。刚刚尿过，孩子一定是饿了。也许换个姿势抱抱会好些。孩子一直是横抱的。可她不能乱动。孩子身下，还有那把刀。

她开始出汗，一层一层地出着。她觉得，汗水都要渗出衣服了。

日本女人的手伸了过来，没等她犹豫，就抱走了孩子。她抱得十分轻捷。

还有那把刀。

当着一屋子男人的面，女人坐下来，开始解衣服。她露出了雪白的乳，塞进孩子的嘴里。一边喂着孩子，她一边哼着什么歌。那乳的亮白，似乎晃着了所有人的眼。男人们把头扭过去，没有谁再看她。

奶香柔韧地沁到空气中，让她有些微微的晕眩。

先是中国兵退了出去，然后日本兵也退了出去。女人抱着孩子，把他们送到门口。她站在窗前，紧紧地盯着女人。女人又开始和他们说话了，说得很热闹。他们都不时地朝屋子的方向看过来，女人还不时地指指孩子。

她是在告诉他们，自己就是用孩子来威胁她的吗？她的心突然悬了起来。可怎么现在才突然感到悬？她为自己的愚蠢感到好笑。革命了这么多年，自己怎么还会犯这种低级错误？怎么就如此轻易相信了一个原本就不共戴天的日本女人？现在的她，已经失去了任何屏障，真正成了一条刀案之鱼。死了也是白死，连和她等价换命的人都没有。

最少应该杀一个的。

十

果然，日本军官从大门这边走来了。一步一步。她站到墙边，摘下长剑，长剑的光雪亮雪亮。她把剑放在桌子上，用身体挡住。如果他拔枪，她的速度未必就比他慢。如果他不拔枪——他会不拔枪吗？

军官走向她，走向她，走向她。在离她一米远的地方，停下。她的手已经摸到了剑柄。

军官的双腿并立，头微微低了一低，走了出去。

关好大门的女人走进来，竖抱起孩子，把刀递给她。她没接。可女人还是一直递，女人开始用手势对她说话。现在，她们用这种方式说话已经很流畅了。

女人告诉她：你应该带在身上，外面还很危险。

她解开腰带，想要换下和服，女人拦住了她，示意她把和服穿走。

女人说：这样更安全。你的旗袍就送给我吧？

女人又一次把刀递过来。她接了。

女人朝她鞠了一躬。

她也朝女人鞠了一躬。

她告辞要走的时候，女人说：我送你。

她们抱着孩子，一前一后走出屋子，女人却又拦住了她。女人说：穿和服不能这么走路，你先跟我学学走路。

那天黄昏，有人看见，两个穿和服的女人，轮流抱着一个孩子，姊妹般偎依着，走过了永安巷。

十一

后来，她很快离开了这个城市。可她无论走到哪里，和服与木屐都始终伴随着她。过重重关卡的时候，化妆取情报的时候，红区演出需要道具的时候，都会用上。有时候是别人穿，有时候是她自己穿。不过她穿的效果是最好的，谁都说她装日本女人装得最像。

三十年之后，她成了反革命。小将们抄家扫荡，从箱子里抄出了和服与木屐。里通外国，铁证如山。

她讲了这个故事，没有人相信。而当初能证明的一些人，都已经不在人世了。

和服与木屐被扔到了火里。她没有表情，只是一点点地看着樱花萎缩、败落。烧到一半，突然有人想起来说不能全烧完，要保留一部分做罪证。于是有人浇灭了火，拣出了几条碎片。他们走了以后，她也捡了一片。那一片上有一枝完整的樱花。

她带着这枝樱花到了甘肃，在祁连山下接受改造。她被改造了六年。回去的那一年，她六十三岁。

十二

她不爱看电视，也不爱看报纸，最多只是在早晨和黄昏偶尔听听收音机。一个微雨后的清晨，她躺在竹椅上，半寐半醒地听着收音机里的歌声：

樱花啊，樱花啊，
阳春三月晴空下，
一望无际。
樱花啊，
花如云朵似彩霞，
芬芳无比美如画。
去看吧，
去看吧，
快去看樱花……

主持人介绍说，这首歌是日本最古老的谣曲，名字叫《樱花》。

那天，那个女人喂孩子吃奶时唱的歌，就是这首吧？

她静静地躺着，眼前忽然清晰地呈现出那个日本女人的眼睛。那双眼睛是那么纯净，纯净得就像祁连山上的雪。

富士山上的雪，也是这般纯净吧？

暮春的阳光下，她挺了挺胸，做了一个深呼吸。她的泪水涌了出来，湿润了满是皱纹的脸。

没有人看见她哭。

（《上海文学》2005 年第 2 期）

//无耻适合每个夜晚//

虽然经过了精心的预谋，我知道我还是有些惊扰这个老太太了。

想来这里已经很久了。这几年，但凡有几天空闲的日子，这个想法都会或大或小地蠢蠢欲动起来。这是于宏的家，于宏是我的高中和大学的同学。高中的时候我们没什么来往，上了大学之后才开始是朋友，后来成了很好的朋友。毕业之后我们都分到了这个小城，关系依然不错，是稍微努力一下也许就可以越过朋友线的那种朋友。可是我们没有越线，于是我们现在就还只是朋友。我们都结了婚，过得还都不错。这预示着我们将来大约也只能是朋友。

“唉，你坐。”她说。

“唉。”我答应着。

“你刚才说，你老家是什么地方来着？”

“信阳。”我说。

“在这儿上班几年了？”

“十年。”

“成家了吧？”

“孩子三岁了。”

“孩子的爸爸呢？”

“也在城里上班。”

“多好。”她说。

在我身边坐下来。端着一个篾子编成的簸箕，往外筛寻着小米里的沙砾。阳光照在她黝黑的面容上，她的神态很专注。我凑过来，也去筛寻那些沙砾。沙砾有褐色的，深红的，也有白色的。白色的和米混在一起，最不好找。我们一颗颗地找着，找出来的我都握在手里，她却随手扔到了地上。渐渐地，沙砾硌疼了我的掌心，我也把它们扔到了地上。碰到地面的一刹那，它们发出了愉快的微吟。在这山里，什么声音都很清晰。我们议论着这些沙砾的来历，一致同意说这是卖米的人掺和到米里的，挣的昧心钱。

“下次您注意点儿，别再买这种米了。”

“其实也不亏。”她说，“这米便宜。”

我们都笑起来。

“你怎么会走到这儿呢？”她终于问。我知道这个问题一直在她喉咙里滚着，现在，顺着刚才的笑容，她把它吐了出来。这个质朴的老太太是如此聪明，她懂得运用语境呢。

“信阳都是山，我是山沟里长大的。”我说，“所以抽空就想到山里走走，可是回老家一趟又太远了，就只好就近逛逛。走到村口才想起小宏家好像就是这里，就摸来了。打扰您了。”

“这是什么话，来客都是喜么。”她说，“你们是什么时候的同学？”

“大学。他说您脾性温和，不爱说话，但是一向最疼他。一次，他在田里犁地，用的别人家的骡子，伯伯让他牵着骡子走，他有点怕，走着走着，走错了垄，伯伯一着急，就用鞭子抽打骡子，没想到一失手抽打到了他身上，您从来没和伯伯吵过嘴，那一次却不依不饶地和伯伯干了一仗……”

“哎呀，他连这个也跟你们说啊。”老太太又是骄傲又是喜欢又是羞怯地站起身，把米倒进了一个白铝盆里。

“用不用淘？”我挽起袖子。

“不用。”她说，“晚上我们喝‘糊涂’。”

这次来之前，我没有告诉于宏。我怕一告诉他，事情就没有我想象得那样单纯了。

大一大二的时候，我和于宏都参加了学校的文学社，一起谈诗论句，常常自诩风雅，虽然免不了吵吵闹闹，但总的来说还算是两小无猜。后来，我发现于宏对我的热情超出了正常的领域，尽管他的表现方式很隐蔽。他会时不时地给我买一些我爱吃的零食，在阶梯教室上公共课时很特意地给我占座位，巧妙地迎合我在书法、集邮和美术方面的一切兴趣，让我不由自主地就会和他在一起玩。起初我真的觉得这没什么，直到有一位同学当着众人的面开我和他的玩笑，我才如梦初醒，觉得自己掉进了他的“先造舆论再成事实”的阴谋里，非常吃惊，而且愤怒。

我当时正热衷于文学，一直做着疯狂的作家梦，对任何男生的追求都相当不屑——现在想来，这大约也是他采取迂回战术的原因吧。而他的感情虽然没有表白，但也让我觉得十分丢脸——因为我认为他亵渎了我们的友谊。此后，我满怀戒备地拒绝了他的许多帮助，给他泼了不少冷水，在很多公共场合都弄得他很难堪。

一次，我和几个同学聊天，畅想有钱之后去哪里玩。一个同学说，听说长白山原始森林的野花很多。我说那就去长白山吧。于宏在一边说：我也去。我说你去什么长白山呀，你应该去黑龙江。他很纳闷，问为什么？我说因为黑是你的老家。他的脸顿时变得黑红黑红。后来同学们就开始叫他黑龙江。还有一次，他买的一件黑 T 恤褪了色，问我该怎么办，我特别看不上他没话找话的样子，便说：你应该给厂家建议一下，说他们选错行了，让他们生产皮肤褪色剂。三番两次之后，他的黑就被我的嘴刻薄成了学校里著名的典故。

在我夹枪夹棒的打击下，他终于对我心灰意冷，我们彼此疏远，关系落入低潮。后来，另一名女生对他情有独钟，他便转移了目标。我却发现自己不用再承受他情感压力的时候，并没有自己想象的那么轻松，反而怅然若失。不过，我们的关系就此又回温起来。他和那个女生谈了没多久就吹了，我们仍像当初那样亲密地相处着，只是随着年龄的增长和性情的渐变，我不再肆意打击他。

其实，刚毕业的那几年里，我们还是有机会发展的，但是，我们没有。我们的单位相距不远，偶尔有同学来找我们的时候，我们就会在一起吃吃饭，间或也会打电话聊几句天。如此而已。

“可是，无论什么时候想起你，我都觉得你很亲，就像我的家里人。”一次，他忽然在电话里这么对我说。

“那你的家人肯定不少。”我笑道。

“只有你是这样。”他说。

我岔开了话题，并不是我不珍视他的话。珍视的方式有很多种，沉默或许也是其中之一。我相信他的话是真的，因为我对他的感觉，也是一样。但一样又怎样呢？不是所有的发现和领悟都有意义。

我们都长大了。

不过从那之后，我就萌生了到他老家看一看的想法。他说我是他的家人，我想见见他的家人到底是什么样的。在学校的时候，我也多次听他讲过他生活过的那个小山村，他曾对我说，他小时候很能爬山，每爬上一座山的顶峰，他都会伸出手向天上触摸一下。

“我想知道，天是什么感觉。”他说。

我也想知道。

于是我悄悄地来到了这里。对他的父母，我设计了这样的形象：他们独生儿子的同学，一个家在千里外的女子，因为思念老家的山景，无意中闲走到了这里。要和他的儿子有一点关系，这样他们就会留我住下。但是也不能和他们的儿子有太密切的关系，这样他们就会不安。我自信我能够把握好其中的分寸。

天慢慢地黑了下来，由浅蓝到深蓝，像一块逐渐加色的布。屋里的灯很暗，像一颗发着微光的橘子。

“糊涂”是一种金黄色的玉米粥，用玉米糁子熬的，熬半个小时就行了，黏黏稠稠的，“糊涂”的名字大约就是自此得来。名字虽然糊涂，味道却是一点儿也不糊涂。一入口就满腹香甜。馒头一尝就知道是手工揉的，而且没有放发酵粉，因此颗粒虽然粗大，慢慢咀嚼着，口感却十分筋道。菜有三个，炒鸡蛋，咸萝卜条，还有一个叫不上名字的青菜。我问这是什么菜，于宏的母亲说这是房后的野菜，当地人叫它“锅底草”。

“真好吃。”我说。

老太太笑了：春天地荒，没什么招待你的。村里人都爱吃这个野味儿。

我喝了两大碗粥，觉得肚子都有些胀了。于宏的父亲一直很沉默。他穿着一件深蓝色的中山装，里面却是一件镶着红边的T恤，大概是于宏的衣服。于宏比他稍微要胖一些。他吃饭的时候不说话，吃得很快，然后就坐在一边看电视。可能是深山里的信号接收得不太好，一直有很浓重的雪花点。可他还是固执地看着那些模糊的人脸。

“伯伯，我听小宏说，你的胃不太好?”我问。

“啊。”他怔了一下，“慢性胃炎，没什么大毛病。”

“上年纪了，还是要注意一些好。”

他点点头，似乎有些不好意思，放下遥控器就出去了。于宏的母亲坐了下来，又问了许多于宏的情况，我把自己知道的都告诉了她。一个母亲对自己孩子的事情是永远也听不厌的。她笑着，眼睛闪亮得如宝石一般。

“小宏和他媳妇吵过架吗?”末了，她小心翼翼地问。

“没有见过。听人说，他们一直都挺好的。”我说。

这时候，一个老太太喊着“小宏妈”走了进来，看见我坐在那里，就把一只脚放在了门槛上。于宏的母亲便站起来，两个人走了出去，我听见大门被轻轻地虚掩上了。她们在说些什么?我忽然非常想知道。她们大概也会说起我吧?

叮铃铃铃铃！电话铃突然尖锐地响了起来，我被吓了一大跳。我没想到这里会有电话。我的包里装有手机，不过自从进山之后就一直关着。

我太低估山村里的现代化程度了。

电话铃仍在固执地响着，清脆地刺激着我的耳膜。这很可能是于宏的电话，我想。这个电话的主要功能应当就是为了方便于宏和家里的联系。如果我不接，于宏肯定还会往家里打，我肯定还会被暴露出来。与其这样，还不如我接。

我拿起了电话。

“喂！妈。”我听见于宏的声音，不由得笑了。

“妈。”于宏又喊。

“你好。”我说。

“你是谁?”于宏的声音一下子警觉起来。

“家人呗。”你不是说我是你的家人吗?

“你!”于宏说，“你怎么在那里?”

“随便走走，就到了这里。”

“你家里人知道吗?”

“他们知道我去郑州看一位生病的朋友了。”

于宏沉默了一会儿，顺着电话线，几乎就可以感受到他呼吸的温热。我听见他咻咻的喘息声，仿佛在离我们很近的地方，隐藏着一只沉默的大猫。这只猫静静地蹲着，似乎在一瞬间就会弹跳出来，又似乎永远永远只能保持这样。它的附近，有耗子吗?

“你到底有什么事?老实点儿。”他说。

“就是没什么事才会走到这里的。”我说，“你放心，我明天就走了，决不会给你家带来什么麻烦。”

“你知道我不是这个意思。”于宏说。他又停顿了一会儿，“你住吧，想住多久就住多久。等会儿我再打个电话，叮嘱叮嘱我妈。”

“不用，她对我很好的。你要一叮嘱说不定她还不敢对我这么好了呢。”我笑道。

我们互道了再见，挂断电话。我走出了于宏家，沿着这个小村散起步来。小村真的很小，一会儿就走了两个来回。后来我沿着一块平坦的麦地走了很远，一直走到那片麦地的尽头，然后在一块光滑的如长椅一样的大石头上坐下来。那些山农们干活干累了，大概就会在这块石头上坐一会儿吧？我仿佛嗅到了他们手里淡淡的旱烟味儿。村里的灯光看起来微小而玲珑，像散落在人间的星星的细屑，有些缥缈，却又那么让人踏实。麦子已经抽穗了，在夜色里也可以清晰地看见边缘麦子的那些针一样的麦芒。我抚摸了一下一棵麦子的麦芒，觉得它十分柔软。曾经听说麦收时有的人居然被麦芒扎瞎了眼睛。我觉得这似乎有些像武侠小说中的以叶为刀。但是，我相信这种传说。我相信不仅是麦芒和树叶，其他任何事物都可以被当作武器，只要，你面对的是战争。

一阵山风吹了过来，多么美的山风。已经是五月了，我穿的是一条棉布长裙，纯棉短袜。我没有穿长筒袜。我不喜欢穿长筒袜，它让我的皮肤觉得窒息。五年前朋友送了我一双长筒袜，现在还原封不动地放在衣柜里。清爽的山风带着一股春天特有的暖意撩起了我的裙裾，我索性把裙子卷起来，在黑暗中我看见自己的双腿呈现出柔和的白色。我采下一枝麦穗，轻轻地剥出还没有成熟的麦粒，放进嘴里。麦粒还不坚实，全都是娇弱的浆水。嫩甜的味道一点一点在唇齿间蔓延开来，还带着一种极淡的青草的腥气。似曾相识的味道，可是我却想不起到底在哪里品尝过了。

我在石头上躺了下来，双腿朝着风吹来的方向，风绵绵地从我身上拂过，亲吻着我裸露着的每一寸肌肤。我忽然想，要是此时让自己一丝不挂，尽情地去享受这醉人的山风，又会如何呢？一定会很特别吧。我敢吗？然而在这夜晚的山野里，你又有什么不敢的呢？人多的时候你怕人，现在只剩下你自己了，你还怕你自己？

我把手伸向上衣的纽扣。

这世界变得更简单了。我把上衣铺在身下，用裙子遮住乳房和下体——不，我不是怕什么，只是不想感冒而已。我感到我的身体渐渐地湿润起来，像冬天正在苏醒的土地。多好啊，在这样的风里。多好啊，我是个心灵细腻的女人。多好啊，在这个纷扰浑浊的世界上，我可以有这样一个夜晚去纯净地爱抚我自己。

我闭上了眼睛。

我真的不知道，他是在什么时候来到我身边的。

他的到来没有一点声响。我之所以感觉得到，完全是因为一种特别的直觉。空气是能够传达一些很微妙很细小的东西的。那一刻，就在我闭着眼睛的静谧中，忽然就感觉到有一种沉重压在了我的双眸上。开始我以为可能是错觉，依旧闭着眼睛，但是这沉重越来越鲜明，越来越确切，我睁开眼睛。

他就站在我身边一米远的地方。在我睁开眼睛的那一瞬间，他蹲了下来，蹲的动作使他进一步逼近了我。他把手放在了石上。

我没有起身，我不能起身。于是我依旧那样躺着。我不知道自己该怎么办。周围有不知名的昆虫在山野中鸣叫着，充满节奏。风脉脉地从我的身体上方走过，我忽然觉得我被它埋住了，埋得严严的，像最轻薄的棉花那样埋着，有一种微淡的暖。

他朝我俯下他的脸，我闻到他散发出的酒的气息。有酒好，是应该有酒。他吻我的唇，我的耳，我的颈，我的手臂，我的乳，我的脐，我的腹，我的腿，我的脚，我的最深入的隐秘。于是，在这个陌生的山村的夜晚，我张开了我的双腿，任由他侵入。也许，并不是任何放纵都是无耻的。我想，如果这是无耻，就让我无耻吧。我只知道，我不能不给他。

这种无耻，多么适合这个夜晚。也许，无耻适合每个夜晚。

结束之后，他笨拙地给我擦拭着。我发现他用的居然是我的内裤，不由得笑了。他无声地看着我的笑容。在黑暗中，他也微微地笑了起来。

“你怎么回来了？”我问。

“邻村一个朋友的父亲老了，我去参加葬礼。”——“老”是死的避讳语，我们地方方言。

“葬礼还能喝酒吗？”

“老人过了八十就是喜丧，能喝。”

“刚才在电话里你怎么不告诉我你回来了？”

“我不想让你紧张。其实，知道你在这儿，我真是不打算回家来的。”

“那你怎么还回来了？”

“我就想偷偷看看你怎么在我家待着，怎么和我妈说话，怎么在村子外边溜达。我知道你肯定会做这些事情的。结果我一走到村边就看见你在外边溜达。”他抱着我的肩。他的黑与我的白在夜色中依然层次分明，我想起以前嘲笑他黑的那些话。那时真是傻。后来我发现自己其实挺喜欢黑皮肤的男人。

“实话告诉我，你是特意来这儿的，还是心血来潮？”他问。

“一切都是心血来潮。”我说。

他顿住了。

“一切又都不是心血来潮。”我说。

“坏妞。”他笑了，将停顿融解，在我的眼睛上亲吻了一下，“很久以前我就想过，要是能带你来这儿看一看，那该多好啊。你肯定不知道，上高中时我心里就有你了。可我什么也不敢做，能把我的自行车和你的放在一起就是每天最大的满足了。后来和你考进了同一所大学进了同一个班，我觉得应该有机会了，可是还是不行。你打击了我几次之后，我就没勇气再找你了。毕业之后，我看追你的人那么多，就不再做这个梦了。我知道，你是一个不安分的人，你宁可选择一个有风险的新人，也不会回顾我这个踏实的旧人。我安慰自己说，为什么一定要得到你呢？只要能这么和你在一个城市里待着，就挺好的。喂，你在听我说吗？”

我环住他的颈。是的，我在听他说，一字不漏。我真喜欢沉醉在这梦一样的氛围里，倾听着梦一般的谈话。这不像是真实的。如果是一场梦，或许更让我觉得完美。我更可以毫无顾忌，自由享用。纯真浪漫的爱情，宽容深沉的爱情，处心积虑的爱情，良苦用心的爱情。真的有这样一个人在爱着我吗？我觉得自己此刻的举止是那么自然，那么无邪。他应该得到我赋予的爱人的礼遇。因为，他的感情不是单程的。我也爱他。我曾经真的是那么不在乎他，但是，后来不是了。

一位朋友，一位看起来就很“水”的女人，曾经对我说：当一个女人和一个男人建立起身体关系之后的第一秒钟起，他们之间的眼神就和以前不再一样了。她有过多次风流艳史，每一次在她的描述中都那么情非得已，刻骨铭心。我从未和一个婚姻之外的男人建立起这种身体关系，于宏是第一个。我曾在我们眼里多次看到过这种关系萌生的渴望。一次，几个同学路过我们的小城，吃过饭，喝过茶，我们去蹦午夜迪厅。那个迪厅很大，很乱，我们都没有存包，于宏说他不蹦，留下来看包，我和其他人便上去蹦。蹦到半路，我觉得渴了，便下来喝东西。于宏给我要了一瓶啤酒。噪音很大，他以耳语的方式问我是不是很累，我天真无邪地拿过他的手，放进我的衣服里，让他抚摸我背上湿漉漉的汗水。我鲜明地感觉到，他的手僵硬地站在我的胸罩带那里，我笑着问他：傻了？他一把把我揽过来，吻了我一下。我挣开，用啤酒浇了他一脸。他笑起来，啤酒使他的笑容大汗淋漓。

那大约是我们最放纵的一次。以后，以后就没有了。我们的眼睛里经常可以看到柔情缱绻，但我们的身体什么也没有做。我们羞怯，我们没有勇气无耻，我们不敢面对这无耻。这和市场流行的高尚无关。我知道这意味着什么。

今天，我们终于做了。这真好，感谢心血来潮，生活中是该有这么一次的。即使是所谓的堕落。事实上，堕落是堕落者的自我评价，不曾堕落的人是没有资格认定堕落的。这荒唐的世界。

“你准备什么时候走?”他问。

“明天。”

“不能多住一天吗?”

“不能。”

“为什么不能?”

“我得回家。”

他看着我。

“以后我们怎么办?”

“我们没有以后。有这一个夜晚已经足够了。这一个夜晚是天算，再说以后就是人算了。人算不如天算。”我说。

说这些话时我很从容。是的，这一刻，我是如此爱他，可那又能怎样?这一晚，我和他做了爱，可那又能怎样?我接受这样的浑然天成的不期而遇，但这并不表示我喜欢惶恐不安的特意偷情。我一样也爱我的爱人，一样也要和我的爱人做爱。这个夜晚，我和于宏亲密偎依，但这并不表示我要让我的生活秩序发生突如其来的改变。我不想因为狂欢而失去安全感。我是一个世俗的女人，我想世俗得干净利落一些。我习惯把激情控制在理性之内。

“你是一个冷血的人，你知道吗?”他的表情愤怒起来。

我沉默。

“你是不是后悔了?”

“没有。”我说。我觉得我们谁都没有错，你生气生得对，我这样也很好。

“如果今天晚上来到你身边的不是我，而是另一个男人，你会不会也去接受，甚至迎合?”

“我没有想过这个问题。”我说。他的狭隘和猜忌让我有些失望。

“你会的，是不是?”他仍在追问。

“可能吧。”我说，“如果真的有人强暴我，我不会为了贞操而丢掉性命。”

“你对我只是心血来潮是不是?”

我沉默。

“我们只有这一个夜晚，是不是?”

风已经开始变凉了。我拿起衣服。他把衣服从我的手中夺走，扔到地上。

“我不相信只有这一个夜晚。”他说。

我保持沉默。

他死死地看着我，目光里五味俱全。

“我要让你这个无情无义的女人永远不能忘记这个夜晚。”他说。

他说得太对了，我是无情无义。这就是我的无耻之处——我的自私就是我的无耻之处，也是任何人的无耻之处，包括他。不过，说真的，我觉得他的愤怒很可爱。因为他的愤怒本身，也是心血来潮。这个世界上决不能没有心血来潮的人。他们会让世界精彩很多。

这真是个无耻的夜晚啊。

汽车票是七块钱。我给了售票员十块，她找了我三块。我发现有一张一元票太破了，就让她给我换了一个硬币。

我环望着四周的青山，知道自己再也不会来这里了。于宏说他还会找我的，在适当的时候。他不会就这么放过我。他找我那是他的事情，至于他找我时我该怎么办，我没有想。不要用明天的问题来打扰今天吧，那也许该是另一篇小说的内容。

我的包里装着昨天晚上换掉的那个内裤，家里的女士专用香皂应该能洗掉这个夜晚的痕迹。我想。一瞬间，我忽然明白了，麦浆上那种似曾相识的腥气之所以似曾相识，是因为它和我们身体里喷涌出的那些液体的气息一模一样。

不可抗力

“王头儿，刘头儿。”小范称呼着，在他们两个中间坐下来。王建挪开报纸，这才发现她穿了一件黑色的网眼毛衫，里面是一件满是外国字母的绿衬衣。领子倒还洁净些，是白色的。可领边儿上却印着一抹耀眼的玫红嘴唇。现在的孩子穿衣服真是怪。可小范的神色看起来更怪。她很严峻。王建从来没见过她这么严峻。

王建忙抽了口烟，忍住笑。等她说话。

“你们说，细芹这事，到底该怎么办？”

小高朝这边看了一眼。王建感觉到了，清了清嗓子。

“这事儿……”王建说着又抽了口烟。刘敏起身给自己续上水。杯里的茶才泡二道，正是好喝的时候。

“这应该和她家人商量。”王建接着说，“单位能做的事，就是看以后争取给她办个内退还是什么。同事一场，能帮就尽量帮呗。按规定，她……”

“我是说我们的事。”

“什么我们的事？”

“我觉得，不存在帮的问题。我们本身就有责任。”

“噢？什么责任？你说说看。”王建掐灭了烟。

“是她带我们进山的。”

“没错。是她带我们进山的。”王建放慢语速，斟酌着怎么说。电话铃适时地响了。王建顺着第一声铃响伸出手，迅疾地抓住这根救命稻草：喂……你好……你这家伙……聚富源？……好，好……哪个厅？……好，好。让你小子出回血不容易……一定会去……得弄好酒啊，敢抠门儿饶不了你……

挂断电话，他把脸转向小范：“所以我们没责任。”

他的话语间隔似乎让小范有点儿蒙。她顿了顿，回过神儿来：“王头儿，你要搞清楚，细芹是为我们服务的。如果不出事的话，我们就是这次行动的受益者。现在出事了，我们怎么能和她撇得那么清？”

“你不是在查法律资料吗?”一边的刘敏冷笑，“如果有依据要我们负责，我们当然要负。如果没有，那也只有尽心罢了。你有依据吗?”

“没有。”

王建和刘敏拿起报纸，继续看。

“那，怎么尽心?”

“我拿五百。”王建头也不抬。

“我不能和你比，拿三百。”刘敏转向小高，“你呢?”

“我两百。”

小范沉默。

“小范，你还有什么要说的?”该下班了，王建起身。

“这么点儿钱，”小范说，“能算是尽心吗?”

“小姐，这世上，人有穷有富，心有大有小。不是每个人都像你一样有钱，所以，也不是每个人都会像你一样尽心。”刘敏说。

小范不再说话。她慢慢地站起身。又斟酌着看了王建一眼，走出了门。办公室的三个人又坐下来。

那件事发生的前夜，山里刮了很大的风。很久没有见过这么大脾气的风了，仿佛老天爷在和无数人吵架，不得不把嗓门提到最高。到后来，光吵已经不够劲儿了，它使开了拳头，左一下，右一下，窗棂，树杈，门环，挂在檐下的扁担链子……凡是有关节的地方都被造得哗哗作响。再后来，它终于没精神了，静下来。这静是个兆头。细芹抬起身子，朝漆黑黑的窗外瞄了一眼。果然，噗、噗……温柔的雨点声亲着了地面。是老天爷吵出了一身臭汗，想要冲个凉吗？

细芹放下身子，重新卧在这雨声里。想睡，却也知道睡不安稳。心里寻思明天这雨会不会停。预报说是没雨的，但山里天气素来不能估摸。若是停了，她知道这山会有多么好看。在这雨后的山中走走，会有多么舒服。可若是不停呢？同事们就来不了。她和妈妈今天下的心意可就白搭了。

大专毕业之后，细芹到物价局上班已经三年了。物价局是个有趣的单位，说管得宽就管得宽，凡是开门做生意的地方都能去盖个章，查两个钱。说管不着也是谁都管不着，不想认你的账你也没什么好法子，总归是进不了法院。步子松松就饿，步子紧紧就饱，不松不紧也能过。基本上是你让我一步，我放你一马，大家都有口饭吃算了。要说这工作也不是细芹当初所想。可一进去细芹就知道了这工作的金贵。大专生不值钱，细芹很明白。现在她甚至庆幸自己早毕业了几年。照如今的情形，往后进哪个单位不得通过公务员考试？过五关斩六将，要本事讲人情，哪把刀不利都杀不下肉啊。

要来玩的那帮人一共五个。一个就是他们价格认证科的头儿王建，一个是副头儿刘敏。另外两个也是科里的科员：男小高和女小范。与小高男女有别，话说得不多。和小范也交际平平。小范比她小三岁，刚刚上班没多久，家境不错，“酷糖”“秀豆”之类的稀奇零食整天不离口。据说原来想去广电局当播音员的，自己都把路子找好了，她父母却死活不同意，说县电视台那水平，再漂亮的姑娘一出镜也像是妖精，丢那人干吗，三拨两哄就把她弄进了物价局。进了物价局的小范似乎还没从播音员情结里走出来，总是穿得前露胸后露腿的，不时还有花花绿绿的文身纸显摆出来，招一堆眼珠子。说话也没遮没拦，是根生麦茬。刘敏开玩笑说幸亏她没去当播音员，不然光祸从口出这一项，哪月工资都不够扣的。

细芹是个内敛的人，和小范处着就有些距离。提起小范的生茬子，细芹就想乐。去年年终科里考核，局里只给科里一个优秀名额。考核刚刚开始，大家笔帽还没摘下，小范就直愣愣地问王建：优秀评谁？所有的人都绷着笑，等待王建的回答。王建没好气道：爱评谁评谁。小范嬉笑道：其实大家都差不多。不是说连续两年得优秀的人可以多涨二十块钱工资吗？不如把去年的底儿查查，还把优秀的名额给那个人。明年再评别人。江山轮流坐，工资轮流涨，多好。王建仿佛没听到似的把考核表发下，板着脸道：填表！细芹怕小范尴尬，悄悄地朝小范看了一眼，小范感觉到了细芹的目光，朝细芹吐了吐舌头。

这次来的人里还有一个开车的，叫小石。最微妙的就是这个小石，价格认证科没有车。他是物价检查科的科员，兼职司机。手很巧，对车很懂。自己在东环路上开了个修车店，挣的钱赛过几份工资。可能是条件不错，对女人就很挑。挑来挑去已经快三十了，也不急。一副钻石王老五的架势。前些天向细芹要了 QQ 号，两人聊了些日子，彼此都有些异样。没有不透风的墙，抑或是自己心里有鬼，细芹总感觉同事们已经知道了些什么，有意无意地把他们往一块儿撮合。就像这次游山，王建哪儿不能找台车子，非得把小石叫上？想着明天他要来，细芹向妈妈隐隐约约提了提。妈妈沉吟了一会儿，说：别的倒还好，就是比你大六岁，替你委屈。细芹立时没了言语。心想要不是小这六岁，自己虽然长得可以，凭自家的家底儿，未见得有希望成为小石的老板娘。男人说到底是男人，终归还是喜欢小女人。妈妈也知趣，听细芹不说话，便又缓了口气道：大了也好，知道疼人。

细芹微微笑了。

天说亮就亮。雨也贴心贴意地停了。小鸟儿们串起窝来，叽叽喳喳，喳喳叽叽。细芹看看手机，五点半。她翻身起来，开火，搁锅。母亲随后也起了身，道：幸亏昨天把那条道儿捋了捋，要不然今早儿水溻溻的可怎么办。细芹边拿鸡蛋边道：谁说不是呢？

鸡蛋小小的，圆圆的，拿在手里似乎还是温的。这可是城里人最稀罕的笨鸡蛋呢。细芹不由得想起一个笑话：一个老外娶了个中国媳妇，近水楼台地开始学中文。两人因为文化差异经常掐架，掐架的时候当然还是用中文过瘾，两个人就用中文。那中国媳妇嘴麻溜儿，一骂起来就把男人冲得一路筋斗，这老外就常常吃亏。一次两国交战，他又处在下风头，想骂媳妇笨蛋却怎么也想不起笨蛋这个词，狠了半天，才捉住这词的影子，骂出口的却是：笨，笨，笨鸡蛋！

捋过的山道如女人梳过的头，原本蓬蓬毛毛的山道向两边规矩地散去，果然好走。天空明净，树木葱茏，雨后的山色浅白夹着黛绿，清新俊美，和细芹预想的一样，不多一寸，也不少一寸。每一口空气都被洗过了，甜丝丝的。那些叶子上掉落的水珠也都比纯净水更纯净。左右望去，一层层的山峦褶皱清清楚楚、层层叠叠，画一般地挂在眼前。随手就向身边的青枝绿叶抓一把过去，嗅嗅手指，上面都能留一脉茶一样的青气。留心看去，红红橙橙的斑点已经展露在叶尖子上了。连到细芹的红衬衣上，就涌动成了一个流溢的高潮。

“细芹，你穿这衣服，上镜着呢。”小范说。

“谢谢。”细芹抿嘴一笑。

“和小石商量好了吧？一个红，一个绿的。”王建说。

细芹还没来得及应答，就看见走在后面的刘敏趴在小范耳朵边说了红配绿什么什么的，两人哈哈大笑起来。细芹忙问刘敏说什么。刘敏说：红配绿，好得意。细芹不信。又问王建，王建道：红配绿，不挑剔。问小石，小石接得也蛮快：红配绿，没脾气。细芹看看这个，看看那个，最后把目光定格在小范身上。小范刚要开口，小高拦住，接着发挥：红配绿，最美丽。这更不能信了。细芹只盯着问小范，小范却开始伸着手要知识版权转让费。细芹只好笑着岔开话，由他们嘻嘻哈哈挤眉弄眼地诡秘去。这诡秘自然是不怀好意，然而也全都是甜蜜的不怀好意。

一阵小风吹来，细芹的胸口一股凉甜。她裹裹衣襟。这风她是熟悉的。她小时候，这山还叫七里沟呢。是打什么时辰起，七里沟变成了七霞山？还撰文出书引章据典，说从北宋时期就开始叫七霞山了。七里沟变成了七霞山，原来的一草一木似乎都不一样起来。说是兼有什么泰岱之雄、峨眉之秀、华岳之险、黄山之奇、青城之幽这五种自然形态之美，又发现了唐太宗饮马池、汉献帝避暑台等人文景观。大帽子一戴，一道泉一块石顿时都变得周五正王。她常常上去玩的那个小南坡，被幻化成了什么仙女峰。仙女峰下面的那条养马河，也变成了仙女河。还说是天上有一仙女下凡游玩，见到此处美景，流连不已，便违拗了天庭私自留于尘世，并找一帅哥结了婚，两人你耕田来我织布，还见天儿在这河里洗鸳鸯浴，过着比呀比蜜甜的好日子。后来当地大旱，为了给老百姓除干旱，此仙女便舍身降雨，被玉帝知道后化作石头等，诸如此类的陈腔滥调几乎是全国通用的导游词。任谁编得天花乱坠，七霞山还是细芹心里的那个山。那个叫滴水崖的洞是她小时候捉迷藏的地方，渡仙桥原本叫二孔桥，她在桥上的青石板上摔破过腿，膝盖上现在还有个拇指大的疤。这些零碎她都和小石在 QQ 上聊过。平时见面是见面，最有深韵的话也还是在 QQ 上。一样的意思换了个渠道表达出来，那味道硬是不一样。就如好比是七里沟变成了七霞山。沟在地上，霞在天上。哪儿跟哪儿？

这两年，七霞山的名气越来越大，由省级名胜区变成了国家级三 A，由国家级三 A 变成了国家级四 A。一年前又铺着红地毯敲锣打鼓地迎来一群外国老头，骗来一块“世界地质公园”的国际招牌。门票也飙升到了一百二一张。一百二啊。山里人一辈子也想不明白这些不会动的山山水水怎么就能值这么多钱。成立了景区之后，最开始是村里和乡里管，然后是乡里和县里管。现在乡里也插不进手了，主管成了县里和市里。村里的老百姓守着个山口，除了卖点山货，摆个冷饮摊子，别的什么也做不了主。景区里的柿子树和山楂树，到季节了却死活不让摘，一棵三百块钱让上面给买了，说是让游客看。不住人的石头屋子不让拆，也说是为了让游客看。就连路边的地也都不能当家儿了。春天上头让种油菜，夏天上头让种向日葵，说还是为了让游客看。这上看下看左看右看，七霞山越发值钱起来。然而越值钱越和山里人没关系，钞票哗哗地流进售票窗口，一百二谁也拿不走一毛。麻烦倒是实打实地来了。常常有亲戚朋友想来看看，守着个山门口，好像就是自己家的山，人家说来能不让来？可要真来了，一百二一张的门票，谁愿意买谁是孙子。

幸亏有了这条小道。由这道上去，斜刺里走一段，就能进景区。这原本是放羊的道，不太好走。自从七霞山火了之后，这道走的人情礼事越来越多，若是来了讲究些的客人，东家还要先上山把道儿平一遍，这道居然也就慢慢地顺溜宽展起来。守着厨房饿不死蚂蚁。守着这条道，多少也算得了大山的一宗好处。旅游局的人也知道有这么一条道，可民不告官不究，睁只眼闭只眼就过去了。和地头蛇们斗，没有什么好果子吃。招惹他们做什么？不如留口气暖肚。

“细芹，这道儿没事吧?”王建的音儿。

“没事儿。怕蛇?”

“不是怕蛇，是怕旅游局的人逮着你。”王建笑。大家三言两语地逗趣起来，说将来细芹可以和乡亲们自办一个七霞山第二旅游局，门票卖到五块钱一张，把第一旅游局的那帮人全饿死。

穿过一片丛林，眼前豁然开朗——到景区了。一片空旷的谷地坚实地袒露出来，一条亮晶晶的水带嵌在谷地里，被阳光照得熠熠生辉。细芹告诉大家：那便是仙女河。刚下过雨，河水很饱满，在清冽的阳光下，河水旋着轻快的涡流向前跳跃着。河岸的滩涂上，长着一棵粗壮的槐树，一鼓一鼓的老疙瘩淤满树身。树下摆着几方平石，几个人正好把石头坐满。王建拿出烟，小范迅捷地抢过火机，给他点上。王建双眼微眯，做旧社会地主大老爷状。众人笑。

美好的早晨啊。

“饿了。”刘敏伸了个懒腰，“谁有吃的?”

细芹从包里取出装鸡蛋的塑料袋子，一心一意地剥起来。鸡蛋在她的手指下乖巧地舞动着，眼看着就要彻底裸体。刘敏喋喋不休地夸奖细芹，说谁要是娶到这样的老婆，是谁一辈子的福气。这是细芹想听的话。细芹用眼角的余光找着小石。她的余光和小石的余光相碰，微麻。

王建是最先往树上看的，他想找鸟巢。这么多的鸟飞来飞去，树上一定会有鸟巢的。还没有看见鸟巢，他一眼就看见一个很大的枝杈正在他头顶上唱歌，咿呀呀，咿呀呀。

刘敏也抬起头。

一瞬间，他们一起向外跑去。

小高和小范也下意识地跟着他们向外跑去。

小石犹豫了片刻，叫了声“细芹”，也向外面跑去。但他没跑利落，被砸下来的余梢挂了一下肩膀。背上顷刻划了个大口子。他踉跄着跑了两步，回头看，细芹已经伏在了地上，鲜红的衬衣如一片杜鹃。

那个树枝重八十四斤半。细芹内脏多处出血。最要紧的是，医生说细芹的脊椎严重受伤，导致下肢绝对性瘫痪。她的双腿肌肉会很快萎缩起来。从此以后的细芹，要在轮椅上度过余生。

她残了。住院半个月，已经花掉了两万多元。

王建、刘敏和小高三个人第四次一起去医院的时候，细芹还在睡着。她妈从他们手里接过东西，一句话不说，只是掉泪。

“你看这事儿，唉，这事儿。”王建说。

“真是的，这事儿。”刘敏说。

回到单位，小范还在煲电话粥，半天才放下，问他们干么去了。小高说他们刚刚去过医院。小范“唔”了一声，继续低头忙自己的事儿。出事那天，细芹被送进医院之后，小范就再没去看过细芹。让她去她也不去，说忙。王建和刘敏私下议论，说她随着大伙儿去一趟医院多好，又热闹，又好看，还不用自个儿花钱。到底是小孩子心性，人情薄，不懂事。不过那天在医院预交住院费的时候，她倒是把钱夹里的钱清了个一干二净，也可以看出心地也不坏，就是缺少调教。再经经事长长进就好了。

小高走到小范身边，问她到底在忙什么？小范说在忙细芹的事。小高说细芹的事你不去医院忙在这儿能忙什么？小范说医院有医生忙，她忙的是医生和细芹家人都忙不了的事。几个人就走过来问个究竟。小范说她正在查一些资料，想在法律上给细芹一个说法。如果可能的话，她还要代细芹请个律师。小高顿时来了劲头儿，说他看过中央电视台的《今日说法》，有个案例和这个很类似，说去年成都有过一起树伤人的事儿，一位行人在路过一个公司的绿化道时，被突然断落的树杈砸断了脊椎，行人将当地建委、园林局和企业一起告上法庭，要求赔偿损失。法院经审理后追究了当地园林局的责任。

小范马上说那个案子她查过了，情况不一样的。那个大树杈事发前已经断裂，有了险情，也有当地居民向园林部门反映了该情况，是园林部门没有及时将断树杈清除，之后才又造成路人受伤，所以园林局才会负有管理责任。她刚才已经向园林局打过电话，园林局分析说那个树枝也许本身确已老化，前夜的风雨加剧了它与主体的疏裂，因此便与细芹巧合在那个星期天的早晨。出了这种事，他们很遗憾。但谁能证明槐树在砸细芹之前也已经枝杈断裂了呢？没人反映就不关他们的事儿。所以他们也只能遗憾。他们园林局就那么几个人，总不能每天去摸着树干看树枝吧？因此只能说是不可抗力。何为不可抗力？根据《民法通则》及《合同法》的规定，不可抗力是指“不能预见、不能避免并不能克服的客观情况”。天要刮风下雨谓之不能克服，树枝要掉谓之不能预见，人在树下没看见谓之不能避免，当事人只能自认倒霉。

办公室静默。园林局如此，旅游局的态度更是可想而知。本来就是逃的门票，这会儿再找人家的事，输情也输理，趁早别提。

“要说，若不是细芹三番两次请我去，我是不会去的。七霞山，啥七霞山，不就是个七里沟？本乡本土的地方，啥时候都能去，趁她这个人情，太小气。可她是个小妞儿家，说出个话来也不容易，不能不给她这个面子……也怪我，心软。不过，事情既然已经出来了，这话还是不说了。都不容易，是不是?”

这事其实不能怪王头儿。他随高就低，给下属面子，没啥错。“细想起来也有点儿怪我。要不是我说自己饿了，她也就不会想着去剥鸡蛋。她要是不剥鸡蛋，也就不会躲不开那树杈。可谁有前后眼呢？要知道剥鸡蛋能剥出这么大的事，说什么我也不能让她去剥鸡蛋啊。也真是命不济，千想万想也想不到会有这档子事儿。”

“人要是倒霉，喝水都得噎着。我看这事还真赖不着别人，要怪只能怪她自己命不好。要说负责任，我们到了她那地儿，她是主人我们是客人，客随主便我们才去的。她带我们从小道进山，对山里的风险也该有一定的经验和预知。现在树砸的是她，要是砸着我们呢？大家对风险的承担率其实是一样的。所以谁也不要埋怨谁。我们跟着她，想想还后怕呢。最不可理喻的是小范，她和我们是一伙的呀，却胳膊肘往外拐。到底犯的什么神经?”

白总是让细芹想起雪。每年，七霞山都会下那么一两次雪。冬天是旅游淡季，没什么客人，雪下得分外静谧。下雪的时候，她总要踩着雪回老家看看。那雪多迷人啊。峰峰岭岭，树木丛林，沟渠田埂，全都是白茫茫一片。他们的村子也显得格外漂亮起来。黑青的瓦顶被雪勾勒出此起彼伏的写意墨条，乱蓬蓬的草垛成了童话里的房子，就连最不能看的粪堆也被雪笼罩出一条灵动的弧线。

细芹静静地躺在病床上，不知道躺了多长时间了。知道了也没意义，反正腿没有用了。她不想睁眼。她知道一睁开眼，看到的就都是白色。衣服白，床单白，墙壁和天花板上也都闪着冷冰冰的白光。初看是白，再细看，这白就不那么白了。是很粗糙的，很不经审的白。护士服的领口那儿有一块儿油渍，床单头儿不知道是哪一任病号蹭上去的血迹。拐角的墙楞上，已经被刮出了一抹又一抹的水泥印。电源附近被人的手摁出了一层黯淡的灰痕。通往阳台的门上，东一撇，西一捺，都是彩色粉笔的道道，似乎是孩子们的即兴之作。当然，无论怎么样，白还是白的。虽然这白不同于雪。

有手掖了掖她的被角，细芹看见小范站在床前。小范的手里拎着两盒蛋糕。

“细芹。”小范叫道，清亮的眸子有露欲滴，“你还好吧?”

“好着呢。”细芹笑笑。

小范站在那里，看着白被头处细芹苍白的脸。两个人一时无话。沉默了一会儿，小范从包里取出一个信封，放在细芹的枕边。

“以后还你。”细芹说。

“什么话！应该的。”小范红了脸，接着断断续续地说，“事情有点儿麻烦，不过，我会尽我所能。”

“你又不是医生，尽什么所能？”细芹惊诧。

“我是说，大家应该对你负责的事情。”

细芹看着小范。

“细芹，那天是怎么说起进山玩的？我记得好像是王头儿先提的。他说他想领几个朋友进山玩，问你有没有什么门路，你说有条小道，可以不买门票。他说不知道好走不好走，要不你先带大家伙儿走一趟，你说行。就这么来了。是不是？”

“记性真好。”细芹笑，“说这个干什么？”

“如果是他主动提的话，他和你建立的就是一项口头委托合同。他该对你负责的。当然，我们每个成员都该对你负责的。”

细芹看着小范的脸，这是一张女孩子的时髦脸。眉绣过了，青黑中晕染着几丝红黄，眉尖儿挑得有些高，显出一股咄咄逼人的劲儿。两粒青春痘长在左腮上，透着那么点儿调皮。头发上别着几只光怪陆离的小发卡。银色的耳饰一只挂着太阳，一只挂着月亮。

“小范，别搅缠了。”细芹终于说，“你还是忙你的吧。那天的事我记不清了。”她捉住小范的手，“谢谢你。”

“细芹，这可是大事啊。”小范急了。

“我知道。可有些事注定是不会有结果的。”细芹拍拍小范的手背，“不过真的很感谢你。”

小范走后，细芹久久地盯着棒管。有一只很小的虫子正在棒管上爬，它爬得很安稳。这安稳多不可靠啊。它肯定不知道自己在哪里爬，也不知道自己会爬向哪里。它以为自己离光很近。它真傻。

“小范，我知道你家庭条件不错，不怕赔钱。我虽然没你有钱，但也不怕赔。可关键不是钱的问题，而是该不该我们赔。”

“是细芹领我们进山的。”

“是，我承认。所以大家才跑前跑后，也才说也给她凑点儿钱。”

“那点儿钱不行。她家那么困难，已经借了很多债了，后续治疗还要花钱的。她和她妈又那么老实，我们不能欺负她们。”

“欺负？这从何说起？又不是我们把树枝砍下来砸到她背

上去的。”

“你忘了吗，是你先提出要她领我们进山的。你还问她有门路没有，你说还想领别的朋友进。”

“小范！我什么时候说过这话?!”

“我在场，我记得。”

“你一个人证不行。再找两个才有说服力。”

“刘头儿和小高那天也都在。”

“那刘头儿说说。”

“哎哟，那天说了多少话啊，我怎么能记得住？小范，你太难为人了吧。呵呵。”

“小高，你年轻，是咱们科的信息110，大概记得住。你也跟小范说说。”

“我知道有这么一场话，可到底是王头儿先提的还是细芹先提的确实记不清楚了。按我的原则，记不清楚就等于零。总不能瞎编吧？要做呈堂证供还是很严肃的事情。呵呵。”

“医院去过了吧？细芹怎么说?”王建兴致盎然地敲着桌子，看着小范。

小范沉默。

“细芹恐怕也记不清了吧?”

小范看着王建。

“可我记得。”

“小范，年轻人，做事要冷静啊。”

“反正我记得。”

“你到底什么意思，小范？”

“我的意思是说，我真的记得。”

“一件事就看出人心来了。你真是个善良的孩子，好孩子。谁交了你这个朋友，是大福气。可小范啊，人在社会中，不能太单纯了。你知道细芹为什么想让我们上山吗？当然，她带大伙儿上山当然是为了巴结我和王主任。不是我夸口，要你们几个说想上山，她不会答应得这么爽快的。你知道上山之前她给我们说过什么事儿吗？她不知道从哪儿听的信，说我要去当办公室主任，她就想顶我这个窝儿，想当副科长。她是想压你和小高一头，心比天高啊。这个信么，还真是准。不过到底用谁局里还正在研究，细芹别提了，以后连同事都没得做。要么你，要么小高。我推荐的意思，还是用你。你年纪虽小，可是人很正气，也很聪明，不用你用谁？小高那孩子有点儿太世故，我还真不喜欢他这点儿。”

“我不要。”

“小范，可千万别小看这个副科长，正职都是由副职一步步来的。一口哪能吃个胖子？”

“我不要。”

“水别满盆，话别满口啊。”

“我就是不要!”

“好好，不要就不要。咱说正经的。现在这儿没别人，你给大姐掏心窝子说说，你到底是怎么想的？怎么和大伙儿别扭上了？其实大家都挺不容易的。”

“我没想和谁别扭，我只是想实事求是。细芹的事虽然法律上没有明文规定，但在道义上，我总觉得我们该给她负些责任。”

“是细芹让你来当中间人的?”

“不是，是我自己想说的。这事没有中间人，有的只是凭良心和不凭良心的人。”

“你的意思是说，如果按你的意思去办就是凭良心，否则就是没良心?”

“我没那个意思。”

“那你的意思是什么?”

“你也知道，细芹是为了你才在那儿剥鸡蛋的。她要是不剥鸡蛋就不会被砸着。”

“我知道你要说这个。没错，是我说饿了，她才剥去鸡蛋的。但我没有指名道姓要她剥鸡蛋吧？谁承想她那么有心机，那么有眼色？再说鸡蛋煮了总得吃吧？煮鸡蛋不是为了拎着满山跑的吧？还有，如果不出这件事，那鸡蛋剥出来你们吃不吃？那么多鸡蛋不是让我一个人吃的吧？”

……

“你说话呗。”

“所以我想要大家来一起承担责任。”

“怎么承担？”

“反正不是那几百块钱。”

“我看最多也就那几百块钱。”

“如果被砸中的是你，你就不会这么说了。”

“砸了我，我就认命。”

“你是站着说话不腰疼。”

“我还真是不腰疼。怎么着？你也折个树枝来砸我一下？”

“小范，你这是何必呢？又不是朋友，也不是至亲。值得你这么认真吗？现在这个年头，哪儿还有你这么认真的人啊。我知道你是毛主席的好孩子。毛主席说过：世界上怕就怕‘认真’二字。可现在很多事情都不能认真的，你知道吗？你这样认真是很可怕的你知道吗？将来你恋爱了、结婚了、进入生活了，就会明白我说的话。世界上很多事情都得睁只眼闭只眼，这样我们才有勇气活下去。”

“我学不会闭那只眼。”

“那就从这件事儿开始练。练练就会了。”

“我就不明白，无非是钱的事，多出几个钱就那么难？咱们哪家不比细芹家好过？”

“你错了。这事儿的关键不在拿钱，而在于负责任。拿钱的根源是什么？肯定是负责任。做好事轮不到这份儿上。和拿钱相比，负责任更可怕。细芹的责任是那么好负的？现在她这样你都看见了，以后的事儿更不能想。总之，这鱼头决不能下手拆。不然是人都会那么想：要不理亏，怎么舍得拿那么多钱？别人躲还躲不及呢，你还往怀里拽。法院都不说话，你自己倒给自己判上了。缺心眼儿。”

“可看着细芹，怎么忍心？至少我们还好好地活着。她失去的太多了”。

“磨难是生活的财富，痛苦是生活的老师。细芹从此会大有作为也不一定。要是实在看不过去，也得隔段时间再去帮，万不能在这风口浪尖上扭摆，趟脚下这滩浑水，鞋要是真湿了，再想干可不是三两天的事儿。”

“这会儿是她最需要帮的时候。以后帮又有什么意义？”

“钱是好东西，什么时候给她她都会要。”

“我还是想不通。”

“那就好好想吧。”

“……小高。”

“什么?”

“七月份法院让咱们鉴定的那所强制执行的房子，最后定了多少价?”

“如果我没记错的话，是十二万八千四百三十一元。”

“哪一天下的鉴定书?”

“七月的第一个星期五。我想想，该是七月七日，下午。怎么又想起这事儿了?”

……

小范和小石见面是在小石的汽修店门口。小石满身油污地从店里走出来，看见小范，笑容倏地淡了下去，招呼伙计给小范倒水。小范接过纸杯，杯面上一只粉耳朵的小猪，正兴高采烈地摇着呼啦圈。小范转着杯子，没有喝。她心里发干，可喉咙却一点儿也不觉得渴。

两人寒暄了几句便没话说了，有伙计过来问什么零件的位置，小石起身去忙了半天，才又在小范面前坐下。他问小范是不是再换杯热水，小范摇摇头。

“细芹的事，你怎么想?”小范决定开门见山。

“我随大家。”小石回答得很快。

“你，怎么能随大家?”

小石笑了，笑得很冷。

“你什么意思？我和她有什么了？我怎么就不能随大家?”

“你自己知道。”

“我明白你是怎么想的。可我真的和她没什么。”

“是，现在你是需要拎清关系。”

“随你怎么说，我问心无愧。这次也不是我主动要去的。是王头儿临时叫我，我连人带车搞服务。还能怎么着？对细芹，我也够意思了。树枝砸下来的时候，这几个人里，谁叫过她？只有我。我还是唯一被树杈刮着的人。还有，那天在医院里预交住院费的时候，我和你一样掏空了钱包。六百多呢。我也不打算要了。”

“等等。你的意思是说，有人把钱掖着没拿出来?”

“你想去吧。我们面对面凑钱的时候，刘敏手里只有几十块零钱。出发前在县城买水时，我还看见她钱包里有一叠百元大钞。”小石面无表情地说。越过小范，小石的目光盯着修车店的招牌。招牌旧了，该刷新了。

“放心，王头和小高也不会把钱都拿出来的。”突然，小石的嘴角又动了一下。

小范死死地看着小石的脸。

“他们怎么可以这样?”

“怎么不可以这样？反正都知道这钱是有去无回。”

……

“没别的事了？那我忙去了。”

“等等。”小范叫住小石的背影，“如果这次一起去的人都商量好了要为细芹负责，你负不负?”

“我说过了，我随大家。”

“知道了。”

“小范，其实，你最好也随大家。”

细芹很快就要出院了。小范最后一次去医院看细芹的时候，细芹正坐着轮椅在小花园里慢摇。小花园的外面是一片辽阔的庄稼地。透过栅栏可以看见，玉米刚刚被收割过，田野骤然间变得消瘦起来。到处都是象牙色的茬子，高高低低的，仿佛邋遢汉子的胡须。成群的麻雀不时像一片乌云般从一片地里呼啦一声飞起，又雨点儿似的落在另一片地里。几根没有倒的玉米秆在麻雀的运动中轻轻摇晃，一条条灰色的叶筋向下垂着，如同破了的伞架。

小范远远地看着细芹，细芹招手让她过来。

“真想家啊。真想山里的那些石头。”细芹淡淡地说，“你知道吗？我小时候在山里玩的那些石头，现在都改名了。我们叫疙瘩石的，他们叫观音石；我们叫撅嘴石的，他们叫情人石；我们叫花蛾石的，他们叫蝴蝶石；我们叫斜格石的，他们叫乌龟石……你说，城里人的名堂怎么这么多啊？”

“回去之后，需要我做什么，你就说。”小范说着扶住轮椅的推手，倒抽了一口冷气：真凉。

细芹拍拍小范的手背。两个人一起望着田野。

“小范，那次，我们上山的时候，他们说红配绿，后面半句我到底也不知道是什么。你告诉我好吗？”

“都什么时候了你还问这个。”小范的眼圈红了。

“说吧，我想知道。”

小范的声音低极了：“红配绿，赛狗屁。”

细芹失笑。她低头看着自己的手指甲。她的每一片指甲都生出了一些竖竖的硬痕，昨天问了医生，医生说这是缺钙的症状，要她注意补钙。她这身子骨，以后补钙更是件大事。她问医生怎么补，医生说富人富补，吃钙片。穷人穷补，喝猪排汤。对她来说，钙片自然是太贵了，就是喝排骨汤也还得好好安排安排。

“我也想问你个问题。”沉默许久的小范突然说。

细芹仍然看着自己的手指甲。有风吹过，玉米秆的气息扑面而来。

“细芹。”小范喊。

“我记得清。”细芹蓦然说。

小范怔住。

“为什么?”小范的声音微颤。

“我想在景区摆个摊子。已经托王头儿和局长说过了，让局长和旅游局的人说说，把什么杂费都给我免掉。”细芹回头看看小范，“我不能白沾着残疾人的光，得挣点儿闲钱花花。”

小范的眼圈红了。

“医生说了，我还有生育能力。回去之后，我要赶快找个人把自己嫁掉。要是能生个孩子就好了。”细芹看着小范，“要生就生个精明能干的。可不能生你这种傻不愣登的孩子。”

小范的眼泪落下来。

又是秋天了，现在是十月末。继十一黄金周之后，正值七霞山秋季旅游的第二个高峰，也是冬天淡季来临的最后一个高峰。景区打出的牌子是红叶，满山的红叶已经烧起来了。近看敦敦厚厚的红叶，在遥远的阳光下，着了魔似的透亮起来。有的如成熟的辣椒，有的如滚烫的丝带，还有的却薄成了一缕轻纱。而最好看的还是那条潺潺流过的仙女河，水流不大，清澈见底。河床上杂生的水草如碧绿的头发，一根根随着波浪做出前游的姿势。一群鸭子在河边悠闲地踱步，时不时钻到水下去寻找着什么，还有几只黑白相间的喜鹊停留在水边，见有人走近便飞了起来。河水就这么流着，从面前的这片开阔地一直流进幽深的丛林。等到暮色降临的时候，河水会闪出越来越亮的白光，星星点点，神秘而温和。

早上六点，细芹的摊子就摆了出来。她的摊子就在那棵槐树下。她的事出来之后，园林局和旅游局把景区里的所有老树都检查加固了一遍，现在，树下可是个好地方。她的生意不错。乡里乡亲的人对她都挺照顾，游客对她也很照顾。她的东西很少有人砍价。细芹知道，她是沾了这轮椅的光。她是唯一坐着轮椅摆摊子的人。

游客是一拨一拨的。这拨人稠些，那拨人稀些。偶尔也有闲的时候，细芹就把轮椅摇到稍微远的一些地方，去看风景。

天色慢慢暗下来，山谷开始凉爽起来。刚刚吹过的习习山风已经嗖嗖地带着刀子了。几个游客从沟里走出来，迎着风畅快道："爽，爽，真爽。"

细芹静静地看着他们向她的摊子走来。她知道，他们身上还带着热劲儿。很快，他们就会觉得冷的。

他们来到她的摊子前，问着几样东西的价钱。一个不打算买东西的男人百无聊赖地打量着这棵槐树，感叹着这树的魁梧，猜想着这树的年头。

突然，他问细芹：丫头，知道这树的树冠直径有几米吗？

细芹没有看他，她一边招呼着其他人的问价，一边在应答的空隙轻轻地说：大约八米。

（《收获》2007 年第 4 期）

像天堂在放小小的焰火

一

云平刚刚打开的界面是“百度”。查询框里的字码是“什么是破坏军婚”。相关网页有 174 篇。她先点击第一条，是百度自己的“百度知道”。答案很通俗：“就是说一般的搞搞第三者，法律管不着。但是要搞军人家属，闹出来则是会被判刑的。《刑法》第二百五十九条：明知是现役军人的配偶而与之同居或者结婚的，处三年以下有期徒刑或者拘役。”

这个答案前面插了一面迎风招展的小红旗，以示为“最佳答案”，有人在下面跟帖：深入浅出。谢谢！有人语态色情地继续跟：深入浅出？这个词很生动哦。嘻嘻。下面马上就有人训斥着又跟：这是有关法律、军人和爱情的重要事件，严肃些！

云平弯弯嘴角，查询第二条。这一条要详尽些，在告知过第二百五十九条后，还把一些名词进行了具体解析：什么是“现役军人”，什么是“现役军人的配偶”，什么是“同居”等。最后又附加上一条：利用种种不当方式奸淫现役军人妻子的，依照《刑法》第二百三十六条惩处。云平又赶快去查《刑法》第二百三十六条。答案立竿见影、钢刀利水、简洁直接：以暴力、胁迫或者其他手段强奸妇女的，处三年以上十年以下有期徒刑。

云平将网页一一关闭，失神地看着屏幕里悠然起伏的广袤草原。这大约是中国电脑里最常用的桌面了。碧茵茵的草场，天空湛蓝。朵朵白云的阴影温柔地落成铅灰色的轮廓，如纱巾一般轻柔。

云平点燃一根烟，放在烟灰缸的边儿上，干燥芬芳的烟草气息很快在眼前弥漫开来。云平凑近烟灰缸，深吸了一口。心事重的时候，她就会有些迷恋香烟的味道，但她是不会抽的，最多不过闻闻这二手烟。过一段时间，丈夫就要从省军区调回来了。她打算要孩子。

烟雾从烟灰缸沿儿上袅袅升起。云平的耳朵转着弯儿听着楼道里的响动。张威没来上班，她知道。她的期待不过是一种幻觉，可她还是想这么静静地坐一会儿。实际上，她当然明白，她只是想以等张威的形式来厘清自己。她等的，最终还是自己。

二

事情已经过去一周了。

一个多月前，她和张威被单位派去参加市局举办的一个计算机培训班。这种培训班每年都有，已经成了市局的一项传统政绩，以此来显示本行业紧跟现代化发展的迅猛步伐。单位大的来两个人，叫“双胞胎”，单位小的来一个人，叫“独生子”，被派来的人都是小三十的样子。这是有道理的。年纪大的培训了没价值，一般也不愿意来。正值壮年的都是骨干领导，没时间来。刚进单位的新手又没资格来。于是，参加培训的就都是这些说绿不绿、说黄不黄的边缘人物。云平所在的局有七八十人，算是一个大局，就被派来了两个。她算一个，还有一个就是张威，是个男孩子。其实也不小了，比她还大两个月，却因为没结婚，云平就把他看成是男孩子。张威原来在下面的一个所站工作，刚调进局里半年。他在行政处，云平在宣传处，两个人接触不多。要不是这次培训，也就是见面点个头的交情。

成人培训班是个有趣的地方。虽说有班主任管着，可真要管自然就是笑话了。班委会和支部也都是有的，不过担当的人自己是什么角色到最后都会忘掉。大家基本上都是随性而为。本来已经告别学校很久，现在却梦一般地重新回到了学生的流程，天天扎在一起吃饭，屋挨着屋睡觉，时不时地打打牌聊聊天，这气氛是亲切而迷人的。只要学费交了，课爱上不上，结业证总是要发的。下课了就更自由。相好的人一对一对出去，谈得来的几个几个出去。大圈子、小圈子都画得滴滴儿圆。这个年龄，眼睛里都经历了些世事，手脚里也略微有了些处世的技巧，是既能够自然分流又知晓同流合污的境界。在这个临时集体里，这个本事是很实用，也很适用的，大家也都用得很好。

三十多个同学中，“双胞胎”有四五对。相比于“独生子”的天马行空和自由自在，“双胞胎”之间的关系就显得牵牵绊绊，顾忌繁多，相处的尺寸也就更微妙一些。都是一个单位出来的，离得太远，肯定说不过去。走得太近，也未必都是真心。怎么处得既让外人挑不出什么来也让自己舒服宽松，是个讲究。不过做起来也并不难：多说对方好，决不说对方坏。即便从别人口中听见有关对方的不妥之词也保持缄默，不传不议。但若得知了一些与己无关的私密消息却不妨及时共享和串通一下，对方需要帮助时则必定会量力而行——这几条平常招数，使到那些平常人身上，是足够了。

云平和张威都是知常理的平常人，因此，在这些“双胞胎”里，算是处得好的。处得好的直接效果就是：逢到有什么小范围的活动，和云平好的圈子叫云平的时候会叫上张威，和张威好的圈子叫张威的时候也会叫上云平。彼此都给面子，和和气气，光光鲜鲜。这么叫来叫去，云平和张威就夹在人群里成双入对，来来往往自然就比以往频繁了许多。聊天的时候，问云平什么，张威知道的，就会替云平代答。问张威什么，云平知道的，也会替张威发言。偶尔两人还会说几句别人都听不懂的关于单位的私房话。如此这般，学业时间还不过半，几场小酒喝下来，他们的情形看着都有些像老夫老妻了。

但两个人的状态还是不一样的。在人群里，云平的话相对还是少。张威有时候说得多些，还会问她：“是不是啊，云平?”云平就答应一声：“谁说不是呢。”张威不说，云平也就决不应和。毕竟是一个单位的，且男女有别，之前又不太密切，话里还是该有些藏掖。将来若是有了什么不合适的言语传到单位，自己也好撇个清爽。这么想着，云平就宁可少说，不去多说。有时候耳听着张威说得要过界儿了，云平也会朝他使个眼色或者把话岔开，单独的时候教化张威一顿。这当然是为张威好，不过说到底儿也是为自己好。同学都来自一个系统，就是一个塘里的水。张威的一些话虽然不是本意，难保将来口传口，舌传舌，旅游了一圈就换了个样儿。到时候虽说点火的人是张威，只怕离张威最近的她也逃不了干系。知道好歹的人都会明白云平的做法是多么周善。对这个，张威稍一寻思自然就是明白的，也是服气的。看着张威在自己面前温温驯驯听话的样子，云平就会滋生出一种类似于做姐姐的成就感，心里是熨帖的。

不过逛街的时候，云平就活泼了许多，由姐姐变成了妹妹。她这家店进那家店出，一三五二四六地评说着，张威就没了话。云平她们买什么，张威就帮着拎什么。张威一米八的样子，人高马大。相貌虽然一般，但男人嘛，个子一拔就显得帅了。看着张威亦步亦趋跟着自己的情形，云平心里也是暗暗得意的。当然仅有得意就够了，她不想招惹更多。对丈夫，她是称心的。丈夫是省军区政治处的少校军官。除了两地分居，没有什么大毛病可挑剔。况且最近连分居的问题都快要解决了。丈夫正在努力往地方调，已经颇有眉目。她可不想出什么岔子。结婚两年来，他们夫妻生活虽然做得有限，但感情还是蛮好的。即使两地分居，也每天都通电话和邮件，距离的漫长让蜜月期也漫长起来。冥冥之中，这似乎是对分居煎熬的另一种补偿。

当然，云平也知道张威不会想和她有什么文章。张威家境是不错的，自身条件也都很好，可这么大了还没找，还不就是因为挑来挑去，高不成低不就，眼睛里揉不下一粒沙子吗？说到天边儿，他也决不会打她这个已婚女人的主意。即使他们彼此看着都很顺眼。

两个人在一起，都是很放心的，也都是受用的。

三

快结业的时候，他们去外面喝酒的次数多了起来。这样的酒常常喝到十点钟以后。宾馆向南走不远有一条河，叫银水河。河不宽，桥却很长。过了桥就是燕庄，是个都市村庄，有些杂乱，不过人气十足。他们常去的地方就是燕庄。一进燕庄，一街两行都是大排档，那些小菜看着诱人极了。其实都是一些最一般的菜：水芹花生米，清拌萝卜皮，油辣小螺蛳，红烧茄子，金针菇拼粉丝，白菜炖豆腐……车水马龙中，这些小菜就是尘世中开出的花朵，万紫千红，玲珑悦目。即使不吃，单看着也是让人喜欢的。若是坐下来，用筷子搛起，再配上一杯小酒，那点儿情趣里，便有着一种说不出来的惬意。

酒这东西，说起来真是奇怪。喝的时候不仅分人，也一定要分时辰。早酒肯定是不合宜的，中午的酒又有些短促，匆忙，不能让人舒展尽兴。唯有这夜晚的酒最闲适，如拉面一般，是可以抻长的。而到十点钟之后才开始的酒，简直就有一种飘逸的韵味了。如一条柔软贴肤的真丝围巾，又如围巾下摆的穗子，绕来，绕去，是沁心的，也是别有滋味的。人在酒里，一杯一杯地数着光阴，不知长，也不知短，只知道原来酒在这世上可以衍生出那么多的醉意醺然，知滋味的人尽可以在其间游来泳去，荡荡漾漾，美美妙妙，如鱼如舟。

做姑娘时的云平是不喝酒的，她喝酒的经验开始于自己的婚礼。因为要敬宾客，作为新娘，她第一次喝了白酒。洞房花烛的时候，又陪丈夫喝，之后就面若桃花地度过了自己的初夜。从此，她对酒有了些感觉，但一般也是不怎么喝的。只有丈夫探亲归来，她才会陪着喝两杯。而现在，单身学习在外，轻快闲适，周边又都是看着顺眼的人，这情形似乎是合适喝酒的。于是，她就放开来喝了。喝着，喝着，到了一定程度，很鲜明的，云平就变成了另外一个样子。她不再阻拦劝酒的人，谁来和她碰，她就慢慢地、从容不迫地把酒喝下去。然后她两颊泛红，双眼含春，笑容灿烂地探着头，看看这个，看看那个，还会很细腻地为身边的人服务：给这个捋捋衣领，给那个顺顺头发，或者拿出一张餐巾纸，小心翼翼地替人擦去嘴角的油渍。这时候的云平，是分外可爱的。人们也会分外起劲儿地给她劝酒。她就一杯一杯地喝下来。喝到差不多的时候，人们起身，就会发现：云平已经醉得走不了路了。

于是，就只好派人背她。背的人，自然是张威。他背着云平，慢慢走着，隔着一段距离，落在人后。醉了的云平很喜欢说话。

“张威……是张威吗？”

“是。”

“这河里是什么？圆圆的，白白的。”

“月亮。”

“月亮怎么在水里了？”

“地球引力。掉进去的。”

“哦。我还以为是我扔进去的呢。”

“不是你。”

……

“张威。”

“说吧。”

“你的头发真香啊。我想闻闻。”

“是吗？那你就闻吧。”

“唔——好闻。哎，你看，我怎么觉得月亮离我那么近哪？”

“因为你快成嫦娥了。”

“那你呢？”

“我啊，我是吴刚。”

“你不是吴刚，你是玉兔。你的头发这么软，比兔毛还软。你是玉兔。”

“好，我是玉兔，我是玉兔。”

……

常常就在这胡说八道中，云平睡着了。第二天醒来的云平，总是有些羞愧。就偷偷地问张威自己说了什么可笑的话没有，张威一一道来，云平就会捂着脸叽叽咕咕地笑个不休。酒场的潜规则里，喝醉酒本身不算把柄，醉话和醉行却往往都会成为经典的谈资。也知道张威不是那般碎嘴的人，云平却还是要忍不住一而再再而三地嘱咐张威千万不要告诉别人。张威自然应允，也从来没有食言过。于是，云平对张威也就暗暗地更好些，两人的交情由表及里，渐入佳境，仔仔细细地厚实起来。

四

事情就发生在结业那天晚上。一拨谈得来的人又去喝酒。因为是最后一晚，大家喝得格外尽兴，话也说得格外尽兴——最后的时光总是让人想朝尽兴处去做的。喝着说着，话题就飞开了。有人问张威为什么还不结婚，张威说找不到合适的。又有人问张威，看起来和云平那么好，是不是喜欢云平才不结婚。张威道："不是。云平是同事，别乱讲。"这话是没错的。云平心里却有些不舒服。他就不能顺口开个玩笑吗？比如说"恨不相逢未嫁时""早遇到我她就不会成为军属了"什么的，这么明明白白、古古板板地对着别人申辩，自己没有台阶下，多少是有些难堪的。又有人问云平为什么不要孩子，云平说想等丈夫调回来再要，不然一个人养会太过辛苦。张威睨着眼叹道："我和你一起养啊。"大家爆笑。问他用什么身份和云平一起养，张威道："我是孩子舅舅嘛。"大家又一阵爆笑，逗他："不会是假舅舅吧。"张威决然道："不会，不会。"

云平在笑声里沉默着，恼是不好，不恼也不好。巴不得这酒快快散了。这时，又有人逗张威："一看你张威就不像盏省油的灯。肯定不会还是童男子吧？"张威还没答，云平心里正闷，听人居然问得如此不靠谱，脱口就道："张威当然是童男子。"不料，张威闻声就立马转脸看着她，定定的，一派意味深长。一帮人也都发出响亮的起哄似的怪笑，笑得也是意味深长。一瞬间，云平就明白过来：自己说错了话。可有些错话只能硬到底，没法子改的。正想着怎么把话岔开，她最怕听的那句话已经被张威问了出来："你怎么知道我是童男子？"

所有的人都兴致勃勃地看着他们。

"怎么，当童男子很丢脸啊？"云平竭力使自己笑着。

"且不说丢脸不丢脸。你就只说，你怎么知道我是童男子？"

"一般没结婚的，当然是童男子了。"

"那我要是二般呢？"

"哪怕你是三般呢，和我有什么关系！"云平带了气。

"所以说，在童男子的问题上，不要轻易给一个男人下判断啊，妹子。"张威拍了拍云平的肩膀。他的手掌是厚大的，拍着云平的时候，像戴着一副怪异的皮毛手套。他叫她妹子。他居然叫她妹子，亲昵地、带点儿邪气儿地叫她妹子。云平觉得自己的思维有些短路了。

他们聊着喝着，喝着聊着，直到凌晨一点，才厮跟着晃晃悠悠地回去。云平照例又醉了，张威照例又背她。这是最后的夜晚了。明天就要回去，再不能让张威这么背了。在张威的背上，云平朦朦胧胧地想着，有些伤感。刚才语锋里存着的一点儿疙瘩早已经消化了。她扣着张威肩膀的两只胳膊慢慢地软下来，张威察觉到了她的松懈，双臂一用力，把她往上提了提。云平觉得自己一下子高了许多，离天近了许多。高个子的男人真是好啊。伏在这宽大的背上，云平又想说话了。

“张威。”

“哦?”

“我重不重啊?”

“不重。你轻如鸿毛。”

“讨厌!”云平捶了捶张威的背，“你才是鸿毛呢。”

“好好，我讨厌，我讨厌。”

“你承认你讨厌了，我就说你可爱。”

“不可爱，不可爱，一个童男子，可爱什么呀。”

“呵呵。我知道你生气了。你不是童男子，行了吧?”

“那我是什么?”

“你是大男人。”

“行，我就是大男人。我操!”

“我也操!”

“你拿什么操啊?”

“不知道。”

张威就嘎嘎地笑。

“张威，快看，那是什么?”

张威顺着云平的手向天上看去，天边正划过几道金闪闪的微薄的光迹。

“是流星。”

“我还以为是焰火呢。”

“你说是焰火就是焰火。”

“那焰火怎么这么高啊?”

“那是天堂里的焰火，当然高了。”

“那焰火怎么这么小啊?”

“那么高，当然小了。”

……

回到宾馆，张威已经出了一头的汗。他在云平房前敲了半天也不见她同屋住的女生响应，这才蓦然想起那个女生下午照过合影就已经拿上行李走了。张威把云平放下，架着她的胳膊在她包里找钥牌，没有，他又在她裤袋里找。果然找到了。往外掏钥牌的时候，他感觉到了她皮肤的清温和润热。张威只觉得酒意轰地一声又上了大脑，又醉了似的。

可他知道，自己没醉，只是想醉。

进了房，他替云平脱了鞋袜，又到卫生间湿了湿热毛巾，想给云平擦擦脸。毛巾很小巧，是粉红色的，上面开着一朵朵雪白的小花。张威先蒙到自己脸上，嗅到了一种淡淡的香皂味儿。他只觉得自己的鼻子机灵灵地打了个颤，却另有一股热力从头淋下，瀑布一般。

回到房间，他给云平擦了脸，又把外套给她脱下来。云平瘫在床上，骨松肉懒，一动不动，任张威伺候着。张威忙完了，把脸贴向云平，想要看看她是不是有醒的征兆。在橘黄色的台灯光中看了半天，却也没看出个端详。而云平的脸在光中变得渐渐妖媚起来。是的，她是睡着的，均匀地呼吸着。可她的脸，却变得妖媚起来了。眉好像更细长了一些，睫毛卷翘得让人心颤。嘴唇红润，嘴角还微微上挑。张威忍不住轻轻地在她的嘴巴上亲了一下，亲吻声把自己吓了一跳。四周看看，没有人，什么人都没有。然后，张威把云平的衣服一件件脱下来。云平依然一动不动，任他脱着。做着这一切的时候，张威一遍一遍地对自己说：你喝多了，你喝多了，你喝多了。他要让自己相信自己此时的“喝多”。有时候，相信什么比真的是什么还要重要。他知道。

终于，他们两个都是裸着的了。张威俯下身，开始认真地亲吻云平的脸。从额头开始，然后是眼睛，耳朵，嘴唇……在他分开了云平的腿，就要进去的时候，突然，云平睁开了眼睛。云平的眼睛睁得很大，很大。她惊奇地、不可思议地看着张威。

“张威，你在干什么?”

张威没有回答。一瞬间，张威明确地意识到自己不能回答这个问题，或者说，只能用行动来回答。他试图继续亲吻云平，云平开始无声地挣扎。张威全力以赴，云平也全力以赴。两个人都盲目地、奋不顾身地使着劲儿。突然，不知道怎么，云平的膝盖就顶住了张威的要害。张威“哎哟”了一声，感到自己一下子在急剧地蜷缩。随着张威的叫声，云平从床上腾跃而起，这才发现自己居然已经一丝不挂。她抓起毯子挂到身上，嘴巴张得很大，很大。似乎是想要说什么，却又说不出来。她只是看着张威的身体，张威蜷缩着的身体。

房间里很静。只有空调嗡嗡的声音。

张威终于慢慢地站起来，穿上了衣服。他没有再看云平。离开房间的时候，他带上了门，带得很轻。

第二天早上，单位来车接。云平下去的时候，没有看到张威。师傅对云平说，张威给他发了短信，说有朋友想让他陪着去办点儿什么事，所以一早就搭朋友的车走了，让他们不要等他。

云平一个人坐在后座上，闭着眼睛。师傅问云平怎么了，眼圈那么黑，是不是没休息好？云平简短答道：“头疼。”

五

第二天，云平就上班了。按照不成文的惯例，刚出差或进修回来的人是可以再接着休息一两天的，但云平没有。她几乎是迫不及待地想要上班。一个人在家里待着，她受不了。只要静下来，她满脑子就都是和张威裸体相对的情形。昏暗的灯光下，那景象历历在目：张威蜷缩在床边，肩、胸、腰、臀的曲线一气呵成，粗犷流畅，皮肤泛着淡淡的铜黄。她甚至是眼珠不错地看着张威站起来，一件件地穿上内裤、长裤和衬衣。在他穿内裤的时候，他胯间瑟缩抖动着的漆黑毛丛以及毛丛间的那棵灌木——她当然也看见了。虽然她只是看见，没有看清，但这看见已经如一盏高度明亮的汽灯，把她的大脑照得一片炫白。她要躲避这灯，她要上班。

然而及至坐在办公室，云平才明白，自己上班的目的原来并不仅如此。她之所以这么急着上班，其实也是对自己好奇：这件事让她心虚。在经历了这件事以后，她想象不出自己在单位会怎么样。她还能像以往一样有正常的秩序和正常的表现吗？心里没底儿。她想知道自己的底儿，一进单位她就放心了。她看到了自己的底儿。这底儿还是结实的，不会让她露出什么破绽：和女同事们拥抱，和男同事们打趣，向和自己打招呼的其他科室的人忙不迭地呈现出储蓄已久的微笑和寒暄。谈及张威的时候，她措辞恰当，不疏不昵。谈及自己的时候，她表扬加自嘲，一脸没正经。然后见过处长、接领工作、处理信件……一切都如常起来。

天色渐渐地暗了。同事们早已离去。云平长长地出了一口气，在桌前坐下。这时候，她才搜索到自己急着来上班的另一个目的：想见到张威。没错，她对自己一万个承认：她是厌恶张威的。她简直不能想象昨天晚上的情形。他怎么可以那样呢？作为同事，或者朋友，他怎么可以那样呢？他怎么可以趁着她喝醉，就那样呢？但是，她也得对自己十万个承认：她想见到张威。她想知道经过昨天晚上的裸体之后，穿衣服的张威碰到穿衣服的她，会是什么样儿。他会怎么朝她走来？他会用怎样的眼神打量她？两人碰面的时候会不会说话？他会说些什么？会不会跟她说对不起？她要不要骂他？或者说没关系？……一切都是未知数。对这未知数，她是恐惧的，也是好奇的。刚发生时，是恐惧淹没了好奇，而现在，是好奇渐渐强过了恐惧——说到底，恐惧又有什么用？总不能为这个把工作辞了。

云平忽然想起一个段子：一个死刑犯被执行枪决，初次上阵的行刑手也很紧张，第一枪擦着犯人的左耳朵过去，第二枪擦着犯人的右耳朵过去，在他正准备第三枪的时候，犯人哭着说："大哥，求求你，勒死我，行吗？"——既然必须有这个过程，那就干脆让过程痛快一些吧。

但是一天、两天、三天，已经一周了，张威还没有来上班。第五天，云平忍耐不住，跑到行政处做无意状去打听，行政处的人告诉她：张威病了——感冒。

云平的心一下子软了。他是在怕她吗？他怕她什么？她这才想起去网上查询军婚和强暴的法律条文。如果张威真有这种顾虑的话——云平觉得自己的脸一下子发烫起来：她从没有把这件事上升到如此严重的程度。告他？这不是笑话吗？她干吗要告他？什么都没做，有什么可告的？即使他是想强暴，那不也是未遂吗？未遂当然也是罪，可是放在她和他身上，这罪名总是有些不伦不类。这么想着，云平忍不住就想骂张威：真蠢啊，蠢死了。是，这件事情他是性质恶劣，可自己这么长时间不说话不就等于原谅他了吗？难道还需要她亲口许愿？他是不是真的以为被自己抓住了什么要命的把柄？傻瓜。说到底，有什么呀，反正没做。没做就是看了一下。不过是被他看了一下。要这么说，她也看了他的。不亏——云平惊奇地发现，自己已经开始替自己宽慰张威了。

电话突然响了起来，吓了她一跳。她犹豫了一下，接起——是丈夫。问她怎么还不回家，云平撒娇道：你不在回什么家？丈夫说：那你的意思就是说，你还有可能夜不归宿？云平心里莫名其妙地闪过一丝慌乱，随后一阵真切的委屈又夹在了这慌乱里，把她的泪刷地冲了出来。她抽着鼻子说刚刚上班，手头积攒的事儿多，她想赶快处理一下。丈夫一边笑着、逗着安慰她，一边叮嘱她要注意身体，说他调动的事情已经定下来了，办手续的过程得两三个月。长征即将胜利，要她再忍忍。

收线许久，云平的手还在话筒上。她忽然觉得丈夫是那么亲，那么亲，亲到了骨子里。

六

周一上班之后，云平终于看见了张威。不过一周时间，张威很明显地瘦了下来，简直是刀砍斧削。本来是想远远绕开他的，可一看到他的样子，云平的心就怦怦乱跳起来。怎么会那么瘦呢？才几天啊，就瘦了整整一圈。个子抽得更高了，像根竹竿。可怜人呢。看来他真是有心事了。怎么办啊？怎么办啊？她问着自己。横了横心，索性直接朝张威走过去。张威也看着她，一步步走过来。

“嗨，张威。”这三个字挤出来，云平的心突然安静了许多。

张威点点头，把眼睛看向别处，又看回来。

“听说你感冒了。好了吗？”

“好了。”张威似乎有些腼腆地抿抿嘴唇，“你这些天，怎么样？”

“还好。”

两人相视一笑，回到各自的科室。坐到办公桌前，云平问自己：就这么完了？本以为天崩地裂的一件大事就这么完了？似乎又有些愤愤不平。凭什么呀，自己还得主动跟他说话，太没出息了。

可已经没出息过了，还能怎么样呢？

再见面的时候，两人似乎又恢复了正常邦交：打招呼、点头、微笑，偶尔闲聊两句天气，萨达姆、拉登和黛安娜。都是最正常的时段，最正常的节奏，最正常的频率，最正常的内容。他们之间，没有再开玩笑。一句都没有。

就这样宽宏大量地把平安无事的信息传递给了张威，云平觉得自己已经仁至义尽了。可还没等她喘匀气儿，她就蹊跷地察觉：张威似乎并没有从自己这里得到有效的镇定。他还在继续瘦。瘦得目标坚定，不折不挠。起初云平以为是自己的心理错觉，后来才发现，他的瘦已经变得有目共睹。单位里所有的人都开始议论张威的瘦。连处长都上了心，把她叫到办公室，郑重打听："张威小伙子挺好的，最近是怎么了？"云平失笑道："我怎么会知道。"处长的眼睛里突然露出两只毛茸茸的小爪子，往云平的眼里勾来："在市里学习的时候，张威是不是喜欢上谁了？怎么就换了个人？""不清楚。"云平回答得斩钉截铁，"我也奇怪。"

有一次，培训班的一个女同学跑来他们单位调研，两人一起接待，在一个特色牛肉馆子预定了座位，三人汇齐。女同学一见张威就张大了嘴巴，仿佛见了鬼，结巴着问道："怎么……怎么会这么瘦？"张威和云平都没有接茬，只是给她夹菜，你一筷，我一筷。过了好一会儿，女同学才安下神来，挑起话头，回忆起培训班的许多趣事，张威和云平的反应依然平淡。及至谈到云平喝醉张威背的章节，云平起身便上卫生间。女同学终于感觉到了不妙，跟到卫生间，连珠炮似的问她："你们俩怎么怪怪的？培训的时候不是还好好的吗？闹什么矛盾了？"

“没有。”云平断然道，又振振有词地解释，“那时是临时性同学，现在是永久性同事，所以尽管处得好，保持分寸还是很重要的。”

“噢——懂了。临时——性同学，永久——性同事……”同学念念有词。云平把手上的水珠甩到她的身上。两个女人嬉笑着从卫生间走出来。隔着密密麻麻的食客，云平一眼就看见张威寂寂地坐在那里。人头攒动中，不早，也不晚，两人的目光于瞬间相遇，是清寒的，洁素的目光。一刹那，在喧嚣的众声中，云平似乎听见有金属落地的脆响，叮叮，当当。这声响折射到耳朵里，刺出锐利的疼。

这个笨蛋，云平暗骂。这一刻，她不得不承认她对他的揪心。他干吗要让她这么揪心？他还在思量那件事吗？他还想要她怎么做才肯放下？她已经饶过他了，他就那么饶不过自己？追究起来，他这么秤砣落河沉到底，不也是从另一个角度羞辱她吗？——羞辱她对他的既往不咎，是一种不知自重的轻浮。她有些恨起他来了。无论如何，她不能容忍他这么下去，折磨自己，也折磨她。

第二天，快下班的时候，云平给张威发了个短信，要他晚走一会儿，说她有话对他说。——她打算和张威彻底地、直接地谈谈那件事。原本，她是想把那件事在心里沤烂的。短信发过，云平突然为自己骄傲起来。她是个多么有心胸的女人啊。不仅在行为上原谅了张威，还要从精神上解救张威。那个夜晚是条冰河，他和她本来已经处在了河的两岸，只要她不吐口，那条河就没有冰释的可能。他们就只能在冰面上行走，是真正的如履薄冰。但是，现在，她已经决定一容到底，不只是让冰面解冻，还要在这条河上重修桥梁。

怀着这样的骄傲，她听见张威走进办公室，云平双眸朗净，递上一杯刚刚泡好的咖啡。热咖啡的香气霎时缭绕在他们中间。

“张威。”云平一字一字地说，“那件事，以后不要想了。”

张威啜了一口咖啡，无语。

“谁都会犯错误。我不会难为你的。”

张威仍然不说话。

“以后，你该怎么样还怎么样。”

张威抬起头，看着云平。

“我做不到该怎么样还怎么样了。”

云平的心一瞬间蹦到了嗓子眼儿。他这话什么意思？莫非他还想纠缠她？莫非他已经真的爱上了她？莫非他一直以来都不是在忧虑着原谅和忏悔的问题，而是陷入了对她的爱情中？她看着张威，紧张地、抑制地咳嗽了两声，正想开口。张威又说话了。

张威说："云平，我不行了。"

"什么不行了？"

张威看着云平，笑了一下，笑得简短、微弱、凄凉。云平脑子里突然划过一道明亮的闪电，然后，由远及近，听见了轰隆隆的雷声。

"什么时候……开始的？"

"那天晚上，被你顶了一下之后。"

"以前，有过这种情形吗？"

"从来没有过。"

云平把目光转向窗外。她的办公室是在二楼，楼外有一棵巨大的枇杷树，枝叶茂密。枇杷树不远处是一棵白丁香。有风吹来的时候，只要一打开窗，就能嗅到扑鼻的混合型的植物芬芳。

云平做了一个深呼吸。

"没有去看看？"

"这些天一直在看，没用。"

云平看着张威的鞋子，鞋子的标志是 361 度。这商标名字多棒，多有创意。360 还不够，偏偏要多个 1。多了个 1，一切就都变了。

“那……怎么办呢?”

“不知道。”

张威端着咖啡杯，只喝了一半，咖啡已经凉了。他站起身去饮水机那里续水。一晃一晃的身子，如雷劈过的树，摇摇欲坠。云平看着，心里一片茫然。她没有再说话。沉默了一会儿，她走到张威面前，拿掉他手里的咖啡，轻轻地抱住了他。张威木然地站在那里。许久，才伸出树枝一般细长的手臂，抱住云平。

天完全黑下来的时候，两人走出了办公楼，一起去搭车。大街上人来人往，潮流涌动。每个人都是匆匆忙忙、意气风发的样子，仿佛都有地方可去，都有目标可寻。只有他们，像两个迷途的孩子，在所有的路口都会犹豫着站定，束手无策。

七

都有些歉疚，都有些埋怨，都有些心疼，也都有些体恤。两人的关系，眼见得又密密扎扎地亲切起来。这真的是不打不成交。这别致的打，也成就了别致的交。他们常常会约着一起坐坐，喝杯咖啡，或者吃个牛排。或者哪儿都不去，只是都晚走一会儿，坐在办公室里随便聊聊，甚至，或者只是坐着，看着电脑，聊也不聊。听着时钟滴答滴答地走着，一片宁默，一片纯净。

两个人之间有了秘密，在人群之中终归是有些不寻常的。单位里的人很快便看出来，他们和别的同事不一样，却都不说什么，也说不出什么。因着云平平日的谨慎和正雅，因着张威素常的豁达和简透，因着他们在单位的无足轻重和年轻，同时也因着他们的好确实也没有什么具体的可让人想入非非的证据。云平像个小母亲，张威像个孩子。两人在一起的情形，有点儿像过家家，又似乎比过家家还要干净。那是散散淡淡的默契，清清爽爽的亲。

——他们的好，真的是一种亲呢。这种亲和男女之间的爱是不一样的。亲好是好，却不黏缠，彼此是利朗的。诚恳坦荡，毫不暧昧。如果说男女之爱是莲蓬头，能淋得人浑身湿透，这种亲却是如热水袋，他手敷着一面，她手敷着另一面，两只手之间，夹着一枚深色的核，无数不能启齿的心思都灌进了这热水袋里，传出来的温度却是净暖和温爽的。当然，他们之间有时也是有疏离的。但这疏离又很奇怪，是可以随时变化的。要是有人想趁着这疏离插在他们中间打探些什么，那就只能感觉出他们的密来。等打探的眼睛走开了，他们也又分出了空当。总之是让人捉捕不住什么，却又有着一种氤氲生成的密切。

这状态是有些奇异的，表现出来的却是家常面貌。于是，大家也就只好以家常语调把他们定位成朋友。单位上下说起他们，就说是不错的朋友。最多嘴皮子痒了，拿他们开个玩笑："瞧这小两口儿!"这玩笑开到了明处，在某种意义上简直就是对他们情谊最健康、最纯净的认可。云平明白，所以也就不恼，只是嗔他们："那么大的人了，怎么就吐不出象牙呢?"

不过，话再说回来，其实也都知道，不会是那么纯净的。都长了快三十年了，哪还有那么纯净的心呢？常常的，云平会想起张威的身体。那个酒意荡漾的夜晚，她看到了张威的身体。这真实的事件想起来却如同幻觉，而张威也看到了她的。不，那时她是醉的，他看她比她看他还要确凿。那么，他也会想她的身体吗？要是那天让张威真的做成了，又会怎么样呢？她会恨张威吧？不过，也不一定。

两个人一旦有了真正密切的身体关系，再想要去全盘地、彻底地恨他，恐怕也是很难的吧？……脑子里万花筒般地转着圈儿，与张威在一起时，云平的脸上却是秋波无痕。不能问，不能说。问了是无聊，说了也没意义。她知道，再也不会发生那样的事情了。那个夜晚彼此的裸露——两个在单位衣冠楚楚的人，突然间看见了彼此的裸体。有时候，想着想着，云平就想笑。这感觉真是让人诧异，但她始终没有笑出来。——现在，张威不行了。这是一件大事。他们都知道这件事的坚硬和重要。

云平偷偷在网上给张威查过一些资料。其实知道张威肯定也都查过，不过还是想尽尽自己的心。查过了，下载下来，打印好，给张威送去。路过书店的时候，也会在医学柜台那里挑几本书，包好，交给张威。她甚至还把丈夫买的黄片给了张威，张威都微笑着接了。想来张威也是更用心更下功夫的。但这不是用心的事，也不是下功夫的事。

偶尔的，云平也会问张威："怎么样?"

"什么怎么样?"张威困惑着，随即就明白过来，"还是那样。"

两人就都沉默了。

一点儿起色都没有，两个人难免都有些沮丧。相对坐着的时候，两个人会眼睛看着眼睛，苦笑一下。然而回头细想来，又觉得这苦也不是那么苦，似乎后味儿里还带着一些些甜意。这甜意，是所谓友谊稀释出的糖精。糖精是有毒的。

——正如云平所知道的，在微淡沉郁的外表下，张威是有些恨自己的。当然，这恨也不是那么好表达。有时候，云平会隐隐地感觉到，张威在不动声色地、冷冷地从上到下地打量着自己。他用那样冰凉的目光在看自己的身体，这让云平有些毛骨悚然。不过，一次两次之后，云平也就坦然了。她任他看。看看又能怎么样？看也白看。她也知道自己的这种大无畏是有些残恶的，简直有些欺负张威的意思，由不得就内虚外热，对张威就更体贴知意起来，张威目光里的冰凉也就散了神儿，渐渐升到了零度之上。

一次，两个人从星巴克喝完咖啡出来，拐进一个街心花园散步。走累了，便坐在长木椅上休息。不知怎的，就说起结业那天晚上醉酒后看到流星的事情来。

“你说，流星是天堂在放小小的焰火。”张威道，不由得笑，“挺诗人呢。”

云平也笑：“可能只有喝醉了才会那么说吧。有时候，酒醒了，反而特别想念自己醉着的时候。”

“是啊，想来人们之所以爱喝酒，原本就是为了醉吧。”

两人一起向上看去。这是个阴天，星星很少。

“不知道什么时候还能看见流星。”云平说，“也不知道流星从哪里来，到哪里去。”

“太空中的一粒微尘，偶然飞入大气层，发生摩擦，产生光热，就会成为一颗流星。”

“你怎么知道的?”

“网上查的。”

“怎么想到查这个?”

“那天晚上，你说过之后，我就查了。”

云平微笑。两人以同一种姿势仰面朝天，神情如两个小小的孩童。

八

偶尔，云平也会想，如果自己和张威再试试，又会怎么样呢？张威会不会好起来呢？俗话说“解铃还需系铃人”，用到这件事上，这铃到底是灵也不灵呢？但这也就是一闪念想想罢了，再一想就知道是不可能的。而且也根本无法说出口。况且，进一万步想，即使他们真的去试了，免不了会在紧要当口回想起上次的一幕，张威若是再产生类似的条件反射，那岂不更惨?

云平也曾暗示过张威去找小姐，张威直截了当地说：“不去。”云平说：“不过是为了治病。”张威不语。云平索性道：“都说百分之九十九的男人都有找小姐的心理。”张威说：“我就是那百分之一。”云平说：“我不相信。”张威笑笑说：“我就是去找也不要你提醒。”云平道：“为什么？我不会看不起你的。”张威眼光锋利地剜过来：“我也不相信。”云平就被噎住了。是的，她会看不起他的，即使是为了治病。

沉默片刻，云平又试探道：“那，我给你介绍个对象行吗?”张威淡然道：“随便你。”云平问：“想要什么条件的?”张威道：“没什么条件，你看着合适就行。”云平怨道：“怎么可以这么没原则啊?”张威没有说话，只是看了云平一眼。接到这个幽深的哀怯的卑微的眼神，云平只好沉默。她还能说什么呢？还有什么好说的呢？那眼神让她明白：仅仅接受她这个建议过程本身，对张威来说，都可以称得上是一剂痛入骨髓的穿刺。一瞬间，云平心里一阵艰涩难过，几乎要落下泪来。

不久，云平果真给张威介绍了一个对象，是云平表妹的朋友，比云平小三岁。圆圆的脸，圆圆的眼睛，一派天真无邪的模样。看起来最多也就二十二三岁。穿着一身绿色的运动装，衣袖和裤腿上镶着长长的双白边儿，整个人如一只苹果，是刚落树的还没有完全长熟的苹果，散发着一股清甜的学生气，却也并不造作，是让人舒服的学生气。云平自己看着喜欢，想要介绍给张威，却也是有些犹豫，就拐弯抹角地向表妹打听，表妹就一五一十地告诉她，什么学历，什么工作，家世如何。听着一一都比张威差了一截儿，云平心里就有了底儿。及至表妹讲到苹果少年时候因为子宫肌瘤做过手术时，兀自一惊，问道："会影响生育吗？"表妹道："不会，就是肚子上有道十几厘米长的疤，不太好看。不过一般人么，也看不着。"云平在表妹脸上轻拍一掌，姊妹两个都笑起来。

衡量已定，云平就先给张威打了招呼，张威依然淡淡道："好。"于是，趁着一个周末，云平带着表妹和苹果，在一家餐馆和张威见了面。饭间苹果问东问西，显然对张威很有好感。张威耐心地回答着，他的神情因这一段时间的忧郁显得更有内涵似的，稳重又大方，是最惹女孩子上心的类型。情况看着很乐观。吃过饭又喝茶。之后分手，云平和两个女孩子一起逛商场，云平去买玉兰油最新款的面膜，挑过了，想了想，又多买了两份，送给表妹和苹果，两个人推辞了一下，也就要了。苹果脸上含着盈盈的笑意，润润地叫道："谢谢姐姐!"云平搂搂她的肩，心里又安慰又愧疚，又忐忑又辛酸，一时间竟然百味俱全。

渐渐地，张威和苹果接触越来越多。起初云平和表妹也掺和着和他们玩一次，慢慢也就不再凑热闹。只是在单位碰到的时候，云平偶尔会问张威："怎么样？她还不错吧?"张威笑笑，不语，没有欢喜也没有黯淡。云平就知道，一切进行得还算顺利，便略略放心。然而她心里又会莫名其妙地失落起来，仿佛张威离自己越来越远了。不过，她又问自己：要他离那么近干什么呢？

她也曾问过一次张威：“你，那个，好些了吗？”

“云平。”张威认真地看着她，“不要再问这个问题了，好吗？要是好了，你会知道的。”

“我怎么知道？”

张威笑笑，没有回答。云平有些惶惑地看着张威的背影，他似乎有些胖起来了。

又过了一段时间，云平的丈夫调回了地方部队。位置安排得不错，还配了专车，是一辆白色的桑塔纳2000。久别胜新婚，他经常开着车来接云平上下班。接来接去，很多同事都被丈夫认识了。单位的人都问云平，这么被呵护着，是不是准备要孩子了，云平只是笑。一次，丈夫问云平和哪个同事关系最好，云平道：“我要说了你可不许吃醋啊，是个帅哥。”丈夫道：“还能有我这解放军叔叔帅？”云平扑哧一声笑了出来。

一个周末，下班的时候，云平和张威一起走出办公楼，远远地看见那辆桑塔纳，张威道：“是他吧？”云平点头。张威道：“听说很不错。”云平问张威：“你们见见，好吗？”张威看了云平片刻，道：“好。”

两个人朝车走去。丈夫看见他们，就从车上走下来，迎上。云平稍稍落后半个身位，看着张威和丈夫越来越近，越来越近，她忽然觉出一种无可言喻的荒唐。这两个男人，这两个成年男人，这两个被她看到过裸体的成年男人……她有些恍惚了。因为性的关联和意义，这两个男人对她来说都是特别的，私密的。只是因为方向不同，一个成了丈夫，一个成了亲戚。

“是张威吗?”丈夫先伸出手。

“是我。”张威也伸出手。

两个男人的手打了一个轻快的结，又舒展开。丈夫把目光转向云平。云平也适时地调整好了微笑：“你怎么知道他就是张威?”

“你不是说过他很帅吗?”丈夫把脸转向张威，“早就听云平絮叨过，说你是他在单位里最好的异性朋友，青衫之交。”

“惭愧惭愧，还需努力。”张威调侃。

“行了，你别努力了。我怕你再努力云平就不要我了。”丈夫接得也很完美。然后他兴致勃勃地请张威一起吃饭，云平也跟着力邀，张威就打电话把苹果叫了过来。四个人一起吃饭，是张威买的单，说是还云平的媒人礼。举座皆欢。完了之后，丈夫有些热情没使完似的，执意要请客去洗澡，于是几个人又去洗澡。云平夫妇本来可以去小包间洗鸳鸯浴的，想到张威和女友还是未婚，终究有些不好意思，也就只好分头去大间洗。男和男，女和女。

洗澡的时候，云平和苹果边洗边聊。互相夸着身材好，皮肤好，又聊些女人之间的寻常话题。云平果然在苹果的小腹上看到了那道小蛇一样的疤。苹果也注意到了云平的目光，说了自己做过手术的事，坦然道："很恐怖吧？好在不影响当妈妈。只要张威不嫌弃就行了。"云平忙开玩笑问苹果和张威发展到什么程度了，怎么会谈到小腹的伤疤问题，苹果居然一一道来：拉手了，接吻了，拥抱了。至于上床……苹果笑了，说："没有，真的没有。他很规矩的，是我不想对他隐瞒病史才主动告诉他的。"

"他说什么？"

"他说。"苹果的脸上漾着蜜一般的笑容，"有病的人都是更值得疼爱的。"

云平笑笑，展开毛巾，盖在脸上，然后脖颈高扬，迎向盛开的莲蓬头。温泉一样的水流从上而下，扑簌簌地浇灌着她，让她觉得自己越来越酥软，越来越酥软。

洗完澡，丈夫要送张威和苹果，他们执意不肯。他们是打车走的。上车的时候，云平看见，张威朝她悄悄的，很快的，调皮的，暧昧的，甚至是有些轻浮的，眨了一下眼。这让云平有些懵。记忆里，张威从没有向她这样眨过眼。

九

一个月后，张威说准备和苹果结婚。一听到这个消息，云平就知道，他好了。想问张威什么时候好的，却犹豫着没问出来。之后就不大好见到张威了。他忙得要命，装修房子，买家具，选西服，拍婚纱照，订饭店。事儿多着呢。直到他给云平送喜糖的时候，云平才把憋了许久的问题端出来。

“好了？”

“好了。”

“什么时候？”

张威把头略低了低，黑漆漆的眼睛平视着云平。

“就那么想知道？”

“没良心的。关心你呗。”

“那我告诉你。”张威的眼睛里噙着晶莹的笑意，他慢慢地把后面的几个字逮出来，“洗，澡，那，天。”

“为什么？”云平直直地瞪着张威。

“不知道为什么，看见了他的，我就好了。”他歪着头，盯着云平的眼神，“真的好了。”

云平怔了怔，这个家伙，这是什么话啊。看见了她丈夫的，他就好了？然而云平很快悟过来，几乎不敢再看张威的眼睛。这个坏人，她想，这个坏人。

张威依然看着云平，不依不饶的。云平躲了片刻，又觉得这么躲很没出息，便麻着头皮迎上去，继续问：

“和苹果试过了？”

“试过了。”张威笑，“要不，我们也试试？”

“去！”云平一拳打过去，被张威捉住。云平发现，张威的手很热，很有劲道。这真是一双大男人的手啊。

云平使劲儿甩开了。

“不想试？”

“不想。”

“真不想？”

“真不想。”

“不信。”

“再捣乱我告你性骚扰了啊。”

……

张威把腰弯得更低，探究的，眼睛从下往上地看着云平。云平接住那个眼神，“呸”了他一下，两个人一起笑了。

然后他们一起吃饭，要了酒。一顿饭，吃了很久，喝了很久，坐了很久。等他们走出餐馆的时候，夜已经很深了。

以后，他们不会这么在一起吃饭了。他们都知道。他不是男人的时候，她不是女人。不是男人和女人的时候，一切都可以混沌的，天真的，这天真是躲不了人的，也不用躲人的。他们心里的那点儿东西，也许还称得上是友谊，或是约等于友谊。而现在，他已经又成了男人，她便又成了女人。混沌和天真也就随之消逝。再若要留，是留不住的。即使勉强留得住，也会是矫情，是造作，是自欺欺人。有多少被视作流言的绯闻到最后没有真的影子？被冤枉的有几个？群众的眼睛真的是雪亮的啊。

喝了不少酒，他们都有些醉。他们慢腾腾地走着，走着。后来他们都没了力气。云平给丈夫打了电话，让丈夫来接他们。丈夫问她在哪里？她说："不知道，不知道。不知道啊不知道。"

他们坐在路边的长椅上。是啊，他们确实不知道这是什么地方。这感觉真好。空气很清新，每深呼吸一下，肺就像被洗了一遍。他们一口一口地呼吸着。似乎已经很久没有这么畅快地呼吸过了。

"眼睛有点儿花。"云平说。

“没关系。把眼睛放松，往天上看，能看多远就看多远。这样会舒缓眼肌的紧张感。”张威说。

云平按照张威说的，把头枕在长椅的靠背上，专注地看着天。今天天气不错。虽然没有月亮，却有很多星星。他们一起看着那些星星。一颗一颗的星星像撒开的小米粒，金灿灿的，很好看。他们着了迷地看着那些星星，久久不动。这个夜晚，不会看到流星。

他们知道，不是每个夜晚都能看到流星的。他们知道。不过，即使没有流星，能一起这么简简单单地看着星星，也是好的啊。

防盗窗

进门的是三个人，领头的自然是那个老板。后面跟着的两个看着眼生，想来就是他的伙计。灵芝连忙把门开圆，回头朝老杠叫道："装窗的师傅来了。"老杠在沙发里欠了欠身子，道："就这三个？"

"下头还有俩。"老板说。

老杠笑了笑："进来坐吧。"

三个人没在沙发那里坐，只围着坐到了餐桌前。等他们落了座，灵芝从冰箱里取出三罐健力宝。劳力人是不喝茶的，这大夏天，前些日子的雨气还没干透，被太阳一晒，整个地面儿热得像蒸锅。谁还喝热茶？那还不够急人的。只有在空调房里的没事儿人才喝热茶呢。他们素常喝的都是放凉了的白开水。灵芝看了看手里的健力宝。一听健力宝在他们的米线店里卖三块钱，想喝也是得挑日子的呢。

灵芝把健力宝一一放到他们手边，他们都没有动，也没有看。老板从裤袋子里摸出一盒烟，给两个伙计各散了一支。灵芝留神一看，是“散花”。她走到客厅，打开电视柜下面的抽屉，取出一盒“红旗渠”。“散花”两块五一盒，是劳力人的家常烟。“红旗渠”五块钱一盒，对他们这些装窗的人来说，就是很郑重的待客烟了。

“烟我这儿有。”老板说。

“你有是你的。”灵芝说。

老板就接了烟，打开，散给两个伙计各一支。他们正好把那支“散花”抽完，就继续接着抽“红旗渠”。灵芝瞄了一眼，三罐健力宝也已经被打开了，就在她去拿烟的工夫。

这个老板灵芝已经见过两面了。第一次是去他的店里订货看样式，第二次是他来家里量窗户尺寸，都穿着汗褂子、大裤头，很不周正。今天他显然要齐整一些：深蓝色的 T 恤衫束在深灰色的裤子里，黑皮鞋的鞋面还挺干净，鞋边儿上却还沾着些黄泥，翘起来的那只右脚底，黄泥则厚得像张烙馍。他苍黑的脸色，头发乱糟糟的，像个鸟窝。两个伙计恍惚在店里见过，都没有多大年纪，只能说一个小，另一个看着更小。更小的那个要瘦一些，矮一些，眼睛倒是大大的，更显出几分稚气和单薄，如一只没长好的小山芋。小的那个相比之下要高一些，壮一些，眼睛小小的，穿着一件黑色的圆领汗衫，胸前却印着一个大大的白蜘蛛。他的头发是枯黄色的，和棕黄的皮肤连在一起，如一只坚实的土豆。

“你们的人啥时候到?”抽完了两支“红旗渠”，老板问。

“说话间就到。”老杠说着从沙发上站起，走了过来，问灵芝，“楼上打招呼了吗?”

“打了。”灵芝说。

“楼上那家也装了吧?”老板说。

“装了。”灵芝道，“你装的?”

“那还能有谁?”老板得意道，又把脸转向老杠，“这个小区我装了不知道有多少家了，你们怎么今天才装?”

“要我说，一辈子不装才好哩。搭眼一看都是鸟笼子，自己也是笼子里一只鸟。有啥意思。”老杠说，“女人家心眼小，一心要装，就装了。省得她唠叨。其实装这有啥用，该丢还得丢，该偷还得偷。”

“咦，话可不能这么说。”老板笑道，“钱花到哪儿哪儿好。

多一层衣裳多一层皮。就说是个鸟笼子，哪个鸟儿不想有只笼？多少鸟想要有笼还在做梦呢。你这笼可金贵着呢。”

老杠笑了。灵芝在一边也悄悄地笑了。心想，到底是生意人的嘴巴。

她来到窗户边，把窗帘挨个儿系起来。系得高高的，短短的。省得待会儿忙起来的时候被这些汗津津的肩膀蹭来蹭去。在阳台上系窗帘的时候，她往下看了一眼，看见树荫下坐着两个人，一女一男。这就是老板说的那两个人了。女的灵芝认得，就是防盗窗店的老板娘。男的自然也是一个伙计。老板娘好像说了什么有趣的话，伙计哈哈大笑起来。

那个像土豆一样的伙计不知道什么时候也跟着她来到了阳台上，他没有和灵芝说话，只是探出身子上上下下打量着窗户，看他那操心的样子，灵芝估摸着今天他是个主力。

“多大了你？”问着他，她声音轻柔，自己都觉出自己的慈祥。

“二十一。”

“哪儿人？”

“信阳新县。许世友的老家，将军县。”土豆不看灵芝，只在声音里透出压抑不住的骄矜。

“你干这个几年了？”

“三年。”土豆说，“原来在西区干，来这儿干有半年了。”

“怎么换了地方？这儿工资高？”

“工资都差不多。”土豆说，“那边出事了。”

明明没有刮风，发丛却穿过一阵清凉。灵芝无语，转身离开了。

起先是老杠让装防盗窗的。那是三年前，房子还是新房。他们的米线店已经开了两年，老杠原来的装修生意也把那些欠人的和人欠的账尾巴结算得差不多了，而一些不错的关系还在：窗帘店的，灯具店的，装整体橱柜的，装暖气片的……内行不哄内行，给他们供的都是价廉物美的货。其中也有一家做防盗窗的，老杠就和灵芝商量，说趁势把防盗窗装了。灵芝却死活不肯，说整个小区都没几家装的，太扎眼，也太难看：“总共七层，咱在五楼，上有戴帽儿的，下有垫底儿的，怕什么？这么高的墙，墙外贴着这么光溜的瓷砖，那小偷们就不怕摔死？何况人家就知道你有钱，就专来偷你？要偷的话，也不一定打窗户进，撬门别锁都是路数，防也防不过来的。本来住在这城里眼界就不宽敞，再装上这个，就是给自己的眼里钉栅栏，没罪找罪受。”

一晃快四年过去，风刮雨淋霜打日晒，新房子眼看就成了旧房，小区里装防盗窗的家户越来越多。灵芝想装防盗窗的心思也越来越重，后来就长成了一块心病：当初大家伙儿都不装，也就算了。现在人家都装了，只自家不装，不是净等着请人吗？前些天下雨，隔壁小区里连着发了两起被盗案，小偷们都是顺着别人的防盗窗栏爬进了没窗的人家。没事的时候，灵芝从自家窗户探头往外看，看见楼下楼上家家户户黑乎乎的防盗窗如同一格格巨大的台阶，仿佛谁踩上谁就可以钻到自己家的窗户里。她的心如同也被钻了一个黑乎乎的洞，越来越没有了底儿。一开春就催着老杠装防盗窗，老杠诧异道："你不是说眼里钉栅栏是没罪找罪受吗？"灵芝叹口气，道："我虽是不想找罪受，却也怕罪找我受。一到夜里就不敢开窗户，闷在屋里呼剩气。热天开空调还说得过去，要是凉快天，连个利落风都不敢吹，做梦梦见的都是贼。"

"要是听我的话，早装了多好。熟人都在，价又便宜东西又实诚，现在都是生茬子，花了钱也不一定买了如意。"老杠说。

"谁有前后眼，能看一万年？"灵芝没了好气，"你爱装不装，又不是我一个人的家。"

有时候夫妻就是奇怪，别了嘴的同时，也就是通了气儿。说装就装。第二天，灵芝跟着老杠探访了几个店，定下了这家。这家店也在皇家庵，离他们的米线店不过半里地，一见就知道是熟面孔。进了门，也不让茶，三言两语说妥了，老板旋即拎了个尺子过来量尺寸，议样式。最后定的是材质。老板说最好的材质是不锈钢的，其次就是十四眼的钢筋。灵芝问什么是十四眼，老杠说十四眼就是十四毫米，价码是八十块钱一平方米，不还价。

“钢筋不是论长短粗细卖，论的是平方?”灵芝惊奇。

老板笑了，一屋子人都笑了。

“也论长短粗细，也论平方。”老板说。

“论平方就不合理，那栏杆中间空出来的地方又没货，还能算钱?”

“话不能这么说，一碗烩面里面条才有几根，你能只算面条钱不算汤钱?”墙角的老板娘慢悠悠地说。

老杠有些扛不住，拽了拽灵芝：“你就别说话了，说多少话丢多少人。”

灵芝噤了声，眼角瞥了瞥那个老板娘。胖胖的，穿着件黑底儿泛玫红大花的丝质衣衫，腹部的肉一愣一愣地鼓涌出来。眼线黑黑的，正翻着一个破了边儿的本子，不用说那也是个账本。刚才灵芝给她交了一千块钱定金，她就从这个本子上撕了一缕给她打了个收条。她的胸前斜挎了个黑色小包，灵芝知道，那就是这个店的钱柜子。她在自家的米线店里，也挎着这么一个包。人在包在，什么时候不在自家的床上睡，什么时候这包就不离身。

当天下午，老板就来家量了尺寸，最后敲准了礼拜天过来装。

“不过到时候你得再找三四个人。”老板说，“现在是麦口上，我店里的伙计都回家收麦子去了。”

“中。”老杠满口答应。米线店里正好还有三个伙计呢，大不了关一天门。

老板出门后灵芝才想起一件顶顶重要的事，用拳头砸了砸老杠的背：“他说八十就八十？也不议议。”

“议，不过不是这时候议。”老杠胸有成竹地说。灵芝想想，老杠说得有理。这时候议有什么好处呢？价钱议下来了，他用的货色等级恐怕也会跟着下来。不如任他把窗装好，装好就不能卸下来了，到那时候再议，就掌握了主动权，值得多。就像他们的米线店里，还没吃就先搞价的客人，总是有些不着调的。就是搞出来的价格，也是在半空中飘着，等到吃到肚子里才作数。及至酒足饭饱了，买家和卖家的心里其实这时候才都是踏实的。一个真卖了，一个真吃了。彼此都有些骨肉不分，多几块少几块，抹了零头凑个整数，都能成一笔交易，对于生意人来说，这点活泛气儿比什么都重要。说到底，钱的事情硬虽是硬，其实也是软的。

算起来，老杠和灵芝来到郑州闯荡已经十二年了。老杠弟兄三个，老杠是长子，家里穷得叮当响，除了三间上房就是两间东厢房，那是结婚专用房。老杠结完婚，该老二结了，老杠和灵芝就没了地方可去。两人商量了商量，找了个地方把几件嫁妆一堆，就来到了郑州打工。灵芝在银基服装城卖过衣服，在陈寨花卉市场打理过鲜花，在速冻食品厂包过饺子。老杠在科技市场搬过电脑，在餐厅后厨拽过烩面，给装修队当过小工，还干过几天黑出租司机：每到晚上七点接人家的车，一晚上五十块钱。赚了六十挣十块，赚了七十挣二十。两人下了力气攒了心劲儿，钱却是这边流水挣，那边流水花，存不下几个。最后狠了狠，决定自己当老板。“人家当白领的当白领，当蓝领的当蓝领，当金领的当金领，当银领的当银领，咱就给自己当黑领了。”老杠说。

末了两人在皇家庵这里定了下来，这是都市村庄，附近有七八家学校，生意好做。他们瞅准了，决定卖土豆粉。都市村庄就有这点儿好处，只要把房租交齐了，其他卫生费、城建费各种各样的费都不用他们操心，自有房东替他们打理。而据房东讲，他们也是什么都不交的。自有村委会出面替他们和各类大小衙门应酬——既然是乡村，哪怕是在郑州这样的大城市，也还是有一些乡村的风气和习俗。这风气和习俗是村外的人不能理解的，也不敢招惹的。要是招惹了他们，他们可是上访、自杀、围攻市政府什么泼皮无赖的事情都能做得出来。因此，什么颜色的大檐帽进了这皇家庵，是都要小心三分的。

最初的门面只是半间，是两栋楼之间的空隙搭起来的。渐渐地有了资本，他们就租了一整间，现在已经成了两间。老客户越来越多，菜式也越来越齐整，日子就慢慢好过起来。正好附近开发了这个小区，钱一凑手，他们就买了个三室一厅的房子，买房子能带户口，一家三口就把户口也迁了过来。回老家迁户口的时候，老杠特地买了两条“红旗渠”。人人见了都说：“老杠，中，成郑州人了。灵芝也中，跟着老杠享福，成了郑州媳妇了。”他们当着人不好意思说什么，晚上，两口子躺在被窝里，老杠就拧着牙说：“他妈的，老子就是郑州人了！”

“没了户口就没了地，以后可回不去了。”灵芝说。

“人就是一棵庄稼，扎在哪儿，哪儿就是地。”老杠说着翻上灵芝的身，“当下，你就是我的地。”

这话俏皮，灵芝不由得笑了：“在哪儿听的?”

“一个吃饭的学生说的。听他们说话，溅出来的唾沫星子都是学问。”

房子买得近，离店面不过十分钟的路，也是想照顾生意。越在这儿住得久，越觉出来皇家庵的好处。常听过路的人说这里乱，灵芝就有些恍然。她倒真不觉得这里有多乱。人杂是杂的，乱却不乱。一切其实都是有规矩的。学生虽多，都不是上一天两天学，因此不乱。店家也不是只想做一天两天生意，因此也不乱。铁打的营盘流水的兵，学生们看自己的学校是营盘，老板们看自己的店面是营盘，来来往往的居家住户看自己的小区是营盘。看来看去就知道，人人眼里的营盘和兵都不一样，因此，有些东西总是不乱的。

又抽了两支烟，米线店里的三个伙计也到了。等人的工夫，老板已经开始布置下面的两个人用绳子系好了窗户。一共是四根绳子：一根朝下，三根朝上。朝上的这三根分别又是左、中、右各一根。下面的绳子又是派什么用的呢？灵芝问老杠，老杠不耐烦地皱皱眉：“自然有用处。一会儿不就知道了？”

很快，老板便分配好了屋里的七个男人：三个上到七楼楼顶，四个留在五楼家里。灵芝是个女人家，蚂蚱力气，用场不大，也就是上上下下跑个腿，递个话。孩子也做不了作业，只是跟着灵芝前前后后地跑着看稀罕。

灵芝带着米线店的三个伙计上楼顶，给那家人顺便也送了两盒“红旗渠”。那家就女主人在，房子装修得很雅气。楼顶的露台上还搭了个雪白的秋千架。灵芝常和她上楼下楼的时候碰面，从没有打过招呼。用人家的楼顶原是有些忐忑的，没想到还挺好说话。不过她没接灵芝递的烟，说家里人都不抽烟。灵芝瞄到她家内楼梯拐角的一个三角柜上放着一盒软“中华”，知道她是看不起自己的烟。可她看得起、看不起都不打紧，自己的这点儿心意只管尽就是了。

一共五个窗户。南面两个：一个客厅大飘窗，一个阳台。北面两个都是小卧室的窗户，东面原本是厨房和卫生间两个窗，因为连得紧，索性焊成了一个连体的七字窗。

先装阳台上的。阳台上的窗户又分两个面，一面朝南，一面朝西。先装南面的。五楼的四个人暂时没事做，灵芝就跑到七楼楼顶看这三个人拽窗户。

“开始吧?”楼上问。

“开始!”楼下老板娘的回答气势如虹。

于是，就开始了。三个男孩子的身体紧紧地靠着楼顶的矮墙，灵芝也从楼顶往下看，原本以为没多高，没想到还是有些晕眩。想想，也是，一层三米高，到这七层顶，就得二十多米。要是不小心落下来，命是足够丢的了。连忙悄悄啐了自己一口，这样的日子是不该有这样的想头，可人一站到这儿，也就免不了有这样的想头呢。

“你高一些。”左边的男孩子说右边的。

“你高一些。”右边的拽上了，又说左边的。

中间的那个男孩子不说话，只是趁着劲儿往上拽。拽着拽着，三个人都不动了。五楼的人开始朝着楼底喊：“往西跑！再往西！”灵芝连忙探头看，原来窗户是在三楼卡住了。三楼那家的防盗窗往外撑得很宽，上面整整齐齐地排着一溜儿花盆，硬生生地给自家多搭出了一个小花台。上行的防盗窗就卡到了小花台这里。听到老板发话，老板娘和那个伙计开始朝西边跑起来，手里自然拽着防盗窗朝下的那根绳子的另一端。绳子被撑得紧起来，越来越紧，越来越紧，然后，窗户张开一个角，离开了楼面。

“楼顶的伙计，用劲儿喽！”老板又朝着楼顶喊。

楼顶的三个人不约而同地抻直了手臂，只听得金属相碰的轻微声响，眼看着小花台上的花盆们颤了几颤，窗户上来了，这一上就一气蹿到了五楼。阳台上的四双手同时伸了出去，把这面黑乎乎的防盗窗扯了过来。灵芝这会儿已经跑到了五楼，也想要搭把手，等到伸出了手，使上了力，才发现这窗的动静有没有自己都一样。她的左边是老杠，右边是老板，老杠瞪了她一眼，灵芝知道他是嫌自己多余，只好跑到客厅的飘窗那里，远远地看着。

七楼三个人拽着，五楼三个人扯着，这面窗户终于到了最合适的位置，不用动了。土豆腾出了手，双脚踩着阳台外的宽边，走到防盗窗的外面，一手卡住窗户，一手冲着灵芝伸过来："电钻。"

工具箱就在客厅的沙发边上，灵芝连忙找过来。双手拎着来到阳台，递到他手里——不双手拎着不行，实在是太沉了，却见土豆一手就轻而易举地接了过去。这次不用他吩咐，灵芝就知道自己该干什么了。她把电源插上，电钻就滋滋地尖叫起来。

"膨胀螺丝。"土豆又伸出手。

灵芝在工具箱里找到了一个大号的膨胀螺丝，那螺丝很长，有两寸的样子。土豆摇了摇手："要短的。"

"长的不是更牢靠?"

"这就够使了。"

灵芝看看老杠，老杠不说话。

"我们这螺丝是最好的膨胀螺丝，在东建材买的，一个三毛多呢。"老板说。

“你还三块多呢。”老杠冷笑。

“我们掌柜的做过装修。”灵芝说。

“一看就是行家。”老板笑道，“行家就更不用多说，用这螺丝尽够了。”

老杠不再说话，灵芝就把短螺丝递了过去。

膨胀螺丝一个个地进了墙。灵芝记得清，总共六个。上面三个，下面三个。

“你们打的螺丝太少了吧？这才六个。”灵芝忍不住又说，“能擎得住？”

“没事。”土豆停下电钻，指指三楼的防盗窗：“都是六个。国际惯例就是六个。这样的窗户我经常在上面攀着走的。要是擎不住，我还敢？我们会拿自己的命开玩笑？”

灵芝笑了，土豆说得有理。她看着土豆。不知道什么时候，土豆已经把衣服脱掉了，光着上身，身上的色泽是棕褐的，匀匀的，显然是经常晒出来的。紧绷绷的，一丝多余的纹络也没有。那身板儿真是年轻，一看就是个有劲儿的孩子。灵芝不由得想起老杠年轻的时候。那时候的老杠真是年轻啊，自己也是年轻的。一身灰一身土地回到租的小房子里，还要做做喜欢的事。有时候做了一场还不够，半夜醒了还要再加一场。

伙计拿着电钻，上膨胀螺丝。他弓着背。牛仔裤是低腰的，低腰就裹不住腰了，浅蓝色的内裤都被灵芝看到了眼里，还有内裤也包不住的屁股沟，两瓣屁股之间那道愈来愈紧的缝口处一条条往里顺的细细的肉纹儿。灵芝把眼睛躲了躲，又看回来。怕什么？他不过是个毛孩子，自己好歹也三十多岁的人了。男人的东西总是见过的。

这螺丝真是奇怪，进了墙就大起来了。灵芝脸红了，想起了老杠的膨胀螺丝。哪个男人身上没有一个膨胀螺丝呢？

阳台南面的窗户装好了，接着装西面的。这次吊得很顺利。拉到了位置，土豆又开始上膨胀螺丝，老板就开始和老杠聊天：

“来这儿几年了？”

“十来年了。”

“你买这房子可中？哪年买的？”

“四年了。”

“咦，那可老便宜了。现在的价儿，一个买那时候两个。”

“可不是咋的。”

“所以说，要买啥，还是赶早。你攒钱攒钱，攒到啥时候都是个不够。走快了，赶上了穷，走慢了，让穷赶上。还不如当机立断，早买早了。”

……

突然，老板不说话了。

他侧着脸仔细地端详着客厅的大飘窗。

“你这窗几米?”

“三米。”

“坏事了。”他说，“我焊的尺寸不够呢。焊了两米。”

“那咋办?”

“中午接着焊。”他说，“先装那几个吧。”

装好了阳台，趁着他们吸烟的工夫，灵芝仔细地把这两个窗户看了一遍，果然发现了问题：南面那扇有个地方过于宽了。而在南扇和西扇的交接处，则多了一道三角铁。

她把情况告诉了老杠。

老杠叫来了老板，老板笑笑：“进不去个人。没关系。”

“胖的进不去，瘦的还进不去?”

“放心吧，再给你加一根，到最后都给你们拾掇好。”

灵芝还想说那块三角铁，老杠使了个眼色，等老板走了，才斥责道：“东西少是不能少的，多一点儿怕什么?”

北面两扇小卧室的窗户因为小巧，装得格外顺利。厨房和卫生间的七字窗稍微费了些事，也还没有出意外。不过装完了这一扇，也就到了中午时分，该吃饭了。灵芝的意思，是让老杠把三个伙计请到店里去吃，米线店里什么都有，灵芝下厨去做就是了。结果，被老杠一口驳回："平日里人家是咱雇的伙计，在店里吃是情理之中的。今天人家是帮忙的朋友，再去现做现吃就小气了。破上个百把块，这点儿面子也还买得起。"

"那，你们自在喝酒，我和孩子就不去了。"

"也好，家里留个人更放心些。"

"你看。"灵芝犹豫着，"是不是把那帮人也让一让，一起吃一顿？也多花不了几个钱。共事一场，都好看些。"

"不中。"老杠又是一口驳回，"你怎么做事情这么颠倒啊。咱是主家不假，咱也还是买家呢。买家没有卖家精，卖家没有买家横。这是该咱横的时候。他们挣咱的钱，还有咱请他们的理？"顿一顿，"再说人家家里没有饭？"又顿一顿，"那个飘窗他们做得尺寸不够，还得趁中午时分去焊呢。"

吃过了饭，聚齐了人，是正午三点钟。三点钟的日头是最毒的。吃过饭的几个人都有些蔫蔫的。

不好意思再和楼上打招呼了，全部人马就都留在了五楼。少了顶楼的力道，在五楼果然不好拽，好不容易拽到了四楼，快到五楼的时候，防盗窗又犯了老毛病：防盗窗的底角卡在了四楼飘窗的底面儿下。飘窗就是这样，一个顶面儿，一个底面儿，都是往外凸出的，不凸出怎么叫飘窗呢？凸凸凹凹的地方多，被卡住就是最自然的事。而且被卡在四楼，越接近五楼越使不上力。

上层楼飘窗的底面儿和下层楼飘窗的顶面儿之间的距离很窄，最多也就半米宽。这时候，楼下再怎么使力往外拽都不管用了。

“我出来吧。”土豆说。说着话的工夫他就从窗户里伸出了双腿，跳了出去，直接蹦到了四楼飘窗的顶面儿上。猫一样轻巧，豹子一样敏捷。一瞬间，灵芝几乎要叫出声来，但她下意识地忍了忍，让声音在喉咙里转了个圈，又咽了回去。所有的人都屏息看着土豆。在坐下的同时他也低下了背——五楼飘窗的底面儿和四楼飘窗的顶面儿之间的半米罅隙让他只能这么低着背。防盗窗就在他的脚下。他坐定之后，探出手，把防盗窗的上角往外掰着，不行，没用。上角再往外敞也没用，下角还在四楼飘窗底面儿那里纹丝不动地卡着。土豆静了静，皱着眉，有些急了，又跳坐到了右下角的一个空调板上，伸出手，往下探，一点一点地探着，直到把胸和大腿贴在了一起，才摸到了防盗窗的一只角。他继续往下探着，不屈不挠地探着，终于，防盗窗的那只角就卧在了他的臂弯里，他龇牙咧嘴地把那只角往外掰了掰，防盗窗动了动。

“拉!”他朝五楼的人喊，君王一样。五楼的人这才都醒了过来，一起用力。防盗窗艰难地往上走了起来，还好，走动了。不过下面的事情也都在意料之中：它的下角又被五楼飘窗的底面儿卡住了。土豆仍旧坐在空调板上，手臂使劲儿往外掰着防盗窗的下角，不行，这只角掰动了，左边那只角还在那里卡着。

“我下来吧。”老板对土豆说，商量的口气。

“不用。”土豆斩钉截铁地说。他上下看了看，就从空调板上站了起来，猫腰又坐回了五楼飘窗的底面儿和四楼飘窗的顶面儿之间的半米罅隙里。现在看起来，他整个人都被防盗窗罩住了。他身子使劲儿往外倾斜着，把自己的身体倾斜成了一个最小的锐角。接着他伸出手臂，把防盗窗往外抻，然后又向上举。现在，五楼的人不用他说也都知道自己该干什么了，他们也拼命地把窗户往上拉，灵芝也夹在人群里暗暗地用着劲儿，可她越用劲儿就越知道自己的没用。防盗窗几乎还在原位，它那么重，重得仿佛凝固在了空气中。

土豆仍旧在坚持。五楼的人也都跟着他在坚持。阳光下，小溪一般的汗水从土豆的脸上汩汩而下。他不去擦。怎么顾得上擦呢？汗实在是太多了，蜇了眼睛了，他就甩一下头，于是晶亮晶亮的汗珠子就飞旋在他身边，做了一次俏丽的亮相，瞬间就消逝在空气中。他的样子是吓人的，也是让人心疼的。这是辛苦的，然而，灵芝觉得，也是好看的。好看。这个词现在常被说成酷。酷就是好看吗？灵芝却觉得这个词怪怪的。这个词是个莫名其妙的词，是个没热气儿的词。她不喜欢。她喜欢用的就是这个词：好看。

“妈，他会不会掉下来?”突然，孩子的声音玲珑剔透地响起来，“多吓人哪。”

没有人说话。一片死似的静默。灵芝的心被孩子的话拧成了一个硬硬的疙瘩。这疙瘩堵得她气都喘不上了。

“滚!”老杠骂道。

当着人吃了这么重的话，孩子的小脸面很受不住，眼泪在眼眶里转了几个圈，看了看灵芝。

“回屋做作业吧。”灵芝轻轻地说。

防盗窗还是不动。它就在大家的眼皮子底下，可是谁都拿它没有办法。这拐着弯的劲道儿确实是不好使啊。

“要是和七楼的人家再商量商量就好了，就不用受这么大难为了。”灵芝说。她忽然觉得非常难过，仿佛现在的困境是自己的错。

“有办法的。”老杠简短地说。

“加油!”对面有人喊。这边的人不约而同地朝对面看去，这才发现不知道什么时候对面楼上已经伸出了好多脑袋正瞧新鲜呢。也是，正是礼拜天，早上都起得晚，多半不午休，日头又毒，懒得上街，正是待在家里没事做的时候，这个闲景不看白不看，白看谁不看？

“我下去吧。”老板又说。这次不是商量的口气了，他说话的同时就伸出了腿。

“你可小心点儿。”屋里所有人同时说。

“没事儿。”老板说。

灵芝探着头，看他一步步地踩坐到五楼飘窗的底面儿和四楼飘窗的顶面儿之间的半米罅隙里。她看了一眼楼下，老板娘和楼下的那个伙计都呆呆地看着楼上，不说话。

土豆和老板各抬了一个窗角。果然不一样，窗动起来了，先往外动，又往上走。五楼的人也一起使着劲儿，眼看着窗户就慢悠悠地上去了。最后上去的那段最慢，末了，防盗窗几乎是坐在了老板和土豆的肩上。他们在罅隙里最大程度地折叠着身体接住防盗窗，然后又最大程度地打开着身体往上撑着防盗窗。防盗窗就在他们折叠和打开身体的过程中一点一点地蹭了上去。终于到了五楼，和飘窗严丝合缝地对接在了一起。

罅隙里的老板和土豆仍旧弯坐在那里。老板给土豆扔了一根烟，土豆晃了晃身子，接住了。他晃动身子的幅度并不大，却还是让所有的人都惊叫了一声。一瞬间，老板的身体也倾了过来，似乎是想要捞土豆一把，但他倾的同时也按住了罅隙的台面，终于还是坐稳了。

两人对看了一眼，抽起了烟。一支烟抽完，老板道："我离吧？"

"中。"

上是没地方可上。阳台的防盗窗已经焊死了，飘窗也已经被罩严。

"下来慢点儿！"老板娘在下面喊，似乎也只有下了。从五楼下到一楼？灵芝的心揪了起来。

"等等。"灵芝突然想起，阳台防盗窗西扇和南扇的拐角处有一格格子格外大一些。老板又这么瘦，他应该可以从那里钻过来的。

"那能中？"老板犹疑着。

"中不中，试试呗。"灵芝说。

老板按照灵芝的指点攀到了阳台的外面，找到了那个格子。果然有些格外宽。他使劲儿把肚子往里吸了吸，果然就钻了进来。他钻进来的时候，灵芝看见，楼下的老板娘很开心地笑了起来。屋里的人也都笑了起来。老杠也笑了笑，但他很快收敛了笑容。

很快，这个防盗窗的膨胀螺丝也被土豆上好了。土豆说自己胖，执意要从五楼攀到一楼：“每层都有防盗窗，扒着就能下，好下得很。”

“你哪里胖，咱们差不多。”老板说，“还是钻钻试试，到底安全些。”

土豆钻得果然有些艰难，头进来后，身子怎么也挤不进，几乎给卡住了。还是老板伸出胳膊使劲拽了他一把，才把他拽了过来。

“我说你能钻进来，你还不信!”老板得意地说。

“看着瘦，该好钻的呀。我就奇怪。”不知道什么时候，老板娘和那个伙计也上来了，“后来才发现，这家伙原来是屁股结实。”

一群人又都笑了。

老杠走到阳台上，给他们又让了一遍烟，然后仔细地打量着防盗窗的格子，最后在那个宽格子里站定。

“这个格子是不行的。”老杠威严地说，“人能钻进来，怎么行?”

“知道。”老板连忙说，“另带了几根零钢筋，还有电焊机，一会儿就把宽缝再补一遍。”

“还有，我不是说了要留个小活动窗口吗？哪扇窗户上都没留啊。”

“哎哟，这个又是我失误了。”老板笑道，“这个简单。等会儿你发话，想让在哪儿开，我们现开就是了。”

“开个活动窗口一百块钱哩。”老板娘说。

“你还一千呢。”老杠道。转身对店里的三个伙计道，“没事儿了，回去歇着吧。”

下面的事情就很简单。

第一件事情是在所有稍微宽些的格子间再补焊钢筋。这件事情很快就做完了。灵芝发现，土豆在做这件事的时候顺便也把那块多出来的三角铁锯了下来。

“不用锯。”老杠说。

“留着难看。”老板说，“再说竖到你们这里也没啥用。到我那里只要是块铁，就好歹都有用处。”

第二件事情就是开那个活动窗口。对于第二个，老板很是费了一番口舌来劝老杠：“有啥必要？这片地几百年也不失一次火。再说，你方便了，小偷也方便了。”

“你只管我方便就行了，别管小偷方便不方便。”老杠说，“我知道做个活动窗你嫌麻烦。这个力气，你别想省。”

活动窗口的选择很是费了一番周折：飘窗和阳台都是看景

的，开在那里太碍眼。两个小卧室窗户又太小，一开就开满了。最后，定在了罩着卫生间窗户和厨房窗户的那个七字防盗窗上。地方又隐蔽，又不难看，做活动窗口果然麻烦：在已经焊好的防盗窗上截出一个长方形，在把截断的地方一一封焊小门的样式：上门边儿，下门边儿，左门边儿，右门边儿。右门边儿还要焊上合页，尤其啰唆。这一焊就焊了个把小时。当它终于被焊好的时候，灵芝到窗口那里往外看了看。她发现每一层装的都是这样的防盗窗。从上向下看去，如一步步巨大的台阶。如果拽着一根绳子从窗口往下来，每到一层都可以在上面落落脚，在上面喘口气儿吧？灵芝这么想着，觉得这些防盗窗都是那么亲切和踏实。

全部收工的时候，已经六点了。灵芝坐上了锅，开始熬绿豆南瓜大米粥。老杠和那边的四个人围坐在餐桌那里。

结账的时候到了。

老杠从裤袋子里拿出一张纸，推给老板："刚才你们焊活动窗口的时候，我把各个窗户都粗量了一遍，三十六平方半。你再让你的人量量。"

老板干干地笑了笑。

"再量量吧。"老板娘站了起来，从包里取出一把卷尺，"丑话说到头里都不丑。不怕人家给咱少算，咱还怕人家给咱多算呢。”

量了一圈回来，三十七平方。

“差不多。”老板说。

“差不多。”老板娘也说。

“差不多。”灵芝跟着说。

“那就按三十六平方半吧。四十块钱，到不了哪里去。”老板娘爽快地说，又从包里取出一个计算器，噼噼啪啪打了一会儿，抬起头，“两千八百八十。”

老杠始终沉默着。

“多吉利的数字！”老板娘赞叹，把脸转向灵芝，“是吧，妹子？”

“废话少说。”老杠一口敲定，“两千五。”

灵芝心里咯噔一下，三百多块呢。老杠能抹下这个数？

“这不中、这不中、这可不中。”老板娘一迭声地说，“小四百呢。我们忙了这么多天，才能挣几个？再说一个活动窗口一百块，已经给你省了。”

“那是应该的。”老杠沉着地冷笑，“就你用这料，两千八对半挣一千四，松松的。”

“哪有那么多？那哪是焊钢筋，那是焊金条呢。”老板娘笑，“你还没算人工呢。我们供这些工人租房，吃喝……”

“别说人工。今天你们还用我们的人哩！”老杠道，“哪家装窗还得东家帮忙？”

“早就跟你们说过是麦口上，都回家收麦子了，人手不够，你们非要装，是你们自己说能凑够人的。”

“我们说了能凑够人，你们就不承这情了？”

“算钱就不承情，要我们承情就不能算钱。”

“中，就不让你们承这情，你给我抹一百块的人工费。”

老板娘沉默了片刻。

“把八十抹了，两千八吧。”

老杠不接她的话，点了一支烟，把脸转向老板。

“还说这料，你这钢筋不是十四眼的。”

“是十四眼的！”老板急声道。

“十四眼的有多沉我会不知道？”

“就是十四眼的。”

“不是！”

“就是！”

“拿卡尺量量！”

“量量就量量！”

“你让伙计去拿卡尺。”老杠说。

“真要量啊。”老板也点了一支烟，笑了。

“真量。”老杠说，“你要承认说这钢筋不是十四眼的，那就不量了。”

“是十四眼的。”

“那就去拿卡尺！”

“卡尺不知道在哪儿放呢，得好找哩。”

“这样吧，你让伙计去找你的卡尺，我也去借把卡尺。”

“中。”

两人脸对脸，烟对烟地沉默了片刻，老板使了个眼色，一个伙计就出了门，老杠也把烟掐灭，出了门。家里只剩下了灵芝和老板夫妇，还有土豆。一时间，灵芝不知道该说些什么。她去厨房看了两次锅，锅里的粥正香香浓浓地熬着。又去小儿子的房间看了看儿子，儿子正写着作业。她在儿子背后站了许久。

“妈，你没事站着干什么?”儿子很有些不耐烦。

“好好学啊。”灵芝摸了一下儿子的头，“可得好好学。不好好学，什么出路都没有。”

“我知道。”儿子转过身，眼睛里像点了一盏灯，“不好好学，将来说不定就得去装防盗窗。对不对?”

灵芝愣住了。她觉得胸口有什么地方被滚热的熨斗给烫了一下，辣疼辣疼的。

“不对。”她很快说。

“怎么不对?”

“不对就是不对。”灵芝不讲理地说。她也实在讲不出什么理来。发完了蛮，她走出儿子的房间，餐桌边的几个人正小声说着什么，看见她，一时都没了话。

她扎煞着手走到餐桌前。

“喝水吗?”她问。

“不喝。”老板娘蓦然拉住灵芝的手，“妹子，你坐着。唉，老不易啊。”

早就猜测着老板娘会拿她开刀，向她诉苦，她也怕坐到这儿，听这些话。但灵芝还是坐了下来。不知怎的，她也想听。

“老不易啊。”老板娘顿了顿，又重复道，仿佛是一场戏的开场白，然后便是大段流水般的戏词:“……刚才你也看见了不是?看他俩坐在那外头扛窗，我的心都快从嗓子眼里蹦出来了，只在心里念叨菩萨。不敢看他们，又想看。那是个人哪。人活一口气，他们坐在那块板上，就是踩在了奈何桥上，有个差错，一口气被阎王爷收走还不容易?妹子，你说，给你两千八，你敢不敢?给你家掌柜的两千八，他干不干?”

“给他们两万八，他们也不干。”土豆冷笑。

“我家掌柜的，也干过装修。”灵芝说，“要说不易，都不易。我们都干过下力气活儿。”

“我知道装修也是下力气活儿。可妹子你说良心话，装修和这一样不一样？没这悬乎吧？前头后尾算起来，我们干这个也有四年了，担惊受怕的事不知道经了多少，都懒得说了。”老板娘的眼圈红了，“对了，叫这伙计把他半年前经的一起事儿给你讲讲。”

灵芝沉默。

土豆又点了一支烟，刚抽了一口，就咳嗽了一下。灵芝来到厨房，从冰箱里又取出三罐健力宝。

“那事还上了《大河报》哩。”土豆开口了。

灵芝静静地听着。

“那天我真的在场，一辈子都忘不了。就在陇海路与布厂街交叉口的陇兴花园，在六楼装防盗窗。和今天这情形差不多。仨人在七楼，我和另外仨人在六楼。那个窗也可大，六米宽两米长。窗已经到位了，我们四个人两个在里抠窗，两个在外头钉膨胀螺丝。突然系着防盗窗的绳子断了，窗户从六楼往下砸去，那两个钉螺丝的还能有跑？我就在六楼窗户里眼睁睁地看着，看见窗户落地的时候，铁窗上的钢筋弯了一下，一个人一头栽到水泥地面上，血流得跟自来水似的。另一个人的身体被弹了起来，接着落在了地上，在地上滚了两滚，后来也不动了。把他们拉到了三院，那个流血的人死了。那个滚了两滚的就成了植物人。”

“钢筋缓冲了一下，救了他的命。不过这命也不叫命了，活受罪呢。”老板娘叹道，“这四年来，知情达理的主家不少，胡搅蛮缠的主家也不少，像你掌柜这种会过日子的主家也不少。想拨拉出我们的毛病，省几个钱，这心思我们都明镜一样。可有的钱能省，有的钱不能省。说这是一分一分的血汗钱都轻了，这是卖命钱哪。所以一听人跟我们搞价，我这心就老寒。”

“老板赔不赔他们?”

“赔！咋不赔!”小伙子说，“那两个伙计都是他们一个村的，听说还是本家侄子辈儿呢。老板把在郑州干的这些年的老本儿都赔光了。”

四个人都沉默着。

“那你还干?”灵芝终于又问土豆。

“干熟了，不干这干啥?”

灵芝沉默。

“老不易啊。”老板娘道，“妹子，咱就别这么耗着了。你跟你家掌柜的说说，他再涨涨，我们再落落，两清了，就都心静了。”

“中。”灵芝道，又笑着看看她，“你老实说，你们用这钢筋到底是不是十四眼?”

“十三眼十四眼，反正小偷都用手掰不开。”

“不是这话。”灵芝笑，“不是十四眼，就别把话说这么硬实。要不我们心里也不服气。去饭店买个饭，大碗小碗还分个价钱呢。”

楼梯里响起咚咚咚的脚步声，老杠终于回来了。他手里拎着个黑塑料袋，重重地往地上一放，在餐桌上坐下，点了一支烟。

“卡尺拿来了?”老板说。

“废话。”老杠说。

老板也点了一支烟。他的烟抽得比老杠快，等到老杠抽到半支的时候，他已经抽完了。

“到底是十四还是十三?”老杠道，“量不量?”

“谁知道你那卡尺准不准?”

“准不准，量量就知道了。”老杠道，“你的卡尺呢?”

老板打了个简短的电话，挂断就骂了一句：“笨蛋，连个卡尺都找不到。”

老杠笑了。

“算了算了，我们吃个亏吧。”老板娘道，“两千六百八，中不中?”

“两千五，中不中就这了。”老杠的神情不容商量，一叠钱从口袋里夯到了餐桌上，“一分都不会多给你!”

老板、老板娘和土豆都看着那叠钱。然后，老板娘把钱拿起来，数了一遍，又放回到桌子上。

“两千六。”老板娘严肃地绷着脸，“不能再少了。”

沉默。

“老杠，就两千六吧。”灵芝终于说。

老杠不语。

“我少买件衣裳，就省出来了。”灵芝又说。

“我还不想让你少买件衣服呢。”老杠闷闷地道。

“又不是什么中看老婆，再穿也穿不出好样来。”灵芝从口袋里掏出一百块钱，按到那叠钱上，“中了，就这吧。”

“走吧。”老板娘把钱装进黑包里，站了起来，“走。”

门一关上，灵芝就打开了那个黑塑料袋。

“卡尺呢?”

“往哪儿找卡尺去。”老杠笑了，“我去超市买了把锁。活动窗口不上锁，不是白装了防盗窗吗?”

“你这不是诈人吗?”灵芝也笑了。

“他不诈我，我能诈他?”

“你真看得出那不是十四眼的?”

“我只是怀疑，哪儿看得出来。”

“最后我加那一百块钱，亏不亏?”灵芝看着老杠的脸色，“你没生气吧?”

“生啥气哩，也不亏啥。我估摸也砍不下了，就是想再磨磨试试。”老杠说着，走到卫生间的活动窗口那里，把锁打开，咔嚓一声锁了上去，然后把钥匙放到了灵芝手里。

灵芝攥着钥匙，想找个地方放起来，走到飘窗那里的时候，她看见老板、老板娘和土豆正雄纠纠气昂昂地走在小区的鹅卵石步道上，他们的脸上都笑意盈盈，仿佛打了个大胜仗，正在凯旋归去。

晚上月亮很好，灵芝把能开的窗户都打开了。霜浸浸的月光水一样倾洒进来，一阵阵细细的风像无影无踪的小仙女，带着月光在屋子里的各个角落行走。风一吹，眼一恍，防盗窗的铁栏在月光下，似乎也柔和了许多。

“你看它们，像不像高粱秆子?”灵芝道。

“有点儿像。”

这么说的时候，灵芝正偎躺在老杠身边。她很乏，却不想睡。有一件事她今天晚上特别想做，不做就睡不着。可她不说，她只用手说。手在老杠身上说着说着，老杠就轻轻地骂了起来：

“老子累了一天了，也不让老子歇歇。你倒浪上火了。怎么这么有精神头儿?”

灵芝轻轻地笑了起来，没有回答。她知道这个问题不用回答，也不能回答。连她自己都不好意思对自己去追究：在自家男人怀里，她居然满脑子晃荡的都是那个小伙计土豆。

（《小说月报》2008 年第 1 期）

良　宵

一

在这个地方，穿衣服总是显得怪异的，无论穿得多么少。她穿着统发的胸罩和裤头——洗浴中心大概是世界上唯一给员工们统发胸罩和裤头的地方了。这两样就是她们的工作服。

胸罩是艳足足的大红，裤头则是两侧带透明网纱的黑，这两种颜色的搭配按说应当既性感又精神。但在一群白花花赤裸裸的女人堆里，是谁都不在意的。这性感和精神没了用处，就变得有些灰不塌塌了。

她在第二个床位边，慢慢地搓着手下的身体。慢，因为速度的错觉，也可以看成是细腻和精致。这是一个老人的身体，她们行话里叫“皱”。“皱”是最难搓的。“皱”又分“胖皱”和“瘦皱”。她床上躺着的，是个胖皱。相对来说，胖皱比瘦皱还要好搓些，多少有些肉，能把皱撑得展些。那些瘦皱，层层叠叠的，只有皮。不下力，搓不净。下了力，她们又不经搓，会哎呀哎呀喊疼。难伺候呢。

西北风一起，来这里洗澡的人就多起来了。都说是一层秋雨一层寒，对洗浴中心来说，却是一层秋雨一层钱。今天是星期日，是一周里客人最多的时候。这是有缘故的。如果把双休日比作一道玩乐大餐，那一般都是周五订菜谱，周六做菜吃菜，疯欢一日，周日呢就得整理残局。该洗的洗，该睡的睡，总之是收拾锅碗瓢盆的日子——人的身子可不就是最麻烦的锅碗瓢盆嘛。

这两年，洗浴中心的生意越来越好。以前洗的男人多，把这洗浴中心当成了一个上档次的地方，每人三十八元，二十四个小时，洗完了可以免费看电视、看电影、打麻将、下棋、健身、上网，还可以免费开个房间休息一晚上，连带免费第二天的早餐，既新鲜好玩，又经济实惠。后来开洗浴中心的越来越多，生意抢得越来越厉害，就把女人的钱包也瞄上了。女人们账算得细，商家的账也跟着算得细：现在什么都涨价，外面最一般的大澡堂子也得四块钱一张票，全身搓澡另加四块，好歹得八块钱呢。

在这里洗环境又好，又不挤匝，即便价钱高些，也高得眉清目秀，不是一笔糊涂账：带按摩每位二十八元，不带按摩每位十八元，十八元里有什么呢？一条毛巾、一条内裤、一双袜子，质量都不怎么好，可总归都是崭新的。再加上无限量免费提供的洗发水、护发素、沐浴液以及搽脸的“大宝”，还有全身搓澡，满划算的。她有几次看到那些洗完澡的女人往脸上搽完“大宝”，又往手上和身上搽，有的还往脚上搽。一瓶“大宝”六块五，她一个身子搽完，用了半瓶。单这一项，就从十八块里捞回了三块。嗤！

“你儿子这个月的生活费得了吗？”三号床的搓澡工问她。

“嗯。”

“什么时候得的？”

“我们是半年一给，早得了。”她有些不情愿地含糊道。其实还没给，她不想说那么多。她也知道对方问也只是为了自己说。

“我那死鬼还没给呢。两个闺女，一个月才给五百。还不按日子给。你说缺德不缺德？五百，够什么吃的？莫不成叫我们娘仨喝洗澡水？”三床的唠叨声有些远去，是绕到了床的那一边，“你还好，一个儿子给五百，虽说儿子吃得多，可总比我这两个闺女吃五百宽裕。五百，两个五百，一个才二百五，啧啧，说出来好听?”说着，三床忍不住笑了，她也笑了。她们手下的两个身体也都笑起来。

“你不会告?”三床的客人说。这是个年轻的姑娘，她闭着眼睛，仰躺在那里，胳膊朝着头的方向全力抻着，有些像仰泳。

“说着容易做着难，丢不起那个人哪。”三床叹道，“就是我丢得起那个人，两个闺女还不依呢。一边恨着，一边护着，也不知道她们是什么主意。”

“亲便亲，打断骨头连着筋。”她手下的胖皱说。

她一边听着一边将胖皱的胳膊折起，露出肘，在肘上圆圆地揉着。是啊，自己那儿子，还不是一样？一边恨着爹，一边护着，不让她说半句不是。但凡他来看他，他就绷着脸，也不和他多说半句闲话。她在一旁看着一根血管出来的爷俩，又解气又堵心。

造孽啊。

“什么时候轮到我们?”一个欢眉溜眼的小姑娘呱嗒呱嗒地跑到她的身边，“我们等得花儿都谢了!”

一群人哗地都笑了。总是有性子急的人。可再急也没有用，这里有这里的规矩。进门时发的那个带着更衣柜钥匙的电子手牌就是规矩，搓澡就是按手牌号的先后顺序来的。

“一会儿就会有人叫手牌号。”她道，“你仔细听着，叫到你，你就可以来了。”

“还得多久啊？”

“很快。”

二

丈夫姓花，是她一个厂里的推销员——已经是前夫了，她还习惯把他当成丈夫。当初找他的时候，母亲不太愿意，先挑剔工作，说推销员没几个本分的，完了又挑剔姓，说：“姓什么不好偏姓花？花不棱登的。将来有了孩子，取个什么名儿好？花灯，花边，花粉，花卷，花砖，花菜，花椒？花柳病？怎么叫都难听。”瞧瞧，连花柳病都诌出来了。她的心已经对花开了花，就不乐意了，顶撞母亲道：“不是还有花云吗？还有花木兰呢。还有花木莲，对了，还有华国锋。”华国锋的华不是花，她知道。她就是要欺负母亲不识字。

“华国锋我知道，花云、花木兰我也知道，那花木莲是哪个？”母亲果然糊涂了。

“花木莲么，是花木兰的姐姐。”她笑了。

要死要活地跟了姓花的，心甘情愿地被他花了，没承想他最终还是应了他的姓，花了心，花花肠子连带着花腔花调，给她弄出了一场又一场的花花事儿。真个是花红柳绿、花拳绣腿、花团锦簇、花枝招展，把她的心裂成了五花八门。起初都是她闹着要离婚，他不肯。到最后一次，他先提了离婚。他一提她就傻了。雷打千遍，要下真雨。她这才知道自己没有雨伞，没有雨衣，连屋顶也是漏的。但她硬生生地赌着一口气，在协议书上签了字。儿子、房子都归她，另加三万块钱的存款。他说他净身出户——连厂里的工作都辞了，说去开店做生意。可他们离婚刚刚一个月就听说他又买了房子结了婚，那女人比她小十岁。后来她才拐弯抹角地知道那个女人早就跟上他了，他们结婚的时候，他们的女儿都上幼儿园了。

儿子叫花岩，那个女孩儿该叫什么名字呢？花朵？花瓣？花篮？花蕾？花鼓？没事的时候，她会瞎想。想着想着便会笑自己，能过好自己的日子就不错了，还寻思人家，真是咸吃萝卜淡操心。

“喂，你知道吗？老八的男人也有人了。”三床说。

“知道。”她昨天就听说了。老八是八床。丈夫是个出租车司机，搭上了个开卫生用品店的女人。

“一个卖卫生纸的，他一个男人家，怎么就和她混到一起了！我说老八，我要是你，就一把火把她的店给点了。都是纸，好烧着呢，把那个小婊子的毛都趁势烧干净！对这些人，不能手软。你就是太软，离什么离？揪住他，别丢，拖也拖死他!”

“那不也拖死了我?”

“傻呀。他找，你不会也找？你就是不找，也得和那个女人当面锣对面鼓地闹一场出出气才是！就这么鸦默雀静地离了，我啥时候想想都替你窝囊!”

她笑。是啊，她也觉得自己窝囊。知道丈夫给自己藏了这么多猫腻，她也没有去闹。她对自己说：你就是去闹了又能怎么样呢？能把丈夫铁了的心回回炉熔回来吗？当然，也是不会闹，不敢闹。这场拔河比赛，那母女两个赢了他们母子两个。她没分量是自然的，可儿子终归是个儿子呢。能让丈夫狠下心撒开手，可见那女人有多么厉害。

就这么着，她就轻轻易易地放过了丈夫和那个女人，直到现在，也没有见过那个女人一面。好事成双，祸不单行，离婚不久，她就下了岗，五万块的包赔费拿到手，她赶紧存到了银行，五年期。儿子今年才上的高一，三年过去考上大学，这笔钱正好派上用场，还能多出万把块钱的利息。没了远虑，还有近忧。五百块的生活费就是吃馒头配萝卜条也不够，亏得她还能打能跳，就使出了浑身解数去挣。儿子一天三顿饭少不了，这三顿饭也把她的时间切成了三截。于是她上午去做钟点工，下午去超市卖菜，晚上来这里搓澡。

放过了别人，她没有放过自己。有一段时间，儿子迷上了网吧，三天两头偷她的钱逃学去上网，她怎么苦口婆心地劝都没有用。实在不知道该怎么办，她又恨儿子又恨自己，留了遗书，晕着胆子用水果刀割了腕。刚好母亲去给她送饺子馅，把她抢救到了医院。来看她的人最多的就是三个字：“想开些。”母亲也是这三个字。她耳朵都听出茧来了。

那天她对母亲嚷：“想开些，想开些，谁不知道想开些?!你们告诉我怎么想开些?!”母亲不说话了，呜呜地哭。她也呜呜地哭。天知道她是多么想想开些啊。可挨个儿去找碰到这种事的女人们问问，哪个是想想开就能想开的？谁有这个本事？

三

现在，她的手下换成了一个中年女人，她们行话里叫“棉”。这样的女人偏胖，肉又松，面积大，质量差，一搓起来就全身晃，可不跟棉花似的？这是小小的肉的海，这儿凹，那儿凸。搓凹的时候，凹的会更凹。搓凸的时候，凸的会四处流淌。因为肉不定型，“棉”的犄角旮旯还特别多。不过这样的女人也有她的好处，身体既是走了样，就很在意皮肤，就给了她机会。

“哟，你这皮肤多好啊。”她郑重地称赞，她的称赞因她的郑重而显得越加诚恳，“这好皮肤，可是不多见呢。”

“干。”“棉”说。

“冬天哪有不干的？皮肤都缺水。”

“洗澡不就补水了？”

“那不一样。洗澡补的水太浅，就像渴的时候喝了口水，却只在嘴里漱了漱，又吐了出去。要补，得深补。蜂蜜、牛奶，都行。我仔细地给你按摩一下，肯定吸收得可好。”她的口气清淡又随意，“咱这里有纯天然无污染的蜂蜜，要不，一会儿推一个？”

“那就推一个吧。”

她表面不动声色，手更加体贴地游走着，心底却暗暗地舒了一口气。

起先，她是不爱说话的，后来渐渐地就说开了。不说不行。一是整天闷闷的，别人看着别扭，自己也觉得和别人格格不入。合不了群，就孤单生分。二是不说话就只能搓平常的澡，她们行话叫“普搓”，一个普搓她们只能抽三块钱。平日里一晚上也就普搓十来个，周六周日再多出十来个，一个月就千把。可要是能说动客人推个牛奶蜂蜜海藻泥，把这个收入和洗浴中心五五开，那就能多挣个一二十块，值多了。有那么几次，她还推销出了她们能力之内最贵的美容保健套装，提了三十块钱呢。老话道：会说能当银钱花。挣这个钱自然有运气的成分，更多的却是话里绕的功夫。认清了这个理，她就开始下这个功夫，还特意买了几本书研究。想向别人传道，自己先得懂经嘛。

当然，这事也得看菜下碟。来这里洗澡的女人要说日子都过得宽松，可人和人还是不一样。有的人躺在床上，浑身上下紧紧巴巴，打眼一瞧就知道是头一次来。给她们搓澡的时候，她们的神经也是紧巴的，总是赶趁着她的手。她的手还没搓到胳膊呢，她们的胳膊已经抬起来了。还没搓到膝盖呢，膝盖也已经弯出来了。这样的人，她的手劲儿轻些重些，她们都不说什么。她也不问。而有些人呢，就舒舒展展、软软和和地躺着，一望而知是常客，等着她的手来调停。随她搓哪儿，随她怎么搓，都是一副自在的架势，就是手劲儿上有讲究，她要时刻地问轻不轻？重不重？背上要不要多按几巡？小腹要不要多按几圈？特色补养的那个钱，多半都是赚在这些人里。而这些人里又分几种：利落着口气要补贵的，那是有人埋单，自己不掏腰包，大都是官太太。花钱的时候便有一股威风凛凛的劲头。仔细把价钱和功效问个明白才补的，是会过日子的精明老板，做生意的多些。在补不补的问题上犹豫半天才下决心的，约略都是些光景刚刚开始改观的小家妇人。

因为眼明心亮，她只要开口，建议的成功率就很高。熟客虽然很少，且绝大多数人都只是一次交易，但对她来说，也就够了。铁打的营盘流水的兵。只要她这个营盘在这儿，只要有流水的兵，只要兵们的水能流到她的荷包里一两绺儿，就总能让她和儿子的日子活泛一些。

四

“海！来这张床！”一个年轻女人在二号床上躺下，朝刚才催问过的小姑娘叫道。小姑娘正在池里玩，闻声滴滴答答地跑了过来，一下子就爬到了三床上。

小姑娘看起来七八岁的样子。她们行话里管这种客人叫“水”。可不是水吗？从头到脚，从眼睛到指甲，哪儿都嫩生生、水灵灵的。搓“水”的时候，她们是格外愉快，也是格外小心的。一是“水”身上不藏泥，一搓就净，既省力，钱也不少拿，搓得精心些是应该的。二是生怕手一重就把“水”搓干巴了，搓疼了，搓跑了。三呢，她们都喜欢和“水”说话，和“水”说话最有趣。

“多大了?”三床问。

“再有一个月就七岁了。”

“叫什么名字?”

“你猜。”

“那可不好猜。你这不是让我大海里捞针吗?”

“哦? 你这句话里就有我的名字。”

“针针?”

“还线线呢。”小女孩大笑起来,“海,大海的海。刚才我妈都叫我了。”

“我还以为你妈叫的是嗨呢。”三床也笑起来。搓着她一鼓一鼓的肚皮,“怎么取个男孩子名儿?”

“又没有规定女孩儿不能用。有个唱歌的女演员还叫祖海呢。”小姑娘嘴巴真是麻溜。

“上学了?”

“嗯,一年级。”小姑娘咯咯咯又笑起来,“痒!”

年轻的母亲一直闭着眼睛。她顺起她的胳膊,把腕上的玉镯摘下来,放到一边的塑料高凳上。

“镯子成色看着挺不错的。”她说。其实她不懂。不过,好话不蚀本嘛。

“嗯,岫岩玉。”女人说,“孩子爸爸出差给买的。”

“能经常出出差，多好。出差了还想着你，多知道疼惜人。”

女人嘴角微微一扬：“早两年就辞了。自个儿单干。”

“单干也好。一心一意给自己挣，肥水不流外人田。”

……

女人扬着的嘴角一直没有放下，好话谁听着都受用啊。

“爸爸亲还是妈妈亲？”三床还在逗着女儿。

“唉，我都多大了还问这个。”小姑娘皱了皱眉，“能不能说点儿新鲜的呀？”

“新鲜的我们不懂，你说说我听听。”

“好，那我给你讲几个脑筋急转弯吧。”小丫头来了兴致，“有一个人边刷牙边吹口哨，你说他是怎么做到的？”

“练出来的呗。”

“他刷的是——”小丫头得意地绷绷嘴，“假牙。”

在周边搓着和被搓的人又一起笑了。母亲侧过脸，甜滋滋地看了女儿一眼。

“一头牛头朝东，朝右转三圈，朝左转两圈，再朝右转三圈，它的尾巴朝哪儿？”

“嗯……让我想想。”

“想什么想？朝下呀！”

……

在笑声里，她把目光投向对面的淋浴区。哗哗的水流下，全是赤裸的身体。胖的，瘦的，高的，矮的，每一个成年的身体上，都有那么几处黑。从黑发，到腋下，再到大腿根儿。小时候总是不明白：女人为什么是女人？为什么女人长大了就变成了这个样子？现在总算是明白了：没有为什么，女人就是女人。女人长大了就得变成这个样子。

常常的，她搓着不同年龄段的女人的身体，从几岁，十几，二十几，到四五十，七八十，她就会有些恍惚。仿佛这些人都是一个人，也仿佛就是自己。于是，恍惚中，她的心里会涌起一阵阵莫名的酸楚和怜惜。

五

女儿搓完半天了，她把母亲才搓了一半。这是个典型的少妇的身体，她们行话里管这种女人叫“瓶”。真的是瓶呢。瓷实的肉，流畅的曲线，怎么看着都像瓶。这样的瓶插着女人的花，也插着男人的念想。“瓶”的乳房饱满、圆润，如鼓胀的碗一样反扣在那里。她的手搓她的乳房时，能感觉到海绵一样丰柔弥漫的弹力。这样的身体几乎没有褶皱，是好搓的。不过，也有让她费力的地方，就是泥藏得深，得搓两遍甚至三遍。这满月一样的身体生机勃勃，连污垢也是生机勃勃的，灰白色的泥卷一层层涌上，似乎永远也搓不完。直到搓到她们的皮肤都红彤彤了，才有些干净的意思。

她又开始搓她的背。这个背光洁得如家里的小案板，可以用来擀面条。她也有过这么光洁的小案板似的背啊，当年使得丈夫那样爱不够，在前面要过她，又在后面要她。她不肯，他就猴子般地缠在她身上求着她。

“你怎么回事？搓着我头发了。”客人说。

她回回神，将客人散乱下来的发丝挽上去，继续搓。已经十点了，洗浴的人还在不断地涌进来。看来今晚得搓过十二点呢。

没有比她们这一行能够见识更多的人体了。下午，她在熙熙攘攘的超市里看穿衣服的人，晚上，她在熙熙攘攘的大澡堂子里看不穿衣服的人。白天她看人的奇装异服，晚上，她看人的奇身异体。有一个女人，浓密的体毛从肚脐眼一直连到私处，让她搓澡都没办法下手。有一个女人除了头发全身寸草不生。有一个女人两瓣屁股，一瓣大，一瓣小，一瓣扁，一瓣圆。有一个女人上身黑下身白，有一个女人前面红后面黄，有一个女人的两只乳房上都刺着玫瑰，有一个女人的背上绣着一只老鼠……更多女人的体征是在小腹，两道疤痕，不是横的就是竖的——剖腹产的印记。

有一次，她在一个女人的下颌摸到了一堆大大小小的硬核，那个女人告诉她：她刚做了下颌吸脂手术，把双下巴吸掉了。还有一次，她在一个女人的乳房边上摸到了一坨怪异的软体，那女人告诉她：这是假胸，里面垫了硅胶，嘱咐她轻一点儿。于是，当她又一次在另一个女人的乳房边摸到硅胶的时候，她很自然地就把手放轻了。那女人要她重些，她说怕压坏里面的硅胶，女人勃然大怒道："你胡说什么？什么硅胶？我是货真价实！你一个臭搓澡的，要你干什么你干就是了。穷嘴呱嗒舌，有你说话的份儿？"

本来她想忍。这一行好听些叫服务性行业，不好听些就是伺候人的行业。伺候人也就是一个字：忍。一般般的气，比如手重了手轻了被呵斥几句，人多的时候等搓澡的工夫长了发些牢骚，都在情理之中，能忍也就忍了。"忍气免伤财"，她也是说四将五的人了，这个道理怎么会不懂？懂了就好，将那些恶声恶气、恶言恶语如她们身上的油泥一样搓下来，被水哗啦啦地冲走，也就罢了。可是那天，她不想忍了。搓澡的就中了，凭什么骂还加个"臭"字？她哆嗦着嘴唇回敬那个女人："再臭也比你的嘴巴香！"

"啊哟，你这么香怎么不摆到香水柜台去卖？在这里下力气给人搓脚摸屁股？这是祖坟上烧的哪一炷高香修来的福分？”一竿子打翻一船人。女人的薄嘴皮子如刀，把十几个搓澡工的脸都割出了血。于是，这些搓澡工都住了手，围过来和这个女人理论，女人开始还死鱼一般瞪着眼犟着嘴，到后来也怵了，灭了气焰，灰溜溜地下了床，走了。

那天晚上下班之后，她把一帮姊妹们拦住，请她们吃了宵夜。不过是到一个大排档点了几个小菜，一人一碗馄饨、一小杯啤酒，可她们都喜悦得什么似的，笑声顶得大排档棚布上的红蓝条条一鼓一鼓，直冲向天空。

六

“推个牛奶。”终于搓完了。女人躺着不动，说。

“噢，好。”

乍看都是赤裸的女人，仔细看却不一样。肤色、肥瘦、高矮、美丑仅是面儿上的不一样，单凭躺着的神态，就可以看出底气的不一样。有的女人，看似静静地躺着，心里的焦躁却在眉眼里烧着。有的女人的静是从身到心真的静，那种静，神定气闲地从每个毛孔冒出来。有的女人嘴巴啰唆，那种心里的富足却随着溢出了嘴角。有的女人再怎么喧嚣热闹也赶不走身上扎了根的阴沉。更多的女人是小琐碎、小烦恼、小喜乐、小得意、小心思、小心事……不遮不掩地挂了一头一脑，随便一晃就满身铃铛响。

见得多了，听得也就多了。女人光着身子躺着的时候，心也常常是光着的。搓个澡半小时的工夫，总有些憋不住的女人要说些什么。偌大一个城市，在澡堂子里川流不息，谁也不认识谁，谁也不知道谁，多半以后谁也见不到谁，那说说也就说说了。有一次，一个女人对她讲她和小叔子睡了觉。说她自打过门，小叔子就开始缠她。她拗不过，就给了他一次。有了一次就有两次、三次，乃至无穷次，刹不住了。她一直以为丈夫不知道，后来才知道丈夫也是知道的。然而知道也就知道了，日子还是糊糊涂涂地过了下去。还有一次，她给一个年轻女人搓澡，那个女人满身都是刚刚褪去疤痕的伤印。她告诉她：她是一个小姐，这是被客人虐待的。她是笑着告诉她的，说疼虽然疼，疼里却也有快乐。看着她目瞪口呆的样子，她朝她打了个榧子："说了你也不懂。"还有什么事呢？丈夫比自己年龄小，晚上贪，例假也不放过，让她的妇科病从没断过。不过也好，省得去外面闹。炒基金大赚，股票牛气，昨天在大户室却亲眼看着一个熟人脑溢血猝死。还有一次，她听两个老师模样的客人聊天，一个感叹人生如梦，一个感叹良宵苦短。人生如梦的意思她是明白的，良宵苦短是什么玩意儿呢？她小心翼翼地请教客人，客人笑道："良宵嘛，就是美好的夜晚。良宵苦短嘛，意思就是美好的夜晚总觉得是短暂的。"她点点头：长见识啊……形形色色，色色形形。搓澡工这样一个低微的职业，却因为短暂地亲密着她们的身体，便让她们的话都如身上的水一样，有了向下流淌的欲望。

她越来越喜欢这里了。听着客人们的闲言碎语，和这些个搓澡工说说笑笑，一晚一晚就打发过去了。等到客人散尽的时候，她们冲个澡，互相搓搓，孩子般地打打闹闹一番，回到家，倒在床上就睡到天亮。如此这般，夜复一夜，虽然累，却因为有趣，因为挣钱，居然也眨眨眼就过去了——良宵苦短，真个是呢。

逢到有什么好事，比如发了薪水，比如儿子测试的名次又靠前了，她的心情就会更好，简直是想什么什么好。看到了比自己好的，她会想：还有这般好过的，说不定自己也能过成这样吧？日子还有奔头呢。看到了比自己差的，她就想：这外光里涩的日子，还不如自己呢，看来自己的光景还不错。看到那些不好不坏的，她就想：这世上的人和自己都差不多吧？自己能随个大溜，这不也挺好的吗？就是丈夫的事也不那么可恨了。虽然让她落了个孤儿寡母，可那是个什么丈夫？离了就离了，不可惜。他另找就另找了吧，他享他的花花福，自有人替她来受他的花花罪。她不信他狗改得了吃屎。现在的日子虽然不宽展，却也有房子住，银行里还有七八万的存款，自己还挣着一两千的活钱，儿子每天都能吃上荤菜，换季就有新衣，也不是太没办法。最要紧的是自己身子好，能兼着几份差，儿子也越来越懂事，知道学业上进——那次割腕不但没有死成，还戒了儿子的网瘾，开了他的灵窍，真真是天照顾呢。

渐渐地，她就觉得她的心似乎的确和以前不一样了。如同母亲劝自己的一样：想开了。这个开从哪里开的，怎么开的，似乎还不明白。但开是肯定开了的。

开了就好。心好了，手也好。心随手动，她搓澡搓得自然就越发轻快。一个又一个身体在她手下娴熟地翻动，脖颈、肩胛、乳房、肋骨、后腰、大腿根儿、小腿背儿、脚趾头、手指缝儿……手到之处，泥垢滚滚而出，白花花的肉体前，她居高临下，是技法超群的医生，是手艺出众的厨师，是胸有成竹的导演，是指点江山的统帅，是不可一世的君王。在一个又一个身体的间隙，她用水盆冲洗床面。飞翔的水珠顺着她甩开的双臂在床面上跌落，瀑布一般欢流下去。这短短的一两分钟，是她喘气休息的唯一空当。她会长长地直一下腰，吐两口气，然后，把身体再次弯下去。

七

“妈，你什么时候能好啊。”小女孩又过来催的时候，她刚刚给女人涂满牛奶的身体按摩完最后一把。

“去把手机拿出来，让我给你爸打个电话。”女人把湿漉漉的手牌递给小女孩。小女孩接过手牌，蹦蹦跳跳地朝更衣室的方向跑去，很快就回来了。走到女人身边，却没有把手机递给女人，而是自己滴滴滴按了一通号码。

“爸，你洗好了没有?”又将脸转向女人，“他早就洗好了。”

“让他在外面等我们。”

小女孩向手机转述了妈妈的话，很快便把小嘴噘了起来：“爸说他不等我们，我们太磨蹭，他要先回家。”

“他敢?!”女人淡淡地说，一边朝淋浴那边走去。

“爸，你敢?!”小女孩跟在女人身后，对着手机嘻嘻笑着。那边不知道说了什么，女孩的神情愈加放肆起来，清脆的童音高亢激越，“花志强，你敢?!”

她站在那里，一瞬间，怔了怔。手停住了。整个澡堂子都静下来，在她心里，所有的水都没有了声音，就像她身体内所有的血都停止了流动。

是她，就是她，那个女人。刚才躺在那里的，就是她。刚才搓澡时的细节一下子涌到了她的脑海里，争先恐后，摩肩接踵，把她的头都要挤炸了。她感到一阵阵恶心，她想吐。她捂住眼睛，捂住嘴巴，但是没用。记忆中那女人的身体闪着冰一样雪亮的光，朝着她刺过来，刺过来。

她一屁股坐在了凳上，觉得自己再也没有了力气。在坐下去的瞬间，有什么东西硌了她一下。她把那个东西摸索到了手上。

是那个女人的玉镯子。

这个可恶的女人。这个该千刀万剐的女人。这个抢走自己丈夫的女人。这个狐狸精、贱人、骚货……她想骂，什么都想骂，却一个字都出不了口。这些话都在喉咙里挤成一团，交通堵塞。

“二床。”有人叫她，她不应。三床叫她，她也不应。三床和四床走了过来，摸了摸她的头，问她怎么了，她还不应。五床刚刚搓完一单，替她把客人接了过来。三床和四床着急地晃着她，其他的搓澡工也询问着向这边走来。在众人的围绕中，耀眼的冰光终于黯淡了下来，她抹了一把脸。

“累了。”她说。

三床和四床把她从凳子上拽了起来，让她赶快冲澡回家。

她茫茫然地走到一个淋浴格内，打开开关。温热的水流顿时倾头而下，却似乎和她的身体毫无关系。她低头看看自己，这才发现胸罩和裤头没有脱。

这是她的身体，比那个女人衰老十年的身体。这个身体和那个身体都和同一个男人的身体有关。不同的是，这个身体是旧居，那个身体是新房。这个身体过去得到的爱抚，那个身体如今正在得到。这个身体今晚还给那个身体搓了一个昂贵的澡，回去之后他们就会有一个不折不扣的良宵……那个身体一直在羞辱着这个身体，从过去，到现在。

有说话声响起。不用看她也知道，是那个女人。她就在她隔壁的格子。她盯着旁边的盛物架，里面都是洗浴用品：飘柔洗发水、东洋之花洗面奶、力士护发素、隆力奇沐浴液……飘柔的瓶子最大，两千毫升的量，有四五斤重，砸下去能不能砸个包？或者干脆就揪住她头发打？她的头发挺长的。她要是开打，那帮姊妹们一定会帮她，她不会吃亏的……打！打！

她一拳头捶在雪白的墙砖上。她想不开，想不开，想不开。以为自己已经想开了，可事到临头才知道自己还是没有想开。有什么在冲撞着她的心，像洪水，又像岩浆，一浪一浪，一波一波，眼看就要把她撞破了。

撞破了，她也就好了吧？就像一个脓疮，挑开了，把毒挤出来，也就好了吧？

花洒里的水噗噗地落在她的身上，汇成一条条溪流。她的泪水混在溪流中倾泻而下。真没出息！你他妈的真没出息！她骂自己。该哭的人在隔壁，你哭个什么劲儿?！可她就是控制不住自己的泪水。所有的委屈都跟着水哗哗地奔流出来。她背对着浴池，面朝墙壁。没人听见她抑制不住的低声的呜咽。没人看见这个女人的表情。只能从她的红胸罩和黑裤头可以判断出，她是个搓澡工。

她直直地站在那里，如一棵立正的树。

八

不知道哭了多久，她止住泪，转过身，又看见了那个女人。

女人冲好了。女人来到了化妆镜前。女人取了一支一次性牙刷。女人打开牙刷，女人挤出牙膏。女人刷牙。女人叫女儿过来刷牙。女人刷了两遍牙。女人用毛巾去擦嘴角的余沫。女人上了一趟卫生间。女人又回到另一个淋浴格里冲了一遍澡。

她一直站在那里看着那个女人，没有动。

女人就要走了。

女人和孩子走到了门厅处。

她忽然感觉到了手里的异样：她还拿着那只玉镯。

女人和孩子各取了一块浴巾，换了拖鞋。

水流中的玉镯看起来晶莹碧透，鲜绿无比。她紧紧地捏住这只玉镯，似乎要把它捏碎。——可是，她拿着这只镯子干什么呢？她忽然明白：无论如何，她都必须得把这只玉镯子还给她。她不能让这只玉镯子留在这里，留在今晚，决不能。

但她不能送到她手里。

她要让她自己来取。

她得叫住她们。

然而，怎么叫呢？叫孩子还是叫她？叫“花海”还是“花海她妈”？

她不知道。

没有时间了。她们就要消失在门厅那里了。雾蒙蒙的水汽中，她顿了顿，终于高高地举起了那只镯子，仿佛举起了一个饱盈盈翠生生的句号。然后，她使出了全身的力量，朝着两个即将转弯的身影喊道：

“哎——”

雪梨花落泪简史

一

1920年农历九月十五，雪梨花出生于河南省修武县五里头乡薛庄，姓薛名梨花。薛梨花出生时，其父薛德富正涂红抹白，随着“金玉班”在百里之外的杏花营唱戏。他从小热戏，是豫北有名的花旦名角，艺名梅仙。因唱戏迷人而得妻成家，也因唱戏下贱而被族人不齿，长年在外，罕归。

薛梨花落地时哇哇大哭，无泪。

三天后，薛德富回家，远远听到哭声，大喜道：“这个孩子能唱戏!”

“咦，你咋回来了?”

“我的嗓子倒仓了，得养养。”

“能养回不能?”

“谁知道。”

“是个妞。”妻有些抱歉地说。

“妞中，妞就中。妞也能唱戏。”

“真的?”

“真的。”

“能唱到开封?”

“能。”

“能唱到洛阳?”

“能。”

“给孩子取个名儿吧。”

“这孩子怪白的。戏文上说人脸色好看就说桃花红梨花白，就叫她梨花吧。”

两个月后的某一天，薛梨花尿湿了裤子，照往常一样哇哇大哭。其母闻声而至，发现她有了第一滴泪。

二

1927 年，修武县遇大旱，庄稼无收。薛庄许多人家纷纷出去讨饭，雅称“查门头”。嗓子一直没有养回的薛德富也带领梨花去“查门头”。“查门头”讨到的红薯和馍头要带回家给娘和弟弟吃，她只能喝稀饭。喝稀饭饱得快，饿得也快。有时候看肚子鼓得溜圆，一会儿工夫就开始叫唤，从根本上还是一个吃不饱。一天，走到一大户人家门首，薛梨花被其黄狗惊吓，摔了几个跟头，裤子也被撕出了一个长口子，大哭说：“爹，我不查门头了！”

“那你想干啥？”

“你不是说唱戏也能吃饭吗？我想去唱戏！”

两天之后，薛德富变卖了所有微薄家产，带领妻子和一双儿女去寻找戏班。经过数月奔波，他终于找到安阳一草台班王家班，他给戏班打杂兼教戏，妻子背着儿子去附近的煤窑捡煤卖煤，薛梨花跟着戏班练功学戏，一家人勉强安身度日。

第四天，戏班上演《包公铡美》，饰演秦香莲女儿的小演员突然病倒，梨花自告奋勇要求顶上。

“你中不中？”薛德富犹疑，“你会哭不会？”

“我中！我会哭！”

台上的薛梨花哭得泪流满面，让观众唏嘘不已。演出结束后，掌班给小梨花买了一包三角糖作为犒赏。这是她平生第一次吃糖。

三

为了能让小梨花早点儿登台成角，薛德富每天早起，教她喊嗓。第一天喊嗓时，他将梨花带到了河边，让她跪下。

“跟我说：戏比天大！任打任骂！唱成红角！造福天下！”

“戏比天大！任打任骂！唱成红角！造福天下！”

“一——”

“一——”

“二——”

“二——”

“三——”

“三——”

“哼——”

“哼——”

“嗯——”

“嗯——”

“哎——”

“哎——”

深夜戏散时，薛德富还要教她几句新戏。第一个夜晚，他教她的是《洪月娥背刀》。

“我先把头四句唱一遍，你听好：老父王驾坐在红桥，生我一个龙阿娇。若问我爱文是爱武，洪月娥从小就爱耍大刀……”

“爹，我会了。你听我唱。”小梨花立马将这四句唱了出来。

薛德富拿起旱烟袋重重地砸在了她的身上：“我叫你逞能！这不是平时，随你胡扯八溜，这是正正经经地唱戏！不能随便唱！再随便我打死你！”

梨花的泪涌出来。

“你干啥呢?”母亲轻轻走出来问。

“我种树呢。树根儿扎不好，一辈子也别指望长成大树！”

四

1929 年，薛梨花已学戏四本，武功也很扎实，脚尖碰鼻尖，踢腿已经能踢五百次，双腿已能夹着八斤重的大砖一溜风似地跑圆场了。一家人跟着戏班四处游荡，哪里有人家写戏就在哪里留下。因为长年睡潮湿的草铺，有不少人得了疥疮，痒得睡不着，小演员们就躺在草铺上背词：

西门外三声炮……

县君的则是县君，妓人的则是妓人……

不思量，细端详，春来春去柳叶长……

妾的心事乱似蓬，几番要向君王控……

她本是张郎妇，又做了李郎妻……

在人前是享不尽的富贵荣华，哪知道背后的酸甜苦辣……

薛梨花的声音夹在其中，十分微小。

背着背着，她在暗夜里流下泪来，很快擦干。

五

1931年，王家班掌班患疾病而死，薛德富带领全家来到开封，投奔到豫西较有名气的太乙班。太乙班也是初次进汴，渴望能够将脚跟站稳。在辉豫戏院，班主听了薛梨花的演唱后决定让她演一场垫戏：《大祭桩》“打路”一折。剧情是：黄李两家结亲后，李家遭难，黄桂英未婚夫李彦贵前来黄家求助，黄父嫌贫爱富，将女婿逐出门，黄桂英闻说便打发丫鬟深夜送银，不料丫鬟被杀，李彦贵被抓。黄桂英去刑场活祭，在三岔路口碰到了不曾见过的婆婆和夫嫂，当婆母知道她就是黄桂英时，挥动拐杖狠狠地追打她，黄桂英躲闪，哭诉。

“婆母娘你且息怒，站在路口，听儿媳把内情事细说根由……”

薛梨花文武兼备，在躲闪时用上了小翻、扑虎、劈叉和乌龙绞柱等武行动作，在唱时声情并茂、如泣如诉、凄婉动人，一曲唱罢，戏院中掌声如雷。

回到后台，薛梨花脸上的泪痕仍未干涸。

“人家都是假哭，你还真掉泪呀？”有人说。

“我憋不住。”

一场小小垫戏便让观众有了大轴才有的高潮，班主对薛梨花刮目相看。第二天，让她改演中轴。她的小旦、青衣、老旦、丑角、武生，皆拿得起放得下，轰动开封。一个月后，薛梨花担唱大轴。她主演全本的《大祭桩》更是备受赞誉，《豫都文报》评价：“薛梨花唱念俱佳自不必说，尤其唱至动情处，星眸泪光闪闪，让人心碎心醉。真乃是一支梨花春带雨，一展歌喉春满堂！薛梨花之纯洁无瑕之美，可谓雪梨花也！”

由此，薛梨花正式启用艺名雪梨花。

六

好评如潮之时，薛德富很冷静，他知道女儿的好机会已经来临，但她原有的几本戏远不够用，很快就会被掏空。他马上决定广聘师傅，来教女儿学新戏。他要她在四个月里学三十多个新戏，平均四天一个。于是，每到深夜散戏之后，正是雪梨花又开始学戏之时。薛德富还请求戏班每星期给薛梨花空出一个夜场，让她去别的地剧院去看、去学、去偷。

因为过于疲惫，雪梨花在一次演出中忘了词，一回到后台便被薛德富打了两个耳光。

“她都是主演了，你不能这样对她!”演员们纷纷劝道。

“没有永远的主演！就是做梦唱戏也不能忘词!”

雪梨花含着泪说：“爹讲得对。”

七

1933年，太乙班准备去闯西安，请求薛德富带领梨花加盟，已经在开封安家的薛德富不想离开，便征求了林镇北、史同书等有识之士的意见，决定自称戏班，名为中州新戏社。既为新戏，便以改良旧戏创作新戏为风标。具体措施有：一是，无论改旧还是创新，都由有文化的新派人士执笔；二是，不再教死戏和死教戏，分析剧本，给演员说戏。在演出中还可以不断把戏改进；三是，将豫剧各派之所长掰开揉碎，重新整合，根据剧情需要和人物性格进行新的唱腔设计；四是，演出前多次进行对词，并让乐队伴奏，称为“响排”。以前的旧习是演出前不对词、不伴奏，正式演出的时候再临时接茬口，称为“十字路口等齐”。开始实行“响排”之后，乐队师傅自感辛苦，多有怨言，薛德富特定安排在每天的伙食中多添五斤猪肉。

众人渐渐习惯，排出的戏越来越扎实、成熟、细腻、完美，越来越受欢迎。

1936 年 5 月的一天，雪梨花正在演出《桃花庵》，唱腔中突然出现了黑窟窿。薛德富明白：她的嗓子也开始倒仓了。而雪上加霜的是，中州新戏社的几个主创人员因为各种缘故要离开开封，戏社名存实亡，濒临解散。

7 月，薛德富带领全家人回到修武老家，给雪梨花养嗓。《豫都文报》发出新闻：雪梨花叶落花残，中州社人去楼空。

前程茫茫，梨花落泪。

八

一年之后，雪梨花嗓音复旧，且更加甜美，她又回到开封辉豫戏院唱戏。不久，雪梨花被国民党一参谋看中，要她做小妾。万般推托不过，薛德富找到特别欣赏雪梨花的同济医院的著名医生孔长仪，请他想办法。孔长仪将她引荐到国民党 29

军总指挥张钫府上，雪梨花得以向张夫人哭诉，并认张夫人为干娘，才逃过一劫。

抗日战争爆发，开封抗日气氛浓厚，雪梨花请人写了新戏《打土地》。剧情是："九一八"事变之后，一位老汉带着儿媳从东北逃到关内，在土地庙歇脚，精神失常的儿媳指着庙里的神像问："那是什么?"公爹说："那是土地爷。"儿媳怒道："什么？他是土肥原?"便立即拿起讨饭棒将土地爷痛打了一顿。然后是大段的哭诉，说自己的丈夫和儿子都死在日本侵略者手中……薛德富要求演土地爷，他说："我没有嗓子，扮个土地，挨挨打，也算尽尽爱国心。"

雪梨花每演必哭。观众每看必哭。后来《豫都文报》发表文章评价："……剧情之细腻曲折、婉转紧张，为历来各剧所未有。激发爱国情绪，加强抗敌精神，暴露倭寇之兽行，发挥无遗。……"

1939年，开封被日本飞机频频轰炸，雪梨花戏班逃难来到省政府临时所在地洛阳，演出数日之后便声名鹊起，备受关注。一次，她为一官僚唱堂会被调戏，便装肚疼早早回了家。那官僚知道后大怒，屡屡派人骚扰剧场，演出大受影响。薛德富对女儿大光其火，甚为怨责："唱戏就是混码头，好汉不吃眼前亏。低低头就过去的事，你怎么就恁会惹事生非瞎逞强！"

他要雪梨花去向官僚赔不是，雪梨花坚持不肯。正值西安有河南同乡会的人来洛阳邀角为西安中州中学募捐义演，她答应前往。薛德富连打女儿几个耳光，末了全家还是随着含泪的雪梨花前往西安。

九

西安募捐演出地点在民乐园，是个用破席搭的半露天的戏院，条件十分艰苦，雪梨花初到之时上座率很高，后又因飞机警报时时响起，演出总是难以进行。不久事态稍稍平静，雪梨花开始上演《六部西厢》，每唱到“罗帏帐摇摇动无风起浪，他半推她半就难解难当”时就会听到讪笑。她渐渐觉得不好，自己做主改了词：“他二人进门去把门关上，只气得小红娘眼泪汪汪。”改词后头一天便遭到退票风潮，又被薛德富怒打。她哭着离开剧院，决定不再唱戏。

在旅店躲了一天之后，她来到街上买东西吃，听到两个人对话：

“你恁慌着跑干啥？”

“别人给了我两张雪梨花的票，我得赶紧送给我老娘。”

她蓦然想起“戏比天大”那四个字，如梦初醒，连忙飞跑向剧场。

不久，张钫母亲七十大寿，张钫邀雪梨花回河南献艺庆贺，在由河南返回西安的途中，雪梨花患胸膜炎病倒，一家人租住在旅馆里，欠债累累。历时一年零三个月，她终于康复，医生说：“你又可以唱戏了。”她落泪。

十

1942年，雪梨花在西安某县演出时碰到县三青团书记吴墨。吴墨温文尔雅，爱戏懂戏。两人相爱。听说吴墨有妻，雪梨花落泪：“我不给人当小。”

“我一定明媒正娶。”

“你为我甩别人，我良心上过不去。”

“我和她早就过不到一起了，她在宝鸡。早已经商量过要离婚了，只是兵荒马乱，还没有顾上办手续。”

“我不愿意跟当官的结婚，你大小也算一个。”

“我马上辞掉。当官需要溜须拍马，我本来也就嫌弃。”

“成家后我还要唱戏，我要唱一辈子戏。”

“我就是喜欢你唱戏。你尽管唱，我还要尽自己的能力帮你把戏唱好。我去学写戏。”

“一言为定！”

“驷马难追！”

后来，雪梨花去汉中唱戏，吴墨去宝鸡办手续。雪梨花在汉中唱了八个月，没有见到吴墨踪影。临离开汉中的前一天，吴墨来了，拿出一张纸递给雪梨花，上面按着红红的图章印儿。雪梨花接过，落泪。而后看了半天，羞怯道："你知道我是睁眼瞎，还给我看这个干什么？又不是信不过你！"

两人一起随着戏班到了西安，办了结婚手续。吴墨很快为雪梨花整理改良了三出传统戏：《拷红》《白蛇传》和《秦雪梅》，上演后大获好评。

半年之后，雪梨花与吴墨在《陕西青年报》上刊登了一则启事："雪梨花与吴墨已经结为百年之好，且怀孕数月，不能继续登台献艺。敬告各界，并致谢意。"

十一

1947 年，雪梨花正在剧场演出全本《秦雪梅》，吴墨被警察带走，罪名是私通共产党。雪梨花经人指点，费尽周折，花费三百块现洋和六百筒炮台烟打点关系，四个月后吴墨才回到家中。看到丈夫须长如发，雪梨花失声痛哭。

1948 年，聚集到西安的河南难民越来越多，雪梨花一边赈灾义演一边收纳孤儿来剧社学戏，后来索性开办了艺校，收学生达五十余人。

1949 年，西安解放，雪梨花留在西安继续唱戏。其时，西安的戏剧市场十分繁荣，许多剧社都积极响应政府的号召，联合起来为灾民募捐义演。一次义演结束之后，她走出剧场，看到一片灾民向她跪倒致谢，顿时落泪如雨。

1950 年，抗美援朝战争爆发。吴墨为雪梨花创编新戏《花木兰》。天时地利人和，雪梨花一唱即红，成为经典。但她远远不满足，她决心义演半年，为我抗美援朝大军捐献一架飞机。

1951 年 8 月至 1952 年 2 月，雪梨花演出半年共计一百五十六场，完成了捐献金额十五亿两千万余元（旧币），如愿以偿捐得等值战斗机一架。此架飞机被命名为“雪梨花号”，后应雪梨花要求改为“梨花剧社号”，现存于中国人民革命军事博物馆。

1953 年 3 月，抗美援朝战争到了决战阶段，中国西北人民赴朝慰问文工团组成，雪梨花赫然列在其中。已经怀孕数月的雪梨花忍痛做掉腹中胎儿，随团远赴朝鲜战场进行慰问演出。在炮声隆隆的前线，她因身体虚弱且演出过于辛劳而病倒。63 军军长及政委前去探望，将朝鲜老乡赠送的鸡蛋送给雪梨花。雪梨花手捧微温的鸡蛋，潸然泪下。

1955 年，雪梨花服从国家安排，从西安回到河南工作，担任河南豫剧院院长。离别西安时，落泪。

回到河南，薛德富要求女儿为自己在河南豫剧院安排个工作，成为吃公家饭的国家人，被雪梨花断然拒绝。她说："你不和我在一起，我可以秉公办事，你要是和我在一起，我深了浅了都不得法。你放心，我保证一辈子孝顺你。"

薛德富黯然落泪，雪梨花也落泪。

十二

1957年，反右运动在全国铺展开来，吴墨向雪梨花提出离婚，说："我现在已经成了你的拖累，不要因为我让人家说你划不清界限。现在反右，你要不和我离婚，恐怕难过这一关。"

雪梨花将他拟写的《离婚申请书》撕碎，痛哭："我不离!"

"不离人家就不会让你入党!"

"不入就不入!"

两人相拥在一起，吴墨叹气道："入党申请书你还是得写。"

雪梨花轻轻道："我知道。"

出乎意料的是，雪梨花夫妇在反右运动中有惊无险，平安度过。夫妇俩深感庆幸，作为回报，吴墨以最快的速度写了两部新戏：《破洪州》和《五世请缨》，这两部戏与《花木兰》一起并称为“雪梨花爱国主义三部曲”。

1959 年 5 月，雪梨花被批准入党。

下半年，雪梨花被查出宫颈癌，在北京肿瘤医院，临上手术台前，吴墨双手颤抖，不能签字。雪梨花看着丈夫的脸，泪流满面。

手术成功，雪梨花得知自己又获新生，再次落泪。

十三

1960 年，雪梨花为了让自己跟上时代的步伐，决定演现代戏。可是连排出两个现代戏，观众的反应都很冷淡。她内心不安，回家问吴墨：“我这两出现代戏怎么样?”

“听真话还是听假话?”

“真话。”

“不怎么样。”

“到底怎么说的？你说得具体点儿。”

“说你穿便衣演戏不好看，说新戏演得没有味道，不贴心，远。”

“那领导和同志们怎么都说好?”雪梨花眼圈红了。

“那是偏爱你，鼓励你，安慰你。戏是演给群众看的，群众不买账，谁说好都白搭。”

雪梨花眼泪落下，彻夜无眠。

此后，雪梨花痛下决心，一定要演好现代戏。她深入生活，细心揣摩，将古装戏的技巧巧妙地融入到现代戏的表演中，既有继承，又有创新，既有分别，又有融合，很快便在《朝阳沟》和《李双双》中获得了成功。成功的标志是：吴墨深夜路过剧院，还看到有人在排队买票。

十四

1966年，文化大革命开始，雪梨花首当其冲，被打成“河南反革命大戏霸”。豫剧院中满是她的大字报。内容有：“雪梨花反动透顶，要彻底坚决打倒”“抡起铁拳头，砸烂雪梨花”“工农兵不要雪梨花这种反动艺人”等。第一张大字报由雪梨花的资深学生贴出，内容是“雪梨花，烂棉花，革命群众不要她!”接着，省报开始刊登批判文章，揭露雪梨花的反动内幕：她在西安赈灾义演是收买人心，她抗美援朝捐赠飞机是搞政治投机，带领反革命丈夫逃避政治审查，《五世请缨》中“去他阵前，杀他个片甲不存”是为彭德怀翻案，到朝鲜慰问演出是为了让吴墨在朝鲜阵地和台湾方面通电话……

困惑中，雪梨花天天落泪。

运动升级，大大小小的批斗会开始。在一次大型的批斗会上，有人高声吼叫雪梨花：“你爱谁?”雪梨花平静地答道：“我一爱共产党，二爱吴墨。共产党让我和人民一起得到解放，当家做主人，所以我爱它。吴墨全心全意对我好，帮我写戏，指点我唱戏，所以我爱他。”

1967 年 9 月，雪梨花被假枪毙一次。

10 月，雪梨花被关了禁闭。第三天，她想跳楼自尽，从窗户棂缝里看见了正在扫院子的吴墨，吴墨也看见了她。两个人无法对话，吴墨就做了两个字的口型，雪梨花读了出来，那两个字是：“坚强!”

雪梨花泪落。

不久，薛德富病逝，雪梨花仍在禁闭室。她得知消息之后，朝家乡的方向跪拜大哭。

十五

1969 年冬天，雪梨花来到西华县农村接受贫下中农再教育，她被分到了一个孤寡老人家里。老人家两间土坯房，一间做堂屋兼做饭，一间是卧室。整座屋里只有一桌、二椅、一架纺车和两个土坯床。雪梨花将自己的铺盖行李打开，寂寂地放在床上。

“妞，我去捡点儿柴火给你拢个火盆吧?”老人说，“这屋老冷。”

“大娘，不用。”雪梨花说，“我是唱戏的，嗓子不能烟熏火燎。”

“妞啊，啥时候了，还惦记着唱戏?”

“戏是我的命，不死就不会丢。”

夜里，忽闻窗外有嘈杂人声，雪梨花和老人一起朝外探看，只见一群群的乡亲涌进院中。

“你们干啥呢?”老太太问。

“来看看雪梨花。”

“妞累了一天了，叫她歇吧。”

此时雪梨花已经走了出来，道：“我在这儿，大家伙儿看吧。”

一个老人将手里东西递过来：“闺女，你受屈了。我今年七十二岁了，没有你，可活不了这么大的岁数。那一年，你在西安赈灾，我吃了你的赈灾粮，亏得有你的那碗赈灾粮，稠乎乎的，老顶饿……这是我闺女给我送的豆腐包子，你尝尝。”

雪梨花含泪接了过来。

“闺女，你能不能给俺们唱一段?”一个老婆婆悄悄说，

“俺老想听听。”

“不敢唱啊，大娘。”雪梨花说，“上头不叫我唱。”

“就唱几句就中。”

“萝卜白，白生生，萝卜青，青凌凌，麦籽儿各个饱盈盈……”

“唱得多好，那些个龟孙们，硬是不叫人家唱。”听罢一段，老婆婆说。

雪梨花含笑落泪。

1973年，雪梨花离开西华，回到郑州，准许登台，但演出内容需要经过严格审查方可。

1976年10月16日，听到“四人帮”被粉碎的消息之后，雪梨花朗声大笑，继而大哭。恢复正常工作之后，她将补发的一万多元工资作为党费交给了党组织。

十六

1977年，雪梨花调任河南戏曲学校校长。

1978年，雪梨花被选为第五届全国人大代表。

1979年，雪梨花受邀来到广西边境，慰问参加自卫反击战的战士。

1980年，雪梨花退休。她的职务退休了，但她的戏没有退休。她风风火火地排新戏，认认真真地带学生，忙忙碌碌地参加各种与戏剧有关的社会活动。

1982 年，河南省剧协、河南省戏研所、《河南戏剧》杂志社等多家单位联合举办了“吴墨剧作研讨会”，诸多业内人士对吴墨的剧作进行了高度评价。吴墨首次正式出现在公众面前。

研讨会结束后，白发苍苍的雪梨花和吴墨相拥在一起，热泪纵横。

十七

1992 年，雪梨花与吴墨金婚之年，夫妻二人作诗互赠，读时皆落泪。

1999 年，吴墨病重。病危通知单下过多次。雪梨花一直守在丈夫床前，拒绝任何演出。国庆前夕，省里举办建国五十周年戏曲演唱会，邀请雪梨花参加，吴墨在神志清醒的时候听到这个消息，力劝雪梨花演出，说：“乖，大事咱可不能糊涂啊。”

雪梨花流泪答应，参加了演出。

2000 年 7 月，吴墨病逝。雪梨花亲吻着他的面颊，与他深情送别道：“别走得太快，等着我，啊？”

落泪无数。

十八

2003 年初，雪梨花被查出癌症。

“非典”疫情暴发，5 月 28 日，雪梨花向抗击“非典”一线捐款一万元。在捐献仪式上，她说：“国家的难就是自己的难。”

人群中有人落泪。她无泪。

同年 8 月，雪梨花走进中央电视台“艺术人生”演播厅，面对镜头，首次提及和丈夫恋爱时的生动细节：“……他说：你的指甲太长了，我给你剪剪吧。我刚把手伸出来，他一把就抓住了，他把我抱到怀里，我的心就乱极了，怦怦怦地跳，不知道该说些什么……”说着，她的脸上呈现出少女般羞涩的红晕。

2004 年 6 月 1 日，雪梨花病逝于河南省人民医院。神情安详，嘴角含笑。她的脸上，落的是别人的泪。

妊娠纹

一

水哗哗地流着，肯定能掩盖住自己小便的声音，还有咽唾沫的声音。她想。就是这样，每当情绪紧张的时候，比如开会发言下一个就轮到了自己，在考场上拿到考卷的一瞬间，她都会觉得自己咽唾沫的声音特别响亮，仿佛喉咙被谁给戴上了一个奇怪的扩音器。

苏在外面。这是她和他的第一次约会。

二

其实已经认识很久了，认识的机缘是在一次饭局上。那天下午，她和朋友正在逛街，朋友忽然接到短信，说六点半得去参加一个应酬，是为亲戚孩子上省实验中学的事，熟人替她约好了一个教育厅的处长，能给这事儿使上劲儿。其时已将近六点，饭店离她们逛街的地方也不远，朋友便硬拉她去了，去了她便心生后悔。除了朋友，其他人她都不认识，单为一顿饭坐在这里，甚是无趣。

满桌子就她和右手的男人不喝酒。他说他开着车，怕撞见交警。她则是酒精过敏，根本不能沾。于是两个人就一直碰着饮料杯。他大约一米八的样子，平头，白 T 恤，看着很是清爽健朗，像个司机。她想。正寻思着是不是早走，他和她搭起话来。聊起来才知道，他也是被硬拉了来的。他在某市教育系统任职，来教育厅汇报工作，出门的时候正好碰上了教育厅的这个处长，属于典型的拉郎配。

“我拉郎配，她拉女配。”教育厅处长指指她的朋友，“不是正好把你们配成一对吗?”

“谢谢你们天赐良缘。”苏笑道。

“那你们还不饮个交杯?”那帮喝酒的人已经有了酒兴，便借着酒劲起哄。

她微微有些不快。和陌生的男人喝交杯酒？凭什么？她不喜欢这一套。

苏看了她一眼，似乎有些探询的意思，然后，他笑着对众人道："喝交杯酒是私事，我们还是私下里做吧。"

但起哄的人不依不饶。当真拒绝又伤了面子，不拒绝又违了自己的心。这可怎么办好呢？她看着苏。方才他挡了第一把，她指望他第二把能挡得更精彩些。

苏却没有再看她。在众人的叫嚷中，他只是径直拿过她的杯子，然后敏捷地把自己的左臂和右臂交叉着，自己跟自己喝了个交杯。

她想不到是这样，瞪大眼睛看着他，片刻之后才想起来跟着大家鼓掌嬉笑。

之后就是去唱歌。方才喝酒的人说没喝透，要继续喝，于是唱歌的主力就成了他们俩。男独，女独，对唱……他唱得不错。看得出，他也很欣赏她的唱。唱歌也是能唱醉的。唱到后来，她和他也有些疯了似的，居然唱起了儿歌：《小鸟，小鸟》《让我们荡起双桨》《我们的祖国是花园》……唱着唱着，两人还一起摇摆起了身子，默契得很，和谐得很。

"老夫老妻了！"喝酒的人不放过他们，依然打趣。

"金童玉女。"他凑到她的耳边轻轻地说。

"呸。"她轻嗔。

有点儿打情骂俏的意思了。

唱歌完毕已经是十二点多，他说还要赶回去，明天还有会。道别的时候，她例行客气，要他注意安全。他点点头，低声道："我到家给你发短信。"她有些意外地看了看他。不过是一面之交，犯得着这样吗？或者，他只是随便说说？

两点多的时候，他的短信果然来了：安全到家，放心。

她：晚安。

他：要是能梦见你就安了。

她不由得微笑了。这个家伙，还挺贫的。

她：我不习惯开玩笑，尤其是这种玩笑。以后请不要这样。

他：不是玩笑。

她：为什么？

他：因为是你。

她没有再回复，关了机。那一夜，她没有睡好。她预感到：自己一直等待的那件事情，似乎已经来了。

三

财务室装着厚重的防盗门，窗户外面也装着厚密的防盗网。每当她走进去的时候，常常不可抑制地觉得这个办公室就是一所监狱，自己就是一个不折不扣的囚徒。等到打开电脑，填着似乎永远也填不完的酷似一间间监舍的小小表格，这种感觉就更加强烈了。

办公桌中间的抽屉里放着一面镜子。一个人的时候，她常常会神经质地把镜子摸出来，照一照。她总是怀疑自己的容颜比上一刻更老——其实不用照，也不用怀疑，肯定是比上一刻更老。她知道。那天，她给儿子检查语文作业，看到儿子用“沧桑”造句：我妈妈有一张历尽沧桑的脸。她又气又笑，又惊又惧，问儿子：“我有那么老吗？”儿子正做数学，头都没有抬，冷酷地吐出一个字：“是。”她简直是有些气急败坏了，追问：“真的有那么老？”儿子停了笔，回头认真地看着她，道：“我说你十八，你信吗？”

十八当然是笑话。但镜子里的她似乎还是可以的。因为常年在办公室待着，她的皮肤捂得很白，身材也还不错，前些时又把头发染成了深红色，看着比实际年龄要小个七八岁。这常常让她有些暗暗得意。但得意之后，很快便会生出失落：显得年轻又怎么样呢？有什么意义呢？能榨出多少心理需要的油水呢？也不过如此而已。有时候，她甚至会想：要是一下子就老成了鸡皮鹤发，可能也会挺好。那就什么都不用想了，反正老了，就是老了，终于是死猪——不，是老猪不怕开水烫了——分分秒秒、日日夜夜的时光，可不就是无声无息、沸腾滚绽的开水吗？她的心，可不就是被这开水烫出了一串串灼疼的燎泡吗？

但是，现在，她终究还是没有老。或者说，还没有老得那么彻底。她还得等老。一天天、一月月、一年年地等老。红颜空老，说的就是这个吧？

那天，她读到了一首小诗——她偶尔还会读读诗，那些片片断断的句子，奇奇怪怪的句子，行与行之间的神秘关联，总会给她一种特殊的享受。如果办公室很静，阳光很好，还会让她想起上大学的时光，想起原来自己还曾是个酸溜溜的文学青年。

那首小诗的名字一下子就抓住了她——《我顽固地保持着青葱的面貌》：

我顽固地保持着青葱的面貌
是因为我不想老
我一直不甘心地想做点儿什么
虽然是什么，我并不知道

我顽固地保持着青葱的面貌
酝酿着最后一次失控的燃烧

如果实在燃烧不了

有一天我会在瞬间从容地变老

看着窗外的防盗网，她的泪，一下子就下来了。那一刻，她决定：在等老的这个当儿，去做点儿什么。她得做点儿什么，她必须得做点什么。不为任何人，只为自己。

不然，她会疯掉。

可是，去做点儿什么呢？像她这样一个女人，到底能去做点儿什么呢？自从这个念头冒出来之后，她就开始鬼使神差地寻思。每当置身于一个场合，尤其是大家都正规正矩、横平竖直的场合，一些奇怪的念头就会在她的脑海里格外蠢蠢欲动，茁壮成长：

——在庄重的宴席上，把手里的燕窝汤碗抛掷向滔滔不绝的主客。他可是刚刚被提拔成正厅级干部呢。

——单位例会时，将一口饱满的唾沫吐到一把手领导的脸上。他的脸红润浑圆得过分，简直就是一枚活泼泼的肉质公章。

——对口银行信贷科的那个小帅哥来办业务，送他出门时，从后面紧紧地抱住他结实的腰，然后用脸贴着他的后颈，去嗅他浓重的汗味……

当然，只是想象而已。她做不出来。她的心想做，可是手脚眼嘴都被什么捆绑着似的，做不出来。那天，她在街上闲逛，看到一个吐气如兰的小美女在买袜子，摊主是个一脸横肉的凶相女人。小美女翻了两翻，可能觉得没有合适的，转身要走，摊主不干不净地骂她浪得慌。小美女毫不客气地回敬："我浪自有人喜欢，你再浪也没人看得上。"两人当即打了起来。她不由得替那小美女揪心，想她小胳膊小腿儿的，怎么会抵得过那个悍妇。没想到小美女出手那个利索啊，手扇脚踢，最后还把裙子一撩，骑到了那个女人身上锤打！——内裤的粉红蕾丝都露了出来。看似弱不禁风的小美女直打得那个悍妇鬼哭狼嚎、气壮山河，也看得她眼球鼓暴、血脉贲张。等到小美女酣畅淋漓地打完，有条不紊地将裙子捋好，继续款款而行时，她默默地跟了上去。

"你干吗?"小美女察觉到了她的跟踪，回身道。

"你……你真厉害。"仿佛低到尘土里的粉丝邂逅了从天而降的偶像，她控制不住自己的崇拜和紧张，都有些结巴了。

"我在塔沟练过五年。"小美女嫣然一笑。

她恍然。塔沟是少林寺附近的一个地界，盛产武校。

"我的一点儿心意。"她把刚买的冰激凌递了过去，"你……你辛苦了。"

“为什么？”小美女眉毛一扬，问道。

“不……不为什么。”她说。

“莫名其妙。”没有承她的情，小美女白了她一眼，婀娜着背影扬长而去。她呆呆地晾在那里，直到冰激凌一滴滴地融化殆尽。是啊，为什么？她想着小美女的质问，仍然不知道该如何回答。因为如果我是你的话也就只能被骂吗？因为像你这样打上一架是我长久以来的夙愿吗？因为对你来说手到擒来的事情对我却是永远也不能企及的理想吗？

她想起自己曾读过的一篇小说，小说的名字已经忘了，但有一段话让她胆战心惊：“……作为一个年过三十的已婚女人，她既不会打家劫舍，也不会抢钱放火，不会嚼舌告密，也不会搬弄是非。她不会裸奔，不会骂街，不会杀人，不会打架。她能做的坏事，除了偷情，还有什么？最合适的方式，也最让她愉快的方式，似乎只有偷情。”

她看着镜子里的自己。

“你能去偷情吗？”她问。

“能。”她回答镜子。

“那就去吧。”镜子鼓励道。

“好。”她简洁地吐出了这个字。

已经两年了。那个偶然的饭局，让她终于碰到了他。

四

“好了吗?”

卫生间的门芯是磨砂玻璃，她清晰地看着，他的手指在上面轻叩，一下，又一下。

“我还想洗个澡。”她说。

“别，洗，了。”他稍微拉长了字与字的间隔，很自然地撒着小小的娇，“我喜欢原汁原味原生态。”

“我想洗。让我洗洗吧。”她几乎是恳求地说。

“那，你快点儿。”

“嗯。”

她打开浴缸上方的花洒，让水量开到最大。喷涌而出的水柱砰砰砰地击打在浴缸上，一下子遮住了所有的声音，仿佛世界上只剩下这水了。

她长吁了一口气，开始脱衣服。脱内裤的时候，她摸了一下小腹上的妊娠纹。

说着容易做着难。下定了决心她才发现：对她来说，淫妇不是那么好做的，情不是那么好偷的。丈夫倒不是问题，他在一家会计师事务所卖命，三天两头出差在外。孩子也不是问题，娘家二老和她同城，随时可以替她照顾孩子。就时间上来说，她有的是机会。她的问题在于对象。自从动了心思之后，她发现明明暗暗向她示爱的男人并不少，可就是没有人能够唤起她回应的欲望，都不合适。不但不合适，甚至还让她慢慢积累起一种屈辱——与道德无关，但与年龄有关的屈辱。那些男人，相貌、脾气、身份、工作，这些都且不说，仅年龄这项就让她过不去：清一色地都比她大，小一些的也比她大五岁，一般都比她大十岁以上。这是大势所趋，她知道。无论是找老婆还是找情人，除了极少量的姐弟恋，绝大多数的状况都是男的越找越小，女的越找越老。所谓的老牛吃嫩草，一般只指的是公牛，而母牛就只能吃老草。

但是，凭什么？她愤愤不平。暗暗给自己立了一个标杆：即使找不到比自己年轻的，至少也要找个和自己同龄的。决不委屈自己。

苏比她大三个月。相识一周之后，短信里，他就已经开始自称为哥哥了：

狠心妹妹，哥哥都病了，也不问候问候。

什么病？挂水了没有？

想妹妹的病。

那你还是病着吧。

等妹妹给药吃呢。

不给。

……

想跟妹妹问个路。

你来了?

嗯。

在什么地方?

你的心外。告诉我，该怎么走才能抵达你的心内?

……

当初一起吃饭的时候，她留意过他接听电话的语态。是下属打来的，说工作的事。那时候的他，看起来是最标准的一个官僚公务员，稳重、严肃、谨慎、周密，有时候又显得很决断，甚至专横。她想不到：他的短信会这么活泼和缠绵。

这样的恋爱真是好啊，这种婚外恋的感觉真是好啊。好得近乎奢侈，有一种近乎幻觉的甜蜜。也许，这样的婚外恋才是最纯粹的。可不是吗?都有家，有孩子，有体面的工作，都不会破坏原有的一切，不过是两个世故的成年人在玩一种心领神会的游戏。至于游戏规则，他和她当然都是懂的。没有负担，没有责任，没有义务，只有享受——有增无减。这就是他们享受的前提，也是他们奉行的游戏底线。

“锦上添花。是不是?”他在电话里说。

她微微一笑，没有回答。

苏没有出现之前，她对丈夫总是有些微微的不放心，经常会偷偷查看他的手机有没有暧昧短信，洗衣服的时候也会闻闻有没有陌生的香水味。有了他之后，她反而把这些小动作都放弃了。

“如果他也有情人，你能接受吗?”她问自己。

“能。”她对着镜子回答。

当然，她知道：他很可能现在还没有，也很可能一辈子都不会有。就会有这种死气沉沉的男人，一辈子就守着一个女人，仿佛一棵没有枝杈的树，一条没有支流的河，一个没有逃过课的学生。不，他不是因为什么爱情，而是因为怕惹出事——他胆小如鼠，驾照已经拿了五年都不敢上路，仅限于纸上谈车。或者他根本就是懒得多事——一件内衣，如果她不提醒，他有本事穿两个星期都不换。夫妻多年，她知道他大概就是这么一种人。如果没有意外，以爱情的名义和亲情的内核，他会以驾车的谨慎作风和穿内衣的懒惰精神，以那种一成不变的疲沓步伐，和她将相伴坚持到底，成就一段白头到老的佳话。

她已经溜过号、走过神、淘过气了，在这个成就佳话的乏味过程中。而他呢?如果他没有，如果真是这样的话，她就打心眼儿里觉得他有些可怜，有点儿窝囊——当然，她也知道，生活往往在自己的意料之外，或许也只是自己以为他没有。

那么，但愿他有。她对着镜子说。再往深处想想，如果他有……她觉得自己不仅仅是接受，甚至还会替他高兴。这绝不是简单的心理补偿或者说心理平衡。她知道。如果一定要形容，这似乎更像是一个战友对另一个战友的深切同情。家是她和丈夫没有硝烟的壕沟，床是她和丈夫共同御敌的战场。他们共同的敌人，是平庸的日子和漫长的时光。

五

苏很好，真的很好。目前为止，确实是她遇到的男人里面最好的了。有身份、有地位、有素质、有外形，还那么年轻。而且还在外地，对彼此来说都很安全。虽然并不能把他拿出来显摆什么，仅仅是自己一个人知道，但每每一想到他，她也还是会不由自主地生出一种难以言喻的虚荣和满足。

何况，他还那么聪明。仅就发短信的分寸就可以看出这一点。平时每天一两条，不多不少，荤素得当，浓淡适宜。偶尔话不投机，她不理他了，他会连着转发两条有趣的短信逗她。如果她还不理，他就稍微晾晾她，过个两三天再给她发，婉转地向她求和。绝不会急赤白脸地追缠，像个毛头小伙子一样。

她也就顺水推舟地软了——他的冒犯是有限度的，那么自己的任性也应该有。她知道。

当然，最让她心悦的还是他的短信本身：

今天开会时又想你了。

鉴于你勤勤恳恳的想念精神，我特提出表扬。

谢谢妹妹，请求奖品。

他想要的奖品就是她，她知道。他期盼的最理想的答案就是她自荐枕席，她也知道。但她更知道自己不能这么说。她该做的，就是配合他将调情进行到底：

铅笔两打，橡皮两只，日记本两个，红花两朵。

铅笔两打放一边，橡皮两只做公签，日记本两个来登记，红花两朵戴胸前。呵呵，我们两个大喜啊。

怎么那么会打嘴官司啊。

这是虚拟的嘴官司，见面的时候你就会知道，我实在的嘴官司才是厉害呢。

一时间想不出合适的应对，她沉默。他却乘胜追击：

真想妹妹啊。

也想。

——她省略了对他的称呼。哥哥。这样的词她喊不出，太肉麻了。她可以接受肉麻，但暂时还制造不出肉麻。

我都快想死你了！

她心一烫。这种狂热在他的短信里是不多见的。大约是喝了点儿酒，想象着他的醉态，她忽然想逗他一逗：

哪儿想我？想我哪儿？

心想你，想你的心。眼想你，想你的眼。唇想你，想你的唇。手想你，想你的手，怀想你，想你的怀。我的他想你，想你的她。全身都想你的所有。

——呵，这小顺口溜说的。她不由得笑了。当然，她知道他这些排比句只是一种修辞方式，当不得真。不过，若是就此堵堵他的嘴，他又会如何应答呢？被这个念头催着，她便放逐了自己的好奇：

如果真的这么想我，你早就跑来了。

他沉默了半天。看来酒确实喝得不多，还明白她这话不好接茬。说自己忙？工作重于她？都是实话，但若真是这么实话实说，就显得笨，没情趣，与此时的气氛不搭。他怎么能让自己落下这种低级把柄呢？

他终究是聪明的，十分钟之后，给出了一个妙答：

不用我跑去，你每晚都会来到我的梦里。莫非你不知道吗？

不知道。

那我告诉你，在梦中你可乖了，可听话了……

悠长的省略号让她红了脸。她马上堵截他的发挥：

不许得寸进尺。

那我得一寸进半尺，行不行？

什么意思？

一寸是你的唇。半尺吗？我下面也只有半尺。

手机几乎都要从她手里松掉下去。她似乎看到他在对着手机坏笑。这色情的篡改，他怎么想得出来啊。

仿佛真的已经成为恋人。不知不觉间，她已经默许和顺受了他的许多言辞，甚至开始有些纵容和挑逗。偶尔，她的心是不安的。但更多的时候，她的心是安的。她心安的强大依据就是：她和他还没有上过床。身体的贞洁让道德安宁。虽然，贞洁得有点儿像伪贞洁，道德得有点儿像伪道德，安宁得也有点儿像伪安宁——但是，怎么说呢？伪得时间长了，也似乎就像是真的了，而且会越来越像。丈夫在家的日子，晚饭后，她和他一起在沙发上看电视，偶尔看到有第三者的电视剧或者情感访谈，丈夫便会评论两句，她便以最正常的贤妻良母的姿态来应答他，神情安宁平静，仿佛那里面的情人角色和自己没有任何关系。

她的心，安得越来越沉着。对他的纵容和挑逗，也回应得越来越轻快。那天，他们正在电话里聊着天，她忽然看见窗户上流下了一道道湍急的小溪。

“我这里下雨了。”

“你哪里下雨了?”

她沉默了片刻。难道他没有听清她刚才的话吗?简直就是明知故问啊。他这么说，肯定有他的玄机。他的玄机总是映衬着她的愚钝。她微微犹豫着，很快就摆脱了这种无谓的犹豫。有什么关系呢?愚钝就愚钝好了，聪明就聪明好了。反正他的聪明也不恶毒，此刻都是甜美的引子。

“我这里。”她老老实实地说。

“哪里?”他的玄机果然来了。

她蓦然明白了。

“坏人。”她说，挑衅地一笑，“你想哪里就是哪里。”

“小雨、中雨还是大雨?”

“大雨。”

“多大?”

“你进雨里就知道了。”

他声音里的火焰几乎要把话筒都烧热了：“那我要不要穿雨衣?”

“不用。”

“感冒了怎么办?”

“不会感冒。”

“为什么?”

“我替你支着伞呢。”

“宝贝，那我来了!”

虽然在想象中已经意淫了千回百次，但终究还是未曾实践。因此，尽管都是成人男女，此时却又仿佛都是处子之身。老练中都有生涩，生涩中又都有默契。是陌生的熟悉，也是熟悉的陌生。是一次次的似曾相识，也是一处处的惊喜之花。

那是他们第一次电话做爱，也是唯一的一次。她一直雨势淋漓，全身都下着雨：眼里、脸上、脖子、乳房、腋窝、下体……在湿淋淋的雨里，她全身的细胞都张着小嘴喊，伸着小手要。最后，她感觉自己开始向上飘。她飘啊，飘啊，飘啊，如果不是电话线拽着，她简直都要飞起来了。

“演习成功。”最后，他说，“咱们什么时候实战呢?”

她沉默。此刻，这种沉默可以解读为羞涩。但她知道，不只是羞涩。

在这个问题上，她和他的立场不一致。

因为妊娠纹。

六

从青春期开始，她对自己的身体就有一种近乎苛刻和严厉的唯美要求。这种要求到最后只能剩下一个感觉——看自己哪儿都不顺眼：下巴太尖，腮上的肉太多，腰粗，腿粗，手掌太厚，即使是最得人赞赏的白皮肤也让她觉得有问题——因为白，肌肉似乎都显得不结实了。和丈夫谈恋爱的时候，每当他有所冲动，她就会暗自奇怪：他究竟喜欢上了她的哪一点儿？他怎么就看不出她有这么多毛病？她当然看出了他的一大堆毛病，但因为他对她的毛病视而不见，她也就只好表示出同等的宽容。多年之后，他们彼此的身体成为了亲情的一部分，她才对自己当年的身体确认出了美好的回忆，才知道那时候丈夫对她的迷恋并不是太离谱。那时的她，确实不是自己认为得那么难看。

现在，到了相信自己曾经美丽的时候，在新的爱情面前，她却又跌进了另一轮的卑微和不满。不止一次，对着镜子，她试着用他的眼光来审视自己，评判自己，不由得重新陷入了沮丧。脸且不说了，从脖颈以下是这样的：乳房尚且丰满，却有些微微下垂。右肋下有一个疤，是小时候胸膜炎手术留下的痕迹。腰肢不粗，也不细，勉强还算得上圆润。大腿修长，只是肉有些松弛。最漂亮的应该是腹部，平坦结实，没有赘肉，但最不能看的也是腹部——整个小腹上，都是妊娠纹。

一层均匀的妊娠纹。初看时并不显眼，但用手指轻轻一动，就露出了端倪：一条条断裂的纹路从肚脐下方开始，沿着不规则的曲线朝隐秘之地蜿蜒汇集。每一条纹路都凹陷在皮肤里面，纹内的红与皮肤的白似乎中和成了淡淡的粉，但从不同的角度看去，又闪烁出一种奇异的银光，如一条条潜伏着的会变色的蛇。用手摸着时，是温暖的。可单用眼睛去看时，视线里很轻易便会充满了蛇的含义。

以前，她从不怎么在意这些妊娠纹。有什么呢？反正也不影响吃喝、拉撒、工资、奖金。反正看见这些妊娠纹的，除了自己，就是丈夫。他陪着她的身体一路走来，审美疲劳，审丑也疲劳。而且，因为与他生养了孩子，这些丑陋的妊娠纹简直就是她该得到安慰和疼惜的绚丽徽章——这是她孕育之路的猎猎战旗，是她身为母亲的确凿印迹，他怎能挑剔？怎敢挑剔？

但对苏，就不同了。

当然，从理论上讲，她曾经有过的最接近完美的身体和最接近完美的爱，给了第一个男人，她的丈夫。现在她能给苏的，只是残余的身体和残余的爱。他能给她的，也是一样。她和他之间，残余的身体对等残余的身体，残余的爱对等残余的爱，似乎很公平——但是，不是这样的。当她真真切切地开始面对苏筹备出来的第一个夜晚时，她开始明白：不是这样。他和她之间，他不是丈夫，她不是妻子。他只是男人，她只是女人。她终于对自己承认：在身体的层面上，男人和女人永远不可能平等。二者根本没有平等的前提。对于女人来说，男人的身体之美，就是健康，只要有了健康，他就能去享受女人，也让女人因此得到享受。这就够了。什么曲线，什么白净，有了自然也好，没有也不是那么要紧。至于疤痕嘛，如果男人的身上满是疤痕，那岂不是一则则沉淀下来的身体故事？疤痕下面的丰富历程甚至会让女人在想象中对这具身体更沉迷、更喜欢。

而做情人的女人呢？就该是年轻的、无瑕的、优美的。不该是她这样的——面对这崭新的情人身份，她这陈旧的身体简直无法交代。尤其是这些被凹雕出来的妊娠纹。小腹，这方连接上半身和下半身的重要平原，这方男人手掌最适宜停靠流连的情趣之地，她居然长满了妊娠纹！她与另一个男人交欢生育的履历表，就这样被镌刻在了皮肤上，无可辩驳地记录着她曾经的历史和现在的衰微。她简直不敢想象：如果到了欢会的时候，这一肚子的花纹，怎么能呈现到他的面前呢？她该怎么面对他呈现出自己这一个小腹满是妊娠纹的身体呢？这堆规模浩大的证据，除了让她在苏的面前难看和难堪，还能干什么呢？如同唱戏。花前月下，喉咙里的唱腔还是那般簇新和光鲜，饰演小生和小旦的人——尤其是她这个小旦——却已是满脸掉粉，不尽苍凉，是不是很荒唐，是不是很滑稽？

让他疼惜？切，凭什么呢？有哪个男人会像某篇小说的开头那样呢？

> 我已经老了，有一天，在一处公共场所的大厅里，有一个男人向我走来。他主动介绍自己。他对我说：我认识你，永远记得你。那时候，你还很年轻，人人都说你美。现在，我是特为来告诉你，对我来说，我觉得现在你比年轻的时候更美。那时你是年轻女人，与你那时的面貌相比，我更爱你现在备受摧残的容颜。

小说的名字她记不得了。似乎是篇外国小说，肯定是外国小说。只有外国小说里，才会有这样的疯话啊。

是的，就是这么残酷。她对着镜子说：在这个问题上，只要是女人你就得承认，作为物种上的弱者，一直以来，女人的身体就是被男人苛严的。即使你不对自己苛严，男人也会对你苛严。因此，现在，你自己对自己苛严，总比那一天到来时，他对你苛严要好一些。

她曾经去一些医院询问过怎么去掉妊娠纹，回答都说只能减轻一些，想要完全去除是不可能的。其中有个医生建议她，可以做文身。比如文很多细碎的玫瑰，或一组可爱的卡通图案。这些措施在视觉上可以有效地遮蔽一下那些可恶的妊娠纹。乍听时她眼睛一亮，再一寻思便觉出了不妥：如果文得不好呢？纹上加文，岂不是更恐怖了？再说，该怎么向丈夫解释呢？退一步讲，即使丈夫不在意，那如果以后跟苏分手了呢？这简直是一定的。那到时候她把这些文身可怎么办呢？为了忘记而再去清洗吗？……犹豫了很久，她最终还是放弃了。

这也不行，那也不行。到底该怎么办才好呢？

她一筹莫展。

看着镜子里的自己，她常常习惯性地把手放在小腹，像弹琴一样去抚摸自己的妊娠纹。在她的抚摸下，那些妊娠纹会荡漾出缎子一样的波澜。波澜里绵密地起伏着一张张扁扁的小嘴，这些小嘴一副喋喋不休的样子。但是，没有声音。

七

那次电话做爱之后，他仿佛探到了她的底，开始了具体的约会谋划。如同短信的分寸一样，他对约会的安排也是很有讲究的。他来省城的机会很多，只要有时间，他就会约她出来，或者是在咖啡馆聊会儿天，或者是在茶馆喝会儿茶。这么几次之后，他才提出了过夜的要求。——实质性的约会，总要过夜的。

似乎很怪。自从明确了要在一起过夜之后，他们反而没机会了，总是阴错阳差。有时候他打算住下，但却临时有事不得不回去。有时候他方便了，她却不行。原因是各种各样的：

“今晚加班。”

“昨天吃坏了肚子，不舒服呢。”

“刚来了例假。”

“他在家。”

没错。有时候是因为丈夫在家——但是，有时丈夫出差在外，她也没有对他说实话。她甚至想：这样下去其实也不错。他和她可能永远也没有赤裸相对的那一刻，那她就不用担心她的妊娠纹了。在遇到他之前，她曾经想过很多次自己会碰到一个什么样的情人，自己会怎样和情人做爱。这种想象对她来说是个百玩不厌的游戏。但自从被妊娠纹困扰之后，她玩这个游戏的兴致就由浓至淡，淡至似无。

她绞尽脑汁地推辞着他约会的邀请。到了这个份儿上，如何推辞也是很微妙的技术。既得听起来自然而然，又不能伤害他的自尊——即使是这种只在两个人之间的极度隐私的事，也是有自尊可言的。很多次，她都想把妊娠纹的秘密告诉他，好让他有所选择——其实也不用想，他一定还会选择和她见面，他不至于会被她描述的妊娠纹吓到，她知道。但是，她最终还是沉默了，她无法启齿。她知道，从他的立场来看，也许她的这种告知更像是一种娇憨的拖延和有趣的提醒，甚至还裹挟着一种特别的暧昧，似乎她在用这种含蓄的方式向他表明：为了与他欢爱，从生理到心理，她都正做着积极的详尽的准备。

终于有一次，她几乎触摸到了妊娠纹的边缘："我觉得，我的身体很难看。"

"你可真有意思！"他在电话那边当即笑了起来，微微地顿了顿，"不是借口吧？"

是的，他当然要这么说——为了妊娠纹？这确乎是太幼稚了一些。她已经年近四十，太幼稚的行为更像是一种不堪的矫情。

借口。这个词像一根细微的刺，忽然扎到了她的意识深处。她想了又想，终于认可他的推断：确实是借口。面对着他，她对自己的身体始终充满了自觉的审视和警惕的怀疑。欲加之罪，何患无辞？即使没有妊娠纹，她还会找到其他的缺陷。只要去找，总能找到不适宜的部分：不甚洁白整齐的牙齿，总也摘不干净的几根刺眼的白发，两颊几处微微的暗斑……她突然有些恍惚：真的，只是妊娠纹的问题吗？真的，只是身体的问题吗？

——他当然不会听凭她的推辞。起初，他温婉地劝慰着她，引诱着她。她也假装懵懂地听凭着他的劝慰和引诱。后来，他渐渐觉得不妙，就显得有些诚惶诚恐，有些黯然神伤。她又不忍心了，便又放下了自己来安抚他。两人一退一进，一进一退，她道高一尺，他终于还是魔高一丈，给她安排出了今天。

今天，她推辞的伎俩已经山穷水尽。躲过初一躲不过十五，该清的账总是得清。做了这么多年财务，她太清楚这个道理了。

所以，她心一横，来了。

八

她一进去，他就抱住了她，不给她任何犹豫的空隙。他的亲吻那么暴烈，那么迅急。她几乎就抵抗不住了。在他持久的亲吻中，她慢慢地松弛下来，感受着他口腔里微甜的气息，她给他的，应该也是这种气息吧？在出门之前，她刷了好几次牙。刚才在电梯里，她又嚼了一片口香糖。

物质是基础。不知道怎么的，混乱中，她脑子里突然蹦出这句话来。

他仍然吻着她，她几乎就要沉浸在他的吻里。不做爱，就这么吻着也是好的。她想。但他的手摸过来了。他解开了她的胸罩。因为环抱着她的双手正好在她的后背，她无法阻挡。胸罩松开了。已经下了这么长时间的本儿，他一定是不到黄河不死心的。她知道。

我的乳房还不是垂得太厉害。她又想。

他的唇已经吻在了左乳上，舌尖灵敏地来回弹动，异样的酥麻几乎让她浑身战栗。她感觉到全身似乎都膨胀起来。身体，奇妙的身体。她想。上帝为什么要这么创造人的身体？她感到自己右乳的乳头也挺立了起来，无耻又天真地等待着他的舌。与此同时，他的手往下游走着，很快便走到了她的裙腰。他摸索着她的拉链，却摸不着。她有些想笑了。这条裙子的拉链是侧埋链，整个拉链都是隐形的。拉链头很微小，不太好找。

他有些急了，开始直接往下拽裙子。但是裙腰正好卡在胯那里，拽不掉。他把她的手放在裙腰那里，意思是要她自己拉。

她怎么能拉呢?

“我去解个手。”她说。

他抱紧她，孩子似的扭动着她，无声地拒绝着她的请求。

“解手呢。”她坚持说。

“一起。”他无赖道。

“去!”她打开他的手。

解手，难堪的事。物质得不能再物质了。她后悔自己为什么不说“上卫生间”，只说这个，就足够了。

现在，她还站在卫生间的花洒下。

九

“咚，咚咚，咚咚咚。”

在门芯的磨砂玻璃处，她又看见了他的手在慢慢地敲打着，一下，又一下。他敲的力道比方才大，不然她不可能在这么喧嚣的水中还能听得到。她这才意识到花洒把她的背都冲疼了，是该停下来了。于是，她关掉花洒，用浴巾擦干了身体，站在了镜子面前。她再次看着自己的身体。这确实已经是一个中年女人的身体了。似乎是成熟的，风情的，艳美的，但是，骨子里的架子塌了。如同果树上最后的果实，是甜得不能再甜了，甜和烂只有一步之遥了。

似乎还是可以的，不至于让她在他面前陷入如此卑微的心境中。自己这是怎么了？

敲门声止。她听到他接电话的声音："好的……好的，很快……再有两个小时……"

她沉默。两小时，她想。他肯定在掐着点儿算：多长时间脱衣，多长时间前戏，时间掌握得好的话说不定还能做两次……算，他会算，就是这个。除了第一次见面是天算，往后的她和他都是在人算。她算他是肯定的了，他对她呢？也是一直在算的，这简直是一定的。当然，他不图她的钱——他也料定她不图他的钱。钱他是不用算的。除了钱之外，她偏年轻的容貌，温和的脾性，稳妥的家庭，良家妇女的卫生，对了，还有她省城女人的身份——从他平日的戏谑中，她能感受到他对这个的在意："你们省城的人啊……""你们省城的作风……""到底是省城呢……"能够找个省城的女人做情人，似乎让他感到一种隐隐的自豪。

短信、约会、电话……回想起来，他做的每一步都是那么有因有果，有车有辙，几乎无懈可击。他甚至不会专门为她跑来一趟，每次说来看她都有着工作缘故的附带——这样才能够顺理成章地报销费用吧？有一次，他给她买了一个漂亮的包，她去商场看了看，那个包将近两千块钱——她忽然想：他会拿自己的钱给她买这个包吗？不会吧？一定是公款吧？那他会怎么做账呢？茶叶？文件夹？或是钢笔？她忽然想起一个词语：“公款嫖娼”。他对她呢？也是公款待情人吧？这让她有一种隐隐的羞耻和微微的沮丧。

——太鲁莽的玩伴让她害怕，太聪明的玩伴却也让她沮丧。

太明白了，彼此。她跟他一交手就知道：他的算术有多么好。当然，她也不错。不然他也不会跟她算。那么，这些妊娠纹，这些让她懊恼不堪的妊娠纹——她笑了，这时她才恍然大悟——对他来说，这些妊娠纹当然只是一道最简单不过的算术题。大惊小怪是零分，视而不见是及格。当然，他当然会及格，他决不会对这些妊娠纹发表任何微词——他那么聪明！他会强装镇静，他的手会放轻力度，蜻蜓点水一般掠过这些妊娠纹，以此来证明他善良，他懂事，他仁慈，他知情识趣，有着称职的情人最起码的职业道德。当然，如果发挥出色的话，他很可能不止是及格，很可能还会拿到满分：夸这些妊娠纹像艺术品，像花……

但是，在心里呢？在他最真实的内心深处呢？他会排斥，他会嫌恶，他会不寒而栗，他甚至会想要呕吐……当然，这些感觉并不妨碍他还会和她做爱，甚至还会做得兴致勃勃，毕竟和她上床的过程不是那么容易。他决不会浪费这样的机会。对了，她的妊娠纹很可能还会让他做得更肆意，因为这些妊娠纹很可能会让他对她的心理变得更放松，更优势，甚至更轻浮：相对于你这样的女人，我这样的情人还是不错的吧？你能碰到我，是你的福气呢。

就是这样，肯定是这样。

这道他不费吹灰之力就迎刃而解的题，她还要给他出吗？还要看着他算吗？等他算完之后，她再跟着检验一下那毫无悬念的答案吗？平日在财务室里还没有算够吗？跟上司、下属、同事们还没有算够吗？跟公婆、小姑和妯娌还没有算够吗？甚至跟儿子和丈夫也都是算的，已经把心都算成硬邦邦的算盘珠子了，还要算吗？——还要跟他算吗？

她终于明白：到了这个份儿上，她已经不会爱，只会算了。她曾经以为的爱，不是爱。只是那么一点点儿没有被磨完的野性，一点点儿没有被完全湮没的棱角，以爱情的名义在婚姻之外生发了出来，在他和她不谋而合的共同算计中，这种貌似的野性和棱角生发得很安全，安全得如同动物园里的动物。而她的算，却是货真价实的算。算得细，算得深，算得透，算得脏——当然，也不能否认他和她之间还是有一些干净的东西，干净得如同荷花的清香。她知道。

“乖，快点儿好吗?”他顿了顿，“我还有事呢。”

她微微笑了。没错，他还有事。现在呢，她就是他要做的事。在两小时之内。清香……她微微笑了。在一汪已经发臭的池塘里，那点儿干净的荷花清香又能够飘多久呢?

一眼看到底。

那么，到此为止吧，不能再继续了。没有必要再继续了。她知道。她的心口一阵疼痛，是前所未有过的疼痛。疼痛得很新鲜，新鲜得甚至让她有点儿惊喜。这大约是这场爱情——不，准确地说，应该是未遂的偷情——给予她的最后礼物了。她知道。以后，她连这种未遂的偷情和这种新鲜的疼痛都不会再有了。她知道……呵，她知道。她知道。她知道。她知道。她知道。

——她知道。

她看着镜子，镜子里的这个女人什么都知道。

心如明镜。

可是，知道那么多干什么呢?有什么用呢?

然而，她就是知道。她无法不知道。她控制不住自己的知道。她控制不住。她恨不得打自己几个耳光。

“啪!”她打了自己一个耳光。感觉不错。

“啪!啪!”她又打了自己两个耳光。还真是痛快。

"啪！啪！啪！啪！"仿佛上了瘾似的，她又续上了四个耳光。

因为刚刚结束的洗浴，镜子里的脸本来就很红，现在更红了，红得简直都要滴下血来。她默默地看着镜子里的这个女人，这个满面红晕的女人看起来似乎很羞涩，羞涩到了极点。

九

"乖，怎么了？"大约是听出了异样，苏在门外问。

她沉默。

"好了吗？"他开始扭动把手。她盯着那把手。一进卫生间，她就把门反锁了。

"好了吗？说话呀。"听得出，他的耐心正在干涸。

她看着镜子里的自己。她已经穿好了衣服，盔甲重重。

"好了吗？"他的忍耐似乎到了极限，语气里有了焦躁。

"不好！"她突然大声地说。

他静默了片刻，或者，是很久。

"到底怎么了？"他终于又问。

"没怎么。你走吧。"她说。

"为什么？"

她微微笑了笑，重新陷入了沉默。为什么？这真是一句可爱的发问——因为我不想和你做爱，因为我不能和你做爱。因为我的妊娠纹不答应，因为我长了老茧的心不答应。

她继续看着镜子。她发现自己真丑，丑得真彻底，彻底得让她绝望。相比之下，门外的苏似乎还是可爱的——相对单纯的直奔目标的可爱。而她没有目标，他不是她的目标。

她的目标，在哪里呢？

她低下头，用手轻轻地拨动着自己的妊娠纹，那些小小的裂口真像一只只小小的唇啊。它们想要说的，到底是什么呢？

“乖，开门好吗？”他再度忍耐，口吻里的担心盖过了欲望，“先打开门好吗？有话咱们好好说好吗？”

“不好！”她喊。

“乖……”

“不好不好！”她的喊湮没了他的声音。

“不好不好不好不好！！！”她不管不顾，一迭声地喊。

长久的静默。然后，她听见他走出了房间，重重地带上了门。

她仍然默默地看着镜子里的自己。看着，看着。突然，无声无息的，卫生间的灯忽然灭了。

——插卡取电，取卡断电。

她仍然看着镜子。没有光照的镜子很暗。暗光涌动中，她面如鬼魅。如那首诗中所言，她已然在瞬间变老。

只是，没有那么从容。

“不好。”她微微地笑了笑，喃喃地对自己说。

这一刻，她知道自己是疯了。

（《北京文学》2010年第10期，获第十四届“《小说月报》百花奖”）

语文课

一

刘小水是从前门进去的。一进去，她就知道自己走错了，不该走前门的。不过都快二十年没进过教室了，也难怪。校园里刚刚响过标志着上课的音乐钟。钟声消逝的瞬间，世界总是格外安静。全屋子的人都顺着开门声齐刷刷地看着她，那么多粉扑扑的小脸蛋啊，头发都一般般地黑，眼睛都一般般地亮，都明铮铮地照着她，仿佛每个人的眉毛下都点着两盏小灯，把她照得都有些恍惚了。

她的富丫头，在哪里呢？

“您是谁的家长?”一个仿佛被熨斗熨过似的平展的声音。刘小水闻声转向讲台，一个年轻的女老师正微笑着看着她，一脸的礼貌和知识。

刘小水有些慌了，她道：“哦，富丫头……余富。”

老师笑了，孩子们也都笑了，叽叽喳喳地一起朝一个角落看去，一屋子的小脑袋在转向的瞬间形成了一个漆黑黑的目光通道。刘小水的眼睛顺着通道溜过去，就在通道的终点看见了富丫头。富丫头有些不好意思地趴在了课桌上，一边小声道：“去，去！看啥呢看?!”

“请在后面就座。我们马上要开始上课了。”老师伸出右手，做了个请的姿势，然后把脸转向孩子们，“同学们，请打开课本，翻到第一百二十一页，今天我们学习第二十一课《真想变成大大的荷叶》……”

窸窸窣窣的翻书声波浪一般响起，总算没有人看自己了。刘小水松了一口气，连忙朝教室后面走去。孩子们坐得可真挤啊，过道可真窄啊。刘小水侧着身子，将手里的袋子高高地拎起来，走到最后，左右瞅瞅，没位子。她转脸又去看她的富丫头，富丫头冲她努努嘴儿，哦，在富丫头的身后，最靠南的窗户边儿，有一个小小的凳子，那是富丫头给她留着呢。她连忙挤过去，坐下来。

富丫头扭头看了看她手里的袋子，用眼睛狠狠地剜了她一眼，才又转过身去。老师已经开始朗读课文了：

夏天来了，
夏天是位小姐姐。
她热情地问我：
想变点儿什么？
……

刘小水笑了。这写书的人可真会写。女老师很年轻，齐刘海，马尾辫，一对小酒窝时隐时现，很白，阳光似的那种白。上身一件黑毛衫，下身是条黑裙子，颈上却绕搭着一条白丝巾，看起来素净俏丽，还有几分说不清、道不明的神仙气儿。声音也好听，清清爽爽、甜甜脆脆。

那个味道，让刘小水不由得想起一道自己调拌的拿手小菜：凉拌萝卜皮儿。

二

窗户台子不高。刘小水把右胳膊支在窗台上，又把脸支在手上。阳光透过窗户，罩住她的半边身子和半边脸。阳光很好。她不由得地把整个脸都转了过去，凑向这阳光。这阳光像什么呢？阳光就是阳光。她知道。可坐在教室里，她就不由得想起上学时候老师叫自己造句的情形来。比喻句、拟人句、排比句……这阳光，到底像什么呢？像温热的酒吗？像薄薄的丝绵吗？她的眼睛眯起来，感到自己的眼皮儿先是一阵眩亮，然后慢慢被点燃了，一点点地热起来，红起来，热得越来越深，红得也越来越深……

她打了个盹儿，从袋子里取出一个“甜蜜蜜”，放进嘴巴里。平日里劲儿不足的时候她就往嘴里放块“甜蜜蜜”。甜物能领精神。“甜蜜蜜”的老名字叫“梅豆角”。今儿一早起来，买了菜，将小菜的料都备齐了，她就开始揉面、熬糖、擀角、灌浆，一直炸到这会儿……七斤面能炸出十斤梅豆角。在县糕点厂当工人的时候，这是刘小水最会做的甜点，她炸得真是好呢，一个个饱嘟嘟的，真像熟透了的梅豆。最开始在燕庄卖这个东西时，她还沿袭着老规矩，叫它梅豆角，卖得不怎么好，每天只有四五斤的量。后来还是富丫头说她学校附近有个摊子卖的也是这个，人家却不叫梅豆角，而叫“甜蜜蜜”，人家就卖得好。“洋气得很呢。有个电影，有个电视剧，还有个歌儿，都叫甜蜜蜜！”富丫头说。她想了想，也就改叫了“甜蜜蜜”，一下子就卖到了七八斤。

当然，今天手里这一大袋可不是自己当零嘴儿的，是给老师带的。家离学校不远，两站路，富丫头已经在这儿读两年书了，每学期都有请家长来听的公开课，她是第一次来。她这次要不来，富丫头说她就真生气了。“不跟你玩儿了。”富丫头说。富丫头现在是班长了，家长不来，就格外没面子。“班长要给同学们做榜样，你是班长的家长，也该给同学们的家长做榜样。”她吧嗒着小嘴说。

于是，她就做榜样来了。榜样没做成，先用迟到给富丫头的面子打了个巴掌。这事儿弄的。

三

教室是三间。有暖气，有空调，讲台右边是台饮水机，饮水机上方是台大电视。刘小水抬头看了看天花板，不由得笑了：当然没有水印子。怎么可能有水印子呢？这省城的学校，怎么会跟她当年读书的村小一样，滴答滴答地漏雨呢？倒是有密密麻麻的一堆棒管，她数了数，十八支。富丫头说天阴的时候老师就会全部打开，整个教室就雪亮雪亮的。

课文课也不一样了。二年级，自己那时候学的是什么课文来着？《你办事，我放心》？《好好学习，天天向上》？《我爱北京天安门》？《毛主席万岁》？《董存瑞炸碉堡》？《小英雄雨来》?《小萝卜头》?《八角楼上》?《鸡毛信》?《我的战友邱少云》?《草原英雄小姐妹》?《一件珍贵的衬衣》?《飞夺泸定桥》?《十里长街送总理》?……似乎除了英雄就是领袖，都是些响当当的人物。对了，还有动物，《乌鸦喝水》《小猫钓鱼》《小马过河》《小猴子下山》《小白兔与小灰兔》……富丫头一年级的课文她也看过，第一篇就把她震住了，叫《人有两个宝》，只一遍她就背了下来："人有两个宝，双手和大脑。双手会做工，大脑会思考。用手又用脑，才能有创造。"没事的时候，她就喜欢在心里默背这篇课文。越背越觉得人家怎么说得那么好啊，怎么就好像把所有人一辈子的事都说清楚了似的呢?

忽然，她觉得肩背有些酸痛，牵扯得心里也有一块地方软软地酸痛起来。就是这样。一闲下来，那些平日里躲着的毛病就来了，所以除非睡觉，她一般不让自己闲下来。干活的时候不过是身子累，闲下来的时候却是心累。

我想变成透明的雨滴，
睡在一片绿叶上；
我想变成一条小鱼，
游入清凌凌的小河。

……

刘小水又笑了。变成雨滴？这倒是自家男人说的话呢。是他跟她说的第一句话。机械厂紧挨着糕点厂，他就在机械厂上班。上班的时候是厂挨厂，下班的时候是村挨村，前后脚在一条路上走，每天都挂个面儿，就是没说过话。那天她下了班，走到半路上下了小雨，春末梢的雨，不冷。她正骑着车，忽然他就赶了上来，和她并排骑着车，还是不说话。一直不说。雨下得真是静啊，路边的田野绿得也静，她的心都跳到脸上了，也快到分手的路口了，他才说："我想变成雨。"然后，他便贼一般慌慌张张地走了。刘小水愣在雨里。他想变成雨？变成雨干什么呢？去浇地？到底什么意思呢？莫不是神经了？脑子有毛病？她反复思忖着，最后都疑心自己听错了。回到家里，娘在门口迎她，接过车子就埋怨："也不快点儿骑，小雨怕慢路，你看你，一身雨！"一瞬间，刘小水忽然明白了他的话，她湿淋淋地扑倒在床上，笑了起来。

然后呢？然后两人就成了家，他可不就是一条鱼了吗？只是他这鱼可不是小鱼，怎么说呢？该是电视上看过的鲨鱼吧？猛着呢。多少个夜晚，他凶巴巴的，像要撕吃了她一样……在他身下，她可不就成了一条河吗？

再然后，他们在县城安了家，生了儿子余钱，两人的厂子却先后关了门。都不甘心回去，又想再要个孩子，就一窝子来到了省城，扎根在了这名叫燕庄的城中村。燕庄多的是他们这样的人家。“为的就是两个字：计和生。”房东大姐说，“是躲计生，也是讨生计。”

如今，一晃都八年了。

四

……

我想变眨眼的星星，

我想变弯弯的新月。

最后，

我看见小小的荷塘，

真想变成大大的荷叶

……

老师还在念。不，这一句她不喜欢。她隔着富丫头的脑袋，远远地看着她的课本。课本上还画着几片绿绿的荷叶。这荷叶她也不喜欢。也说不出为什么，就是不喜欢。她看了一眼手里的“甜蜜蜜”，两斤的分量是有的，一斤卖三块半，这一袋子“甜蜜蜜”值七块钱。昨儿她跟富丫头商量了，富丫头立马就说：“你可别丢我的人!”她气噎了半天，才想起来问：“怎么就丢你的人了？你是嫌这东西土气？不值钱?”富丫头说：“我不喜欢你送礼！太低塌!”——“低塌”是老家的方言，刘小水估摸放到书面上，应该约等于卑微，或者是贱。

她又看了一眼这一袋子的“甜蜜蜜”。七块钱的东西，说到净本儿也就是五块。做生意时间长了，她见一样东西就爱算算本儿、算算利，成了习性。没法子，活一天就得跟钱打一天交道。柴米油盐、房租水电、进货卖货……每天一睁开眼，就得想着今天得挣够多少才算有了自家的本儿。自家的倒也罢了，好歹心里有个谱儿，最怕的是额外伸来的那些个手，娘家的、婆家的、亲戚的。“在省城都开着买卖呢，手头活便……”是啊，手头是活便，可锅再大也搁不住窟窿多啊。都以为她有钱，她哪有那么多？暑假里，儿子余钱帮她做生意，在夜市上算账算得飞快，边算边对她说：“妈，你给我起的名字可真好，人人都离不开。你仔细听听，谁说哪句话不带个钱?”

她就留出一只耳朵，一听还真是。

“烩面多少钱?”

“三块。”

——这是烩面摊儿上的。

“老板，多搁点儿醋！”

“不是我心疼醋钱，再搁就不是那个味儿了……”

——这是酸辣粉摊儿上的。

“老板，来，帮我们照张相！”

“中啊。再挤一挤，再挤挤，好咧，说：茄——子——”

——这是麻辣串摊儿上的。

刘小水暗暗寻思：这几位可没说钱。可好像就是为了驳她，一个女孩子顿时叫了起来：“说什么茄子啊，早就OUT了！现在流行说的是：抢钱！我们一起来说：抢——钱——”

有一段时间，她总是收到假票。一张假票到手，一天就白忙活了。小本生意，这个亏他们真是吃不起。于是每天晚上忙完了，她就开始练功夫：摸钱。她闭上眼睛，像瞎子一样摸。五毛也就算了，一块的就不能放过。练到最后，她的眼前开始飘着一张张的人民币：绿色的、紫色的、月蓝色的、土黄色的、绿色的、红色的……毛泽东的头像她可是太熟悉了：梳着大分头，穿着中山装，看着右前方，微微笑着。他笑得可真和气啊。刘小水忽然发现，毛泽东不仅笑得和气，还笑得活泛泛的，嘴角还会动呢。票子就在她眼前飘着，毛泽东的笑就在她眼前和气着，本来有心想抓，可她看着毛泽东的笑，就不敢了。她心里明白：这些会动的头像可不是钞票上印的画儿，能一抓一卷地塞到口袋里。可这么多人民币在眼前晃着，她心里真痒痒。又没有人看见——这可是她的梦啊，她的梦可没有旁人进来啊。她刘小水就有这个本事，在梦里还知道自己是做梦。既然是梦，反正是梦，那抓一把应该没关系吧？她看看左右，又看看前后，都是一团团浑浑噩噩的雾，像在掩护她似的。她就壮了壮胆子，冲着和和气气的毛泽东伸出了手……

胳膊被狠狠地捅了一下，刘小水一激灵，睁开了眼睛。

“妈！”在一片喧闹的读书声中，富丫头小声呵斥。刘小水笑了笑。她捏出一个“甜蜜蜜”，又放进了嘴里。旁边一个穿裙子的女家长斜了她一眼，轻轻道：“上课不准吃东西。”

刘小水停止了咀嚼。她紧紧地绷住嘴巴，将“甜蜜蜜”默默地含住，含到后来，腮帮子都有些疼了。

五

“请注意，坐正了！挺直了！安静了！”老师绷紧了嘴角，带着一点点微笑，静静地看着教室。教室马上跟着老师静下来。仿佛老师的静是一个神秘的旋涡，能吸进去全班的静。突然间，老师说话了：“下面我们开始开火车！哪一组先当火车头？”

“我们！”

“我们!”

“我们我们我们!”

孩子们举起的手臂如一片突然生长出来的小树林。孩子们的叫声如树林里叽叽喳喳的小鸟。老师把右手的食指竖在唇边，用口型做出一个“嘘”，然后笑道：“第一组!”

一小撮孩子们发出一阵胜利的欢呼。

老师又环视了一遍教室，郑重其事地张开了嘴巴：“热——”

“热乎乎!”——“热门!”——“热天”!——“热水!”——“热菜!”——“热汤!”——“热烈!”——“热心!”——“热心肠!”……

听着听着，刘小水就明白了。原来是接力组词比赛。竖着为一组。孩子们一个个站起，又一个个坐下，小椅子随着孩子们的动作唧唧呱呱地响着。有性急的孩子早早就站了起来，紧张地等待着属于自己的庄严时刻。仿佛自己嘴里含着的词是一颗烫烫的碳，早一点吐出就早一点不烧自己的舌头。而一旦听到自己琢磨的词被别人说着了，他们马上就会发出响亮的叹息声。

开着开着，孩子们就把火车开远了：“热狗!”——“热人!”——“热钱!”——“热牌!”——“热辣!”——“热舞！”——“萨拉热窝！”

孩子们还没什么，家长们倒轰地笑了。老师笑着做了个停止的手势，道：“都很好，下面这个词从第二组开始，透——”

“透气！”——“透明！”——“透明装！”——“透光！”——“透透的！”——“透漏！”——“看透！”——“说透！”——“想透！”——“湿透！”——“透湿！”——“透视！”——“湿透透！”——“透透湿！”

最后几个像是绕口令，说着说着孩子们就又笑了。

老师竖起了右手的食指，仿佛有一个字已经站在了指尖上：“游——”

“旅游！”——“游览！”——“游人！”——“游客！”——“上游！”——“中游！”——“下游！”——“游伴！”——“游牧！”——“游船！”——“游湖！”——“游园！”——“游荡！”——“游击！”——“游击队！”——“游击战！”……

孩子们的声音如一朵朵无形的花，肆无忌惮地开放在空气中，这个字他们似乎格外有感觉，老师似乎也格外想试试孩子们的本事似的，任由他们说开去。不知道说了多少，也不知道说了多长时间，仿佛全班的孩子们都说了一遍了，火车却还在往前开着。直到刘小水又打了个盹儿醒过来，孩子们还在争斗着，不过争斗的节奏明显慢了下来，如大年夜的鞭炮放到了最后几声，零零星星地炸着："游戏机!"……"游戏规则!"……"游刃有余!"……"游手好闲!"……"游山玩水!"……"游方和尚!"

连"游方和尚"都冒出来了。老师笑起来，正要做出停止的手势，一个孩子突然叫道："游泳！还有游泳没有说!"

接着，鞭炮的鸣响骤然又热烈起来："蛙泳!""蝶泳!""仰泳!""自由泳!"……

"等等!"老师终于忍不住了，"我们说的是游，怎么跑到泳上了?"

教室里又爆炸一般笑起来，或许是因为后面坐着家长，一些小家伙故意笑出几分夸张的兴奋，要不是老师用目光压着他们，他们肯定就蹿到桌子上去了。

"不过，也难怪同学们会对这个字特有感觉。这个字是我们的新朋友，还是新朋友里长得最复杂最难写的一个。大家可以仔细认识认识它。"老师说着，转身在黑板上一笔一画地写出了一个大大的"游"字，边写边道："请注意我的笔顺哦。按笔顺写出来的字才会好看哦。我们古人写信的时候常说：见字如面。字，就是我们的另一张脸，我们可要让我们的这张脸又帅又靓哦……"

六

安静的教室越发显得暖和了。教室里的气味品种很齐全：女孩子们青青的汗腥味儿，男孩子们酸酸的汗臭味儿，妈妈们的香水味儿、面霜味儿、油烟味儿，爸爸们的皮革味儿、烟味儿、酒味儿，爷爷们和奶奶们散出来的老年人特有的霉腐味儿……

隔过富丫头的肩膀头儿，刘小水看见她已经写到了“穿”字。富丫头的字敦实大方，周周正正，耐看得很。随着富丫头的笔，刘小水也用手指在膝盖上一笔一笔地写着。已经很久没有这么写过字了。写这无用的字——可不是吗？平日里写字都是有用的。银行存取款签名，给富丫头的卷纸签名，租房协议签名，给进货的老板留联系方式签名……已经多少年没有单单为写字而写字了？像现在这样？

远远地看着富丫头课本上的那些字，她忽然觉得那些字都有些不像那些字了。似乎不是少了一个点儿，就是多了一个钩，一派奇奇怪怪的模样。这是怎么了？怎么这些字都跟自己这么生分了？好歹自己也是上过高中的人呢。燕庄这么多小摊主里，平日就数她买报买得多呢。她忽然又想起富丫头给她讲字的事情来。那天晚上的饭桌上，说起了写字，富丫头问她：

“妈，你知道咱们的字都是怎么来的吗?”

“仓颉造的呗。”她说，很有些得意。那些个小摊主，有几个知道仓颉呢?

“那是传说。仓颉一个人不可能造那么多字。”仿佛印书一般，富丫头一板一眼地说，“我们的汉字是几千年来人民群众集体智慧的结晶。”

“那你说说，人民群众到底又是怎么结晶的?”刘小水忍住笑问。

“是画来的。”富丫头说，“你想想，山不是山样? 水不是水样? 火不是火样?”

“可不是吗? 一是一样，二是二样，三是三样，万还是万样呢。”她抢白她。常常的，抢白富丫头是她的一种享受。

富丫头没回嘴，只是用食指蘸上水杯里的水，在饭桌上写了三个并排的“木”字。

“我看出来了，一个木是木样，两个木是林样，要是把这个木放到这俩木上头，那就是一个森样了。”刘小水依然打趣。

富丫头依然没还嘴，她默默地在左边“木”的竖的最上头画了一个长横，在右边“木”的竖的最下方画了一个长横，方才一字一句地对刘小水说道：“木字上头加一横，就表示树梢，这就成了‘末’字。木字下头加一横，就表示树根，这就成了

‘本’字。本末倒置这个词听说过没有？就是头尾颠倒的意思。这就是木、末、本，这三个字的关系，你懂了没有?”看着刘小水吃惊的样子，她这才得意地晃了晃大大的脑袋，“老师说，专门有一种学问是研究咱们汉语历史的，叫古代汉语。上大学我们就能学这个了。”

“那，未呢?”刘小水忽然问，“未这个字，是不是也和木有关系?”

“不知道。”富丫头有些瘪了，“老师没讲。明儿我替你问问老师。”

七

老师走得很慢。就该这样地慢，不慢就不对了——她得时不时停一停，给孩子们指拨指拨毛病呢。刘小水忽然觉得老师很像一个庄稼把式，一边察看田里的苗儿，一边给苗儿锄杂草——她不由得笑起来，知道老师和庄稼把式这个词很不搭。富丫头的日记里，就说老师是“人类灵魂的工程师”。可她忍不住就要这么想。

“别讲速度，写得快并不重要。”老师以和脚步一样的速度慢慢地说，“重要的是写得对，写得好……”

“报告老师。”有个小男孩举手道，“要是写得又快、又对、又好呢?”

这是个爱吃劲儿的别扭孩子。家长们都无声地笑了，老师走到小男孩跟前，摸了摸他的头，“那当然就太完美啦。”

刘小水的眼睛追随着老师。富丫头的嘴巴上整天黏着的，就是这个老师吧？有的孩子已经写完了，看看周围，互相比较着，发出蜜蜂一样轻微的嗡嗡声。

“写完的同学不要打扰别的同学，可以默默地读课文，也可以趴在桌上静息。”老师说。

刘小水无声地笑了。这老师是好，怎么看都好。课堂刚才虽然乱得有些不成体统，可在她的娇纵下孩子们也真是学得有趣，有兴致。所以乱得也真是好。就“静息”这两个字说得也好。听听，不是歇歇，不是休息，是静息。有多少意思在里边?! 这个姑娘，不简单呢。不过，她的调调可是有些……怎么说呢？有些像电视里的台湾腔，有些嗲。——不对，也不是电视里的，现在很多人都这么说了，那调调打的，比这老师可花哨得多、新鲜得多。每天在夜市上，她满耳朵都是这样的声音：“他们真能搞啊。”……“要不要挺他?”……“我顶。”……“赞!”……“很潮。”……“衰人!”……“我有去看她!”……“好拉风哦。”……“I服了You!”……“我晕!”

这些话倒常常让她觉得有些晕。都快四十的人了，突然连话都听不怎么明白了，好像白活了似的。又不好意思问别人，只有回家请教孩子们。余钱住校，不常回来。那就只有富丫头。那天，她听到一个女孩骂另一个女孩“四十”。

“这个，你懂不懂？”富丫头正做着数学作业，顺手在演草纸上写下一个“三八”道，“香港电影里常有的。”

“知道。”刘小水说，“就是骂女人的呗。”

富丫头又写下一个“二”：“这个呢？懂吗？”她抬起头，强调道，“北京话。”

“你说呢？”刘小水有些怯了。

“就是二百五的简称。意思就是不照脸儿、不靠谱儿、胡来。”

“我懂，懂。”刘小水忙不迭地点头。二百五在乡下有好几个叫法呢：一锭砖，半封银……

富丫头在“三八”和“二”之间画了一个大大的加号，又在“二”后面画了一个等号，看了刘小水一眼，才重重地在等号后面画了一个大大的问号，道：“三八加二，你说等于几？”

若论说话，刘小水还是愿意回乡下。偶尔回乡下一趟，听听乡下那些话，她才会踏实一点儿。那些话多亲哪。“野的，咱来野的！”……“收成不赖！”……“将将就就吧。”……“又去哪儿日哄人了？”……“明年扎根基，起房！”……“老婆子纺花，慢慢儿上劲”……

再返回城里的时候，她就会有些恍惚：这是一个世界上的声音吗？

是的，这是一个世界上的声音。她知道。外国话、中国话、城里话、乡下话、电视上的话、书里的话、家常话、正话、歪话、新话、老话……都是这个世界的声音，都是。这杂七杂八的声音如无边无际的海，刘小水常常会觉得有些害怕，仿佛这个声音的海会把她淹没。她不会游泳，蛙泳、蝶泳、仰泳、自由泳，她一样也不会。这些声音让她莫名其妙地觉得孤独。好像这海里就她一个人。活在这世上，就是为了被这些声音淹没吗？——听哪，听哪，来了，来了，那些声音又来了……

她又一激灵，是富丫头又在捅她。方才，她又睡着了。

八

捅完她，富丫头就站起来，朝讲台上走去。刘小水揉揉眼睛，心提了起来。这个丫头，她上讲台上干什么呢？哦，还有好几个孩子都正往讲台上走去，不止富丫头一个呢。

她看看手表，再有八九分钟就下课了。

孩子们围到老师跟前，伸出小手。老师笑嘻嘻地给他们每人发了一个纸牌子，道："老师发哪个是哪个，不准换哦。"

等孩子们将牌子拿在手里，刘小水才明白过来，原来是演戏呢，是要把课文里的东西再演一遍呢。富丫头也算一个争取到了角色的演员呢。刘小水数了数，一共七个。

"老师，谁演夏天呢？"一个手拿小雨滴的男孩子问。

"我呀。"老师有些调皮地歪歪头说。台上台下的孩子们都哈哈大笑。

"同学们，我们的电影马上就要开拍了。"老师紧并着双腿，笑盈盈地面对着台下那些不是演员的孩子们，"谁是导演呀？"

"我——们——"孩子们齐刷刷地说。看来他们对当导演都很有经验了。

刘小水的心里一热，多可人的老师！

演出开始了。老师的手势很雅气地舞动着，念完了第一段。然后是小雨滴男孩，他比画着让自己从空中落下来，在讲桌上摆出睡着的模样。接着小鱼女孩上场，她摇头摆尾地在讲台上走了一遍。刚走完就有同学举手，批评道："小鱼应该吐泡儿，她没吐。"

然后依次是蝴蝶女孩翩翩地飞，蝈蝈男孩蹦蹦跶跶地跳，轮到星星和月亮上场时，两个男孩合作了起来，星星像猪似的推搡着月亮，月亮则慢悠悠地不慌不忙地任他推搡着，等他们表演完了，老师要求他们解释，星星言简意赅地说：“众星拱月嘛。”

一屋子人都笑翻了。

富丫头在喧闹中出场了，她演的是荷叶。富丫头脸圆，身材壮，还别说，台子上的孩子们还就她适合演荷叶呢。她高高地举着画有荷叶的小纸牌，仿佛真就举着一片荷叶。

……

小鱼来了，

在荷叶下嬉戏。

雨点来了，

在荷叶上唱歌

……

“荷叶”在富丫头的手里，一会儿晃到左边，一会儿晃到右边，仿佛在感受风的吹拂，又仿佛在感受雨的重量。小鱼和雨点也都用稀奇古怪的自创动作配合着富丫头，讲台上顿时热闹到了高潮。在近乎聒噪的喧哗中，刘小水默默地看着富丫头。这是她的富丫头，在省城生，在省城长，好运气的富丫头，出生的时候是在省人民医院，这可是省里最好的医院啊。幼儿园上的是燕庄村自己的幼儿园，别看是城中村的幼儿园，水平还真不错呢，还是双语呢。到了上小学的年龄，本来以为没有省城户口，上不了好学校，没想到凑巧碰到了上面的政策，说是给民工子弟寄读提供条件，一丝一毫力气没费，她就上了这个区里的重点。这个富丫头，这个和城里孩子一样连米和面从哪儿来都不知道的富丫头，这个从来没见过庄稼怎么长大的富丫头，刘小水知道，她这一辈子是不会再回乡下了。她赶上了好日子。

——好日子。什么是好日子呢？昨晚男人和她在枕头上聊到以前的一个邻居，开出租车的那家，在燕庄住了十来年，去年终于攒够了钱，付了首付置了新房，欢欢喜喜地搬了出去。男人说进货的时候在街上看见那家的出租车了，男当家的载了个描眉画眼的小女人，两人有说有笑，一看就是腻得过了头儿。

“人家可熬出头了。”男人说，毫不掩饰自己的羡慕。

“等咱有钱了，我不拦你。”她说。男人也曾是荒唐过的，小小的。

男人扑哧一声乐了：“那你也找一个，我也不拦你，啊？”

两人都孩子般笑起来，仿佛在说着一件最好玩的事情。要说，男人还算是好男人呢，还对她说这种疯话。要是还在乡下，别说叫他说这种疯话，就是她自己去说一句半句的，他就得把她打个半死……可是，真的也是疯话呢。有钱买新房了就是好日子吗？有钱了再找一个就是好日子了吗？有钱了……刘小水想起富丫头给她讲的那个“未”字：“老师说，未字就是没有的意思。”

“跟木没关系吗？”

“老师没说。我猜可能有关系，只是可能啊。”富丫头说话越来越讲究了，“我猜啊，未指的可能是树梢没长出来的那部分。”

“未就是没有……”刘小水不甘心，“那未来呢？不都喜欢说未来怎么怎么的吗？”

“就是因为还没有，大家才爱说。要是有了，那还有啥可说的？”富丫头说得很圆。

刘小水不吱声了。未就是没有，她没有想到这个。怎么会是这样呢？未怎么会是没有呢？

九

孩子们还在台上，又开始了新一轮的表演。这次表演的核心是几个重点词。老师的词是“热情”，笑得跟什么似的。“小雨滴”的词是“透明”，这个词把他难为得不得了，小鱼的词是“游”，蝴蝶的词是“穿梭”……台上和台下都笑声连连。刘小水忽然觉得这种表演有点儿荒唐。把句子从文章里单剥出来，又把词从句子里单剥出来，这不就跟把庄稼从地里单剥出来一样吗？这不就跟把一天从长长的日子单剥出来一样吗？——这不就跟把这一刻从这一天里单剥出来一样吗？这可不就是有点儿荒唐吗？

刘小水不能想象。她不能想象这种单剥。她忽然觉得自己就是那个被单剥出来的字——木，自己就是那个木。是被从“林”里单剥出来的那个木，是被从“森”里单剥出来的那个木。余钱和富丫头就是她的末。终归有一天，她这棵木会把“末”留在城里，然后和同样是单剥木的男人回到他们乡下的“本”里去。

而未呢？

——未就是没有。

看着台上的富丫头，刘小水的心里一绊一绊地疼痛起来，仿佛富丫头远得像电视里的人，电视一关就不见了。

……

荷叶像一柄大伞，

静静地在荷塘举着，

……

老师让富丫头表现的重点词是“静静”。讲台上的她果然一动不动地举着那片莫须有的荷叶，像一尊小小的雕像，很庄重。当然她的庄重引来的仍然是一阵欢笑。刘小水忽然明白自己为什么不喜欢荷叶了。自己这一辈子，可不尽当荷叶了吗？顶风冒雨，下面还养鱼、养虾、养藕……一瞬间，一种莫名的委屈感汹涌上了刘小水的胸口。她突然觉得自己怎么就过得那么可怜呢？日子是越过越好了，她知道——她都能坐在省城的学校里看富丫头表演荷叶了，这还不好吗？可为什么她还是觉得自己过得可怜呢？是因为一天赚不到一百块钱吗？是因为从早到晚的辛苦吗？好像都有那么一点点儿。可是要是一天能挣够一百呢？如果一天能挣两百甚至三百呢？就不可怜了吗？要是自己什么都不干，清清闲闲的，把胳膊揣在袖子里，整天坐在马路牙子上看野景，要是这样都有人论天儿给自己送两三百块钱呢？——当然这是说胡话——可真要那样的话，那自己就不可怜了吗？可怜。刘小水还是觉得自己可怜。她有些糊涂了。她不知道为什么她就觉得城里的自己和乡下的自己，忙着的自己和闲着的自己，赚钱的自己和不赚钱的自己，赚小钱的自己和赚大钱的自己，一切一切的自己，都是那么地可怜呢？

刘小水难过起来。她的难过越来越深，越来越深。下午最后一缕阳光很温柔地照在她的身上，这更让她难过了。她不知道自己是怎么了。自己这是怎么了呢？都不像平日里的自己了。自己怎么就不像平日里的自己了呢？可她就是难过，就是控制不住自己的难过。

富丫头已经表演完了。她的完成当然意味着全剧的完成。台上的富丫头规规矩矩地有模有样地朝台下鞠了一个躬。其他的孩子也赶紧跟着富丫头鞠了一个躬。哗哗的掌声里，刘小水深深地低着头，一手拎着“甜蜜蜜”，一手去捂嘴巴。她的内心充满了羞愧和恐惧。她知道掌声一停下来，全屋子的人都会听到她乱七八糟的哭泣声。

月牙泉

一

到达宾馆，放下行李报到的时候，我看了一眼手机，五点整。晚餐是自助，会议日程通知的用餐时间是六点到九点，主席团的预备会议九点开。吃饭嘛，半个小时就够了。这么说，还有时间见见姐姐。

一般而言，我和姐姐一年只见两次：一个是春节，再有就是清明、农历七月十五或十月初一，这三个都是鬼节。通常情况下，我在三个鬼节里面选一个回去上坟。上坟嘛，就是去看看过世的老人，每年去一次是最低的底线。我一向认为自己是一个没有顶线但有底线的人，有这个底线就行了。

老实说，我不大愿意见姐姐。姊妹四个，两男两女，我是最小的女孩，我在省城，两个哥哥都在县城，老家只有姐姐了。姐姐的家在县城和省城之间，按车程只有一个小时，不远。但因为不大愿意见，这一个小时就显得很远了。按说越远越亲，但在我这里不是。我是越远，就越远了。整天整月见不到面，姐姐越来越像一个词了。

但这次不一样，我得见她。她所在的村子离我住的听涛宾馆很近，我似乎没有理由不见她。听涛宾馆是省里的老牌宾馆，离省城很远，离黄河很近。一般来说，是不该把宾馆放到这样的位置的，但据说当年毛主席来河南视察前告诉随行人员，他想听听黄河的涛声，于是就诞生了这么一座宾馆。他老人家所住的，就是我现在住的八号楼。姐姐的村子叫什么来着？对了，好像叫待王村。顾名思义，据说是因为当年武王伐纣预备路过这里，此地的黎民百姓欢呼雀跃、翘首以盼而得的名字。还据说，当年毛主席路过此村时随行人员把这个典故告诉了他老人家，他老人家微微一笑，点了点头。

听涛宾馆的生意一直不好，车马稀落，门可罗雀，我琢磨着俗话所谓的“淡出鸟来”，那些鸟的具象大约就是这几只罗雀。因此待王村虽然紧挨着听涛宾馆，却从没有沾上什么光。直到几年前突然有一只神秘的大手笔横空出世，将听涛宾馆买了下来，大肆改装扩建，将其力挺为五星级宾馆，又在周边买地建起了别墅区和高尔夫球场，整个听涛宾馆换肤、磨骨、丰胸、抽脂，如同一个从头到脚深刻整容的女人，青春勃发，焕然一新。此时，灰扑扑的待王村俯卧在新听涛宾馆的旁边，如同光彩照人的皇后生了一团污秽疥疮，又如同气宇轩昂的国王旁边傍着一个落魄乞丐，极为不搭。好在去年大手笔又大手一挥，待王村便被通知拆迁，这个穷了多少年的村子因搭上了听涛宾馆的豪华列车，这才轰隆隆地奔在了金光大道上。

进到房间，放下行李，梳洗完毕，我犹豫了片刻，拨通了姐姐的电话。她的手机响了很久，几乎就在我失去耐心的时候，方才听到姐姐粗布一样的声音。

“喂?”在她声音的背后，一片“哗啦”，又一片“哗啦”。

“赌呢?”

“什么赌?”她笑了，“就是玩一会儿。”

就在去年，姐夫因为推牌九欠了高额赌债，她和姐夫闹离婚。末了，姐夫左手的小拇指被剁了，两人才继续过了下去。

“我在听涛。”

“哪儿?”

“听涛宾馆。”

“哦。”她停顿了片刻，大约是在起牌，之后才恍悟过来，“哦——是毛主席那里啊?”然后我听见她对人解释，“我妹。”

“嗯。”我说，“你过来吧。”

“中。”她说，“等我再打两把。我赢了，不好就走。”

二

洗漱完毕，我打开行李箱看了一遍，没有什么多余的东西。来时匆忙，会期又短，我的行李准备做到了最简。我又遛了一趟卫生间，把里面的洗漱用品装了起来，准备给姐姐。这些易耗品只要你把它装起来，服务员每天都会添加。我多年住宾馆的经验就是把它们装起来，拿回家。尽管我不用，但如果有客人来的话，尽可以让他们用。尤其是一次性牙刷。那次姐姐送女儿上大学去我家住，我给她用的就是这些，她连夸这些牙刷好，我就把自己的库存全给她了。

包好洗漱用品，我看了一眼卫生纸，是维达的，不错。便又给客房中心打了个电话，要了两卷卫生纸，说我有急用——

也是给姐姐的。这次我没给姐姐带东西，好歹让她带走一些什么，心里就踏实了。当然，我可以给她钱，但是，给她钱，没名没分的，干吗要给呢？

我的日子过得比姐姐好。姐姐一直是这么觉得的，我也是一直这么觉得的。大家都是这么觉得的。过得好的人就有义务给过得不好的人补贴，尤其是兄弟姊妹之间，随着年龄的增长，我是看出了这一点。而我们四个兄弟姊妹，两个哥哥都有嫂子盯着，是不可能给姐姐补贴的。我呢，因为一直把持着家政，经济权相当自由，给姐姐补贴就成了理所应当。最初的时候我也一直给，后来我就给得很节制了。因为是个无底洞。她有多少事啊：要买化肥，要盖房子，姐夫赌博欠了高利贷被黑社会催债，大女儿上大学，二女儿上高中——当年她为了生个儿子，连生了六胎，做了三个留了三个，现在宝贝儿子小乾也快小学毕业了——必须承认，每想到自己挣的钱里有百分之十到百分之二十就得给姐姐，我就觉得委屈。

而且，我再帮她又能如何呢？我永远也不能使她抵达我的生活水准。她永远也不可能跟我一样想吃鲍鱼就吃鲍鱼，想吃燕窝就吃燕窝，想去北京就去北京，想去上海就去上海，想出国就出国。迄今为止，她去过的地方最远就是省城，吃过的最好席面就是村里红白事上的流水席……对于她，除了尽一点最起码的帮助外，我基本是放弃了——以各种理由和各种借口。

我拿起会议日程，找到参会人员名单，看了一眼肖的名字。当然，我知道他要来，但还是不自觉地想看一眼。主要日程是明天上午的选举，下午是业务讨论，唉，都是一帮打杀多年的老油条，有什么业务可讨论的，因此实质性的内容就是选举。我们这个美协五年选举一次，本来应该前年就选的，到后年本届的主席正好退休，换新的。但硬是被老人家拖了两年放到了现在，这样他就在退休之后还可以再干三年。这账算得清楚着呢。也因此我们背后都叫他老拖——我们这个美协不是美术家协会，不是美食家协会，也不是美容家协会，更不是美女、美景、美言家协会，而是美酒家协会。十年前我和几个朋友适时买了一个刊物的刊号，命名为《美酒》，便做了起来。踢开了前三脚，现在市场已经相当可观，光省内的白酒厂子就够我们吃饱喝足了。那广告赞助，刷刷的。作为执行主编，我也因此才有缘成了美协的副主席。

电话铃响，一个甜美的声音传来："您好，我是总台。有位女士找您，请问有预约吗？"

"是，让她进来吧。"我说。

很快，“咚，咚。”有人敲门。很大声，一定是姐姐。我上去打开门，她气喘吁吁、满面笑容地站在那里。紫外套、红毛衣、绿围巾，这颜色配得，让我眼晕。我把她让进房间，当她和我擦肩而过的时候，她身上的气息扑鼻而来。那是一种什么气息啊？汗味儿、面味儿、灰尘味儿、劣质烟味儿……我想起总台小姐的称呼：女士。切。

“跑着来的？急什么？”

“怕你等。”她说，“给我口水喝。”

“你爬了九层？”我连忙打开一瓶矿泉水，“有电梯啊。”

“不会坐，害怕。”她说。

我无语。看着她咕咚咕咚地喝了一瓶水。喝完水，她把嘴角一抹，道：“黑饭咋吃？去家里吃吧？这么近。”

我犹豫了一下，道：“我晚上还有会。还是在这里吃吧，这里有饭。”

“啥饭？”她在床上坐下，认真地问。我还没有回答，她自顾自地笑起来：“不说我也知道，盘碟席面。”

“你也一起吃吧？”

“我也吃？”她重复了一句，我看着她的衣着，顿时有些后悔了。但她已经下定了决心：“那我就在这儿吃吧，还没吃过这大宾馆的饭呢。几点吃？”

“还有个把钟头呢，你先洗个澡吧。”我把宾馆配送的那些洗漱用品又拿了出来，说，“水很好。”

三

姐姐进了卫生间，开始洗澡。我打开电视，躺在床上，装作不在意的样子朝她瞄去。

浴室和房间之间不是水泥墙，而是一道玻璃隔断。现在很多酒店的房间都使用这种格局，玻璃墙外面，一般都装饰着布帘或者百叶窗。这里用的是绸缎，在床头灯的照耀下，闪着淡淡的粉色的光。为什么用玻璃墙呢?——不是为了省钱，也不是为了省空间，一道水泥墙和一道玻璃墙，又能省出多少钱、腾出多少空呢？不够可怜人的。我也是慢慢才琢磨出了其中的意思：一是设计显得俏皮。一般的墙都是泥灰砖，这墙是透亮亮的玻璃，化重为轻，可不是俏皮吗？二是让住客方便。一个人的时候，我喜欢不拉帘子，边洗澡边看电视。有一次，我还把书贴着玻璃墙外放好，边泡澡边看书。当然只能看一页。书名似乎是《微暗的火》还是《微暗的光》，我忘记了。再就是性感。有一次我和肖在宾馆里约会，那个宾馆也是这种格局，我正在洗澡，肖把百叶窗一点一点地拉了上去，让我一丝不挂的身体湿淋淋地暴露在他的面前。

“像一个人体瀑布。”事后，他这么说。

水声嘭嘭，姐姐开始试水温了。她还穿着胸罩和裤头。她很快就要在玻璃墙后洗澡了。如果我不想看，把帘子拉住就是了。可我想看。不知道为什么，我就是想看。我看得很小心，但我很快发现自己的小心翼翼完全是多余。她根本就不在意我，只管洗着，大刀阔斧。

虽然是赤身裸体，但此时的她一点儿都不性感。乳房下垂，小肚子凸出，后背宽厚，胳膊、腿和脸上的皮肤都透出一层与其他部位有明显差异的黑红。她洗得很认真，上一遍洗发水，再上一遍。抹一遍护发素，再抹一遍。打一遍浴液，再打一遍。她抬起胳膊，使劲儿搓着腋下。她岔开双腿，让莲蓬头涌出的凶猛水流冲刷着私处。她又把莲蓬头放到身后，冲刷着臀部……她已经有四十六岁了吧？连联合国规定的青年上限四十五岁都超过了，已经真正人到中年。她比我大八岁，八年之后，我也是这样……呵，此时我好像有点儿明白了我为什么不愿意见她，因为她像是一个让我不得不跟跑的人。当然，跑在我前面的女人不少，但对我来说，似乎只有她才最具备让我跟跑的意义，因为我和她是从同一个跑道出来的，在没有割双眼皮、隆鼻、漂唇和做光子嫩肤之前，我的相貌曾经和她是那么相像……

忽然间，玻璃墙笃笃地响了两声，我从电视上转过视线，看见姐姐用毛巾示意了一下。我便走进去，帮她搓背。走进去以后才发现，我把洗漱盒里的专用搓澡巾也给收起来了，便又出去拿。她看见我拿着崭新的搓澡巾进来，连忙叫道："别沾了，别沾了，留着给闺女用。我要是用了，她们会嫌。"

将毛巾拧干，拧成棒状的小卷，我俯在她的背上，给她搓澡。已经有多少年没有干过这种活了啊！小卷不断地散开，我再卷上。再散，再卷，她背上的污垢一层层地脱落下来，由黑色、黑灰变成灰色，又变成浅灰……她背上的肉非常厚，几乎看不见肩胛骨。

"我背上的肉多吧？跟个小案板似的。"

"嗯。"

"对了，更年期是啥时候？"

"四十七八，五十出头的都有。人跟人不一样。"我说，"你例假怎么样？"

"农民，哪有假？"她笑了，"只要想歇，都是假。"

"我说的是月经。"

"哦。"她笑了，"还有点儿，不准，也不多了。对了，都说吃豆对女人好？"

“嗯，你来年多种点儿。”

“不种，没地了，只够种点麦子和玉米了。能顾住吃，不买粮食就中了。”

洗过澡，姐姐冒着热气从卫生间走了出来，行动中的肉体总有一种格外的明亮，使得我不能正视她。我从衣柜里拿出酒店备用的浴袍让她披上，她很珍重地穿好，扎紧腰带，在衣柜上镶的穿衣镜前左照右照，道：“多白！把我的脸色也衬好了，白里透着红……这衣裳，跟电视里的一个样。”

我无语，只是看着电视。她欣赏够了，恋恋不舍地把浴袍脱下来，直接去穿秋裤。我问她怎么不穿内裤，她道：“我是不洗澡不换裤衩，一洗澡就得换裤衩。这裤衩，脏啦，一会儿回家穿干净的。”

一口一个裤衩，真够难听的。我想纠正她，但很快明白没有必要。我想起房间小货架上一般都备着内裤，去找，果然在一个抽屉里找着了，给她拿出来，上面标着：定价十元。

“还有这个？”她喜滋滋地打开，看了看，又收起来：“这个样式好，不沾了，回家给闺女穿。对了，我方才看见还有一个男式的，也给我吧。”

“不让她们穿，就让你穿！”我突然有些生气。只要一见面，她总有些举动会让我生气。

穿好秋衣秋裤，我让她先别穿随身的衣服。我把行李箱里的衣服拿出来，一套套往她身上配。但是，不行，怎么穿都不合适。

“算了，我还穿我的。谁的衣服就是谁的。”她说，“其实你的也不好看，不是多一块就是少一块，古模怪样，不是正经衣裳……”她的口气微微有些犹豫，“要不，我还是回家吃饭吧？”

“没事，去吧。”我知道自己似乎有些过分了，收起了衣服说道。

四

姐姐能吃，我知道。但我不知道她这么能吃。她拿了一盘又一盘，蒜香排骨、油炸羊肉串、三文鱼、泡椒鸡爪、手撕包菜、圣女果、米粉、面条、扬州炒饭、包子、蒸饺、小蛋糕、冰激凌……她的胃，大大地超出了我的想象力。我已经很多年没有见过这么能吃的人了。

我的座位正对着餐厅门口，不断有人过来跟我打招呼，但是没人跟我坐在一起。也好，此时，我也很怕有人和我坐在一起。不是因为别的，主要是口音。我和姐姐在一起，必须得说方言。我们那里是豫北，和河南的主流方言很不一样，偏山西口音，很硬，很难听。我的这些圈内同行十有八九都没有听过我的方言。我的普通话经过这么多年的淘漉，已经洗得很干净。如果有人和我们坐在一起，我必须得在方言与普通话之间跳来跳去，那一定会让我很难受。

“这就是自助餐？”姐姐边吃边道。

“嗯。”

“光能吃不能拿？”

“嗯。”我说，“你小点儿声，这儿不是你家地里。大声嚷嚷就是不礼貌。”

姐姐笑了笑，继续埋头苦吃。看着她吃的样子，简直就像个饿极了的孩子。用我们老家的话讲，是“饿死鬼托生的”。环顾四周，再没有人能像她那样饕餮的了。我慢慢地吃着，有一搭没一搭地应答着她的话，忽然想起在我们杂志上最近发表的一篇随笔，说的就是吃饭的事，说吃饭不是简单地凑桌。一般来说，人越少，谈话的质量越高，相处的质量也越高。两个人在一起，是朋友心谈。三个人在一起，就是小社会，要用心眼谈。四五个人在一起，那就是大杂烩，要眼观六路、耳听八方。更多的人在一起，那吃饭就是繁重的体力劳动兼脑力劳动……我平日的很多次吃饭，就是这种双重意义的辛苦劳动。相比之下，和姐姐这样的对坐吃饭，算最轻松的了。

肖进了餐厅，和我的眼光对视了一下，拿了东西，从我身边走过的时候，跟我打了个招呼，和我隔张桌子对坐了下来。很快，他的短信就来了："什么人?"

"姐。"

"亲的?"

"嗯。"

"还真有些像，但比你差多了。"

我微微一笑，真是聪明人。说不像，不是实话。说像，知道我会难受。说有些像且又比她强，是漂亮的实话。

老拖也进来了，在离咖啡壶不远的地方坐下。这个年过六旬的老头子，穿着最新款的花花公子牌黑毛衫，焗着几根乌黑狰狞的头发——让我不由想起一个脑筋急转弯的段子：无论风怎么吹，一个男人的发型总也不乱，请问这是为什么？答案：他的头发只有一根。他还戴着一副煞有介事的黑框眼镜，这身行头让他显得比实际年龄要年轻很多。尤其是这双黑框眼镜，和上次见面时戴的又不一样了。应该还是宝岛的吧？他说过他只戴宝岛的。这眼镜又能遮眼袋，又显得时尚，还显得有文化，真好。等过了四十，我也来一副。

据说老拖原来在省报业集团当副总，退休之后退而不休，一来二去就到我们美酒协会当了主席，干得非常起劲，硬是把闲职干成了忙职。此时，他身边已经围了一堆人。他满面笑容，一脸的受用。我当然不能缺了一个礼，暗暗筹划着一会儿起身作态去拿咖啡，便可以自自然然顺到他那里。

手机铃响，肖的短信又到了："一年不见，你更好看了。"

"得了吧你。"

"火龙果很新鲜，多吃些。"

"嗯。"

"嗯一声就完？"

这个坏家伙。我看了他一眼，他迎着我的目光，笑了。

我当然明白他频频发短信的用意，无非是想水到渠成地上床。这个人精，从不浪费一丁点儿多余的智慧。跟他通常都是在美协的年会上见面、做爱，一年一次。在做爱之前的一个月和做爱之后的一个月里，他往往会短信频频，之前是为了顺利上床，之后是上完床的余温。中间的十个月则是有事说事，无事便无信。当然，他是对的。按说他此时的小意殷勤应该让我很舒服，但是，此刻，或许是因为姐姐的缘故，忽然间，我对他的感觉开始不那么舒服起来。我当然知道因为姐姐而嫌恶他是冤枉他，但我骗不了自己，不舒服就是不舒服。当然，再不舒服我也不会失去起码的礼仪。我回复了两个字：“呵呵。”

五

“嗨。”虎牙过来了。虎牙是美协一个地方分会的主席，去年才进的美协圈子。她所在的白酒厂子在地方上也是独霸一方。她叔叔是厂长，两个孩子都陆续出了国，他思子心切，一年有半年时间都在国外，便把厂子交给虎牙打理。在圈子里，我和她算是私交很好的了。虎牙是我对她的专有昵称，因为她长着两颗迷人的虎牙。我喜欢她那一对虎牙，一笑起来便闪烁着一种难以言传的兽性之美。

虎牙紧挨着我并肩坐下，朝姐姐笑了笑，姐姐有些不知所措，也忙笑了笑。很明显，虎牙笑得粗，姐姐笑得细——不，这么说不太对，应该是虎牙笑得细，姐姐笑得粗——不，这么说还不对，那么，应该是什么呢？对了，应该是：虎牙是习惯性的露八颗牙的笑，技术含量高，情感含量少，因此看起来笑得细实际上笑得粗，姐姐的笑虽然没有技术含量，但笑得脚踏实地、认认真真，因此看起来笑得粗实际上笑得细——这么绕来绕去，我的头都有些大了。

“介绍一下?”虎牙问我。

“我姐。”

“姐姐好。”虎牙点头，然后又转向我，“一会儿开主席团预备会?”

她转得有些匆忙，有些不够圆融。按她平时的作风，应该会和姐姐再聊几句。当然她也没有错，她只需问一句看一眼便明白姐姐是一个不需要她再多对话的人，而且她同时也明白我不会也不应该因为这个而计较她。换了我，也和她一样。

“嗯。”我应答，“还不放心?”

“瓜不熟蒂不落，你让我怎么放心哪?”她贴近我耳边轻语，“你给老拖说了没有？这次要是不成功，我回去可没法给叔叔交代。”

她说的是副秘书长的事。去年才进圈，今年就想当副秘书长，这活儿赶得急了点儿。但也不是不能做。她早就跟我提过，可我没给老拖提。早提就得早承他的人情，白抻得人难受，不如见面再跟他说。见面说比电话、短信说的都有效果，再怎么说，一个扑着热气的人在面前站着呢。

“说了。你的事我还不是当圣旨?”我笑，“一会儿我再催催。”

“够意思！明年你们杂志的封二都是我们的。”

“也别光吊到我这里。”我看着她的虎牙，“再找两个人说说就更保险了。”

“知道，谢了。”她甜美地笑笑，又冲姐姐点点头，“姐姐慢用。”然后起身便走。空气中顿时香风习习。

“多懂礼数。”姐姐夸道。

我起身去倒咖啡，顺理成章地在老拖那里坐了半天，众目睽睽之下，他光明正大、堂而皇之地一把抓住我的手寒暄起来，左问右问我怎么不给他发短信、打电话？都在省城怎么不常去找他？很是慈祥。这个狡猾的老男人，总是披着长辈的外衣，却时时露出暧昧的獠牙。还是功夫不够啊，要是功夫到了，那就藏着獠牙，到关键时刻一口把我吞了才算本事呢。

当然，任他握手，我只微笑，甜蜜温顺。这个世道，谁比谁不会敷衍？此类老男人又敏感、又好强、又多疑，马上还要请他办事，断不能惹他，大不了回去多洗几遍手就是了。这么挨了一会儿，好不容易趁着没人，我便把虎牙的意思给他说明了，他先是露出为难的神情——先抑后扬，是常用的江湖手段——接着断然道：“你说出了口，我不能给你放那儿。行不行就这！我说行就行！”

“有情厚谢！”我相信自己此刻一脸的诚恳。这种表情操练过无数次了，不会失误。

“怎么谢？”他顺杆儿而上，声音低微，但内涵丰富。

“你说。”我笑靥如花——也是操练过无数次的不会失误的表情。

他微微一笑，会心的。这正是我期盼的效果。我知道，此刻，我们在彼此眼中都很得体。得体，经历了这么多世事之后我终于认识到：一个人在什么时候都得体，这是一种非常难以抵达的境界。现在，我可以自信地说：我基本上已经是一个得体的人了。见什么人说什么话，到什么山唱什么歌，什么场面穿什么衣服，什么情境开什么玩笑，两个人在一起如何聊天，三个人在一起如何说话，四个人在一起如何热闹，一帮人在一起如何鬼混，如何和小男人调情，如何逗老男人开心，如何在调情和开心之际深入到自己最想要的那块领地……我全知道，我全明白。甚至，对于如何得体地失控或者说失控得得体这种高难度的得体动作，我也常常无师自通。常常的，某事某刻某地某事，我打眼一看就心思透亮，实施起来如行云流水。

当然，得体惯了，也常常会觉得无聊，看到不得体的人，就会觉得他们格外有趣。有时候，也会想让自己货真价实地不得体一下，但是，我找谁去不得体呢？谁能盛下我的不得体呢？放眼四顾，没有人。放眼再顾，还是没有人。这时候才忽然悟到：让我得体面对的那些人，我对他们看似尊重，实际上是一种皮不沾肉地看不起。而能让我不得体的那些人，对我来说可能才具有真正的分量。正如我父母在世的时候，我在他们面前的所作所为，现在想来，几乎全都是不得体。

六

再回到座位上时，姐姐已不见了，我的包也不见了。我放下咖啡便去找，发现她又在拿菜。她都拿多少次了?！我的姐姐啊。此时我才有些痛彻心扉地后悔带她来吃饭。太没型了，太没样了，看起来太没出息了。我都看见有几个服务员在盯着她窃窃私语捂嘴而笑了。这真让我不舒服——让她来丢我的人还不如我亲自去丢人呢。我亲自去丢人还知道如何再给自己拾捡回来，而她的丢人，就是实实在在不可挽回地丢人。

有那么一个瞬间，我真想拿咖啡浇到她的头上。

但我不能，我只是一口一口地喝着咖啡。优雅地、看起来无所事事地、没心没肺地喝着。——这是给别人看的。至于她，我还是决定给她脸色看，让她明白我的不高兴。于是喝完一杯咖啡后，我拿起了手机。我不再和她说话，一句也不说。

“咋不吃了?”姐姐似乎察觉出了什么，抬头催促道：“再吃点儿。”

我沉默，删着手机里的短信。

“这油炸虾可好吃了，我给你拿点儿吧?”

我依然沉默。

“二妞，我跟你说话呢。”姐姐提高了声音。

我放下手机，看着她的眼睛，轻声道：“看都看饱了。”

姐姐看着我的眼睛，她的眼神有些困惑，也有些诧异。很快，她似乎明白了过来，道：“不是让随便吃吗?”

“吃吧。”良久，我说。忽然间，面对着她，我还真不知道该说些什么。

于是，她继续吃了下去，吃得那么坚决，那么顽强。但是，很明显，她咀嚼的速度慢了下来，吞咽的力度也小了一些。终于，吃完了这盘菜之后，她抹了抹嘴，道：“走吧。”

她一直替我拿着包。一路无语，我们回到房间，看着电视干坐了一会儿，她小心翼翼地看了看我的脸，道：“你吃得太少了，饿不饿?”

“你有吃的?”我心一软，笑道。

“有！”她朗声应答。同时拿起我的包，喜滋滋地打开。那个硕果累累啊：蛋糕、酸奶、甜橙、香蕉、茶叶蛋、还有两条油煎小黄鱼用餐巾纸包着，餐巾纸已经油透了。

“姐！”我喝道。一瞬间，我怒从心头起。

“我可小心呢。没人发现，不要紧。”她有些怯怯地看了看门外，但很快缓了过来，“反正又没吃，他们来要就再还给他们呗。”

我夺过包，将包里的所有东西一股脑儿地倒出来，又将包底朝下，彻底清理包里的食物残屑。姐姐蹲下去，用那张油透的餐巾纸将地毯上的残屑一点点擦捡干净。看着她的头发，我的难过顿时涌出。我做了个深呼吸，把泪水调整回去。

“晚上……你上家睡？”她犹豫着问。

“在这儿睡，一会儿还有会呢。”我冷着脸说，想想自己似乎又有些过分，便微微鼓了鼓腮，放松了一下脸上的肌肉，“你回家，还是在这儿？”

说完我就后悔了，不该这么问她的。

“都中。”她道，“那我还是在这儿吧。咱们也恁长时候没见了，说说话。我先回趟家，你回不回？见见小乾，他又长高啦。”

小乾就是她拼死拼活怀了六胎才生出的那个宝贝儿子。

手机又响，是肖："一起散步吧？"

"那，一起走吧。"我合上手机，对姐姐说。

七

出了宾馆的大门，从有路灯的大道岔上一条小柏油路，走上大约五百米，就是姐姐的待王村了。柏油路上没有路灯，但并不妨碍路的清晰。夜是有光的，自来光。在有灯的地方，灯的强悍把这自来光给遮住了。现在，在这乡村的小柏油路上，这原本柔弱的自来光淡淡的，慢慢地，浸染出来，弥漫开来。

快走到村口的时候，我看见一棵树下立着一个男人矮墩墩的黑影，走到那个黑影身边，姐姐停了下来。黑影问道："去哪儿了？"

"我妹。"姐姐指指我，"来这儿开会了，在宾馆住，抽空来家看看。"

"哦。"

黯淡的夜色中，我无法看清楚男人的脸，只能感觉到一阵浓重的酒气和烟气。酒是白酒，闻不出来什么牌子。烟味我很熟，就是河南本土的黄金叶。

"镇上的人又来找没有？"男人问。

“没有。”

“那就中。”

说着，男人朝着村外走去，我回头看了一眼，他的右腿微微有些瘸。姐姐告诉我，他是村长，他家在村里是单姓小户，穷且不说，又只有他一个男孩，他学习也不好，在读书上没有出路，因此很早就辍学当了泥瓦匠。后来到外面当包工头，吃了不少苦，连腿都瘸了，终归赚到了钱，前年村委会换届时他特意回来参选村长。原来的老村长本是不想干了，但有人争食便觉得香，再加上这食确实是香——要拆迁的信息前年便开始萌动了。老村长便愈发不肯放手，发誓要守住江山，还为此在银行贷了十万元款，时不时给村民们送礼，请村民们到饭店里大吃大喝。原本以为自己胜券在握，没想到最终输给了这个没怎么拉票的瘸腿。当看到选举结果时，老村长都吐血了。

“村里的人吃了人家的，拿了人家的，还不投人家的票？”我纳闷。

“咦，就是不投他。大家伙儿心里都明白着呢，不吃白不吃，不拿白不拿，可到了投票的时候，还就是不能投他。他要是还当村长，那十万的贷款还不得想法子从村里的公款上出？他么——”姐姐身后一指，“他不缺钱，图的不是钱，是从小被欺负惯了，要回来争口气，瘦牛只吃大食不出大力，壮牛是又吃大食也出大力。他是能办事的。我这房子要不是他护着，乡里早就给我扒了。”她得意地叹了口气，“去年那个宅子没办法，等钱用，扒得早了。这个房子，我就不扒！谁不知道越迟扒越好？越迟扒利越大？我盘算好了，争取当个倒数前五名!”

聊着说着，我们走进了村庄深处。路灯很少，只有主干道上的两盏。拐进姐姐家的街道，走了没几步，灯光就被黑暗吞噬了。村庄的深处真暗、真静啊。这或许才是真正的黑暗——灯光已经消失，自来光还没有显现。我打开手机照着走了几步，才渐渐看清了路。

姐夫和小乾正在吃饭。看见我进屋，他们两个都站了起来。他们都有些怕我。姐夫怕我是因为欠了我的债，小乾怕我是因为我教训过他很多次，几乎每次见面都会教训他：不要抠鼻子，夹菜的时候夹到什么就是什么，不要胡乱翻，不能歪倒在沙发上看书，不能直呼两个姐姐的名字……姐姐是太惯着他了，舍不得教训。我可没有什么舍不得。当然我教训他也不是单单为了他好，更主要的是为了让自己的视线舒服：在外面对不顺眼的事忍耐是因为不得已，在这个小屁孩面前我凭什么还得忍耐呢？

姐姐进了里间，姐夫招呼我吃饭，我说吃过了。他们便又坐下去吃。我看了一眼姐夫的左手，小拇指被剁掉了，但没有影响他的吃饭。小拇指么，在手指里面的作用是最小的，况且又是左手，应该不影响干活——看来他在选择被剁对象的时候精密思考过。我忽然想：在那只手指离开他身体的一刹那，他是什么感觉呢？反正我听到这个消息的时候，是两个字：欣快。啊，他被剁掉了一个手指，这真好，早就该被剁掉了——就是这样，除了自己家的人，别人的不幸总是会带给我一种莫名其妙的欣快。幸灾乐祸这个词可能就是为我这种人专造的，包括姐夫的赌博。开始是小赌，尚无大碍，后来是中赌，便开始欠债。

每当年关姐姐因为他欠赌债来向我求救的时候我都会生气，但同时也会因为他们的没出息和可怜巴巴而生出欣快。姐姐家原有两处宅子，去年镇上开始发放拆迁赔款时，姐夫也开始了大赌。当姐夫最后也是最大的那次高达五万元的赌博欠债消息传来，姐姐在电话里对我哭哭啼啼的时候，我生气的程度自然是抵达了最大，但欣快的程度也到了最深，如潜艇浮出了海面一样，一个念头浮到了我的心里：他赌得这么大，欠的钱这么多，这真好，我终于可以不再管了。义正词严的，正气凛然的，不用再管他们了。就像一个癌症到晚期的人，我再也不用往里面填医疗费了。

最终，我一毛不拔。姐夫的那根手指顶了一万块钱。剩下的四万元，他们十万火急地拆了一处宅子，用他们刚刚到手的拆迁款补了进去。此时，看着那根一万元手指的遗址一动一动，我无来由地有些愧疚，觉得自己真不是个好人。但很快又为自己的愧疚而气恼起来：有什么可愧疚的？不是我不帮他，是他的所作所为没办法让我帮。他的这种德行张口让我帮就是他的不对，就是在欺负我！——对，他就是在欺负我！这个世界就是有这么一种人，他们不是用强壮来欺负人，而是用软弱来欺负人，不是用怒吼来欺负人，而是用哀求来欺负人。姐夫就是这么一种人，他是活该、活该、活该！

“我们小乾，现在也会挣钱啦。”姐夫说。小乾脸上呈现出一缕羞赧的笑容。姐夫说村里派下的任务，为了建设社会主义新农村，村里出资要重涂街墙，每平米五元，小乾今天吭哧了一下午，涂了四平米，赚了二十。

“不是要拆迁了吗？还涂墙干什么？”我问。

“拆是拆，涂是涂，都是上头的话，一码是一码。”姐夫说。

姐姐从里间出来，已经又换了一身衣服。看起来八成新的样子，再加上洗了澡，很精神。她跟姐夫和小乾嘱咐完了一些琐碎事，我们便又出了门。

“我还没住过宾馆呢。”黑暗中，姐姐忽然说。似乎被什么绊住了脚，我踉跄了一下。姐姐连忙抓住我的胳膊，她可真有力气啊，抓得我生疼。但不知道为什么，疼得很舒服。她就这么抓着我，一直抓到了有路灯的街上。灯并不亮，但从黑暗中走来，就显得很亮了。记忆中，我和姐姐从来没有过这么亲密的肌肤之亲。是的，就肢体意义上说，我和虎牙，和肖，甚至和老拖的肌肤之亲的频率和面积都比跟姐姐的大得多。

我晃了晃脑袋。今天，跟姐姐在一起，我都有些不正常了。

八

会开得不是很顺利，尤其是虎牙的副秘书长，小有争议，可大势所趋，有异议的人也无奈，于是虎牙得逞。走出小会议室的门，已经十一点了。我刚给虎牙发过短信，肖的短信也及时而至：“我一会儿过去吧？”

“不行，姐姐在。”

“那你来我这里。”

这副口气显然是不容置疑的。我反感顿生：你凭什么用这种口气跟我说话？你有什么资格？我是你什么人？睡过几次就有这种权利了吗?

“跟姐姐不好交代。”我回。

“是不想要我了吗?”

我笑，这娇撒的。不过他说得不错，我是不想，尤其今天。当然，这么想可以，这么说不可以。

“真是因为姐姐在这里。”

“怕她吗？她管得着你吗?”

我又笑。是啊，姐姐管不着我。她怎么能管得着我呢？但是，今天晚上，我就是不想。究其原因，可能还真就是因为姐姐。

“不好意思。”想了半天，我用这四个字回了他。这四个字是双关的，既可以理解为怕姐姐看出端倪而觉得羞惭，也可以理解为对他的致歉。整天办杂志，这点语言的小技巧，我还是擅长的。

“我明天下午就走，不知何时才能再见?”——有恳求的意思，当然也可以解读为委婉的威胁。

我有礼有节地回复：“来日方长。”

刚刚按下发送键，手机又响，是老拖的来电，只一句：“来我这里坐一会儿吧。”说完便挂断了电话。这副口气更是不容置疑的。当然，他有理由不容置疑：刚刚给我办过事嘛，有理由居功自傲嘛。我答应着，暗叹这个老家伙的狡猾：绝不发短信，短信可以让对方假装没收到，或者有思考和推脱的余地，直接打手机就压缩掉了对方所有的作弊空间。没的说，姜还是老的辣啊。

切。

我马上又打通了虎牙的电话——都是她给我惹的祸，我当然不会一个人去虎口探险。没有比她更合适当电灯泡的人了，名正言顺地去感谢嘛。

“欢迎，欢迎!”看到我和虎牙同时出现，老拖的笑容不露丝毫破绽。当然，我也看到了他镜片后面意味深长的寒光一闪。但我只当没看见。只要我没看见，他再闪也白闪。

两女一男，我和虎牙把老拖的房间聊得莺莺燕燕、高潮迭起。将近十二点的时候，我看了看手机，道：“哎呀，都这个时候了，我们真是太没眼色了。真该走啦。您老就听着黄河的涛声晚安吧。”

出了老拖的房间，我就关掉了手机。

九

进到房间，姐姐正在用纸巾擦地毯。她蹲在地上，认认真真、细细腻腻地擦着，膝盖都快要着地了。

“刚才喝茶的时候没注意，把杯子碰落了。”她说，“茶叶可碎了，不好捡。”

我纳闷，茶叶？她从我行李箱里拿茶叶了？我的茶叶并不碎啊。——宾馆里的袋装茶我是从来不动的。我蹲下身，立马就明白了：她把袋装茶的茶袋给拆开了。她不懂怎么喝袋装茶。她不懂。

“别捡了。”我说，“明天让服务员来收拾。”

“罚钱不罚?”

“不罚。”

姐姐站起来，长吁了一口气。

房间里的电话突然响了，我还没有说话，姐姐就飞快地接了起来，她只说了一个字：“啥?”之后又拿着话筒听了很久，才挂断了电话，她纳闷地看着我说：“有个女的打电话来，问需不需要服务，我还没听明白呢，她就挂了。”

“别理她。”我说。

“不会耽误你啥事吧?”

“不会。”

姐姐放心地点点头，开始脱衣服。脱得很净，一副要去洗澡的样子。

“又去洗澡?”我问。

“趁着你的好水，再洗洗。”

她刚脱完，电话又响，姐姐看了看我，我示意她去接电话。她接了之后，只说了一个字：“哦”，就挂断了电话。然后对我说：“是个男的，说他打错了。”

我微笑，肯定是肖。他没打错。这下，他该放心了。

姐姐朝卫生间走去。姐姐在浴缸里站立。姐姐打开了水。花洒罩住了姐姐的身体。我肆无忌惮地、默默地看着姐姐洗澡。那是我的姐姐。那个人，是我的姐姐。忽然间，我有些恍惚——不，不能说是忽然，虽然似乎是越来越明白，但现在我恍惚的时候俨然是越来越多了。

我在床上坐下。床上是姐姐堆着的衣服。洗澡，这么频繁地洗澡……我还是觉得有些异样。我拿起衣服，闻了闻，有一股淡淡的白酒味儿，还有一股淡淡的黄金叶味儿。

姐姐洗完澡，便钻进了被窝。我关掉了灯。黑暗中，我也知道有必要说点什么，就是这样，要是一个人，说睡也就睡了。两个人这么睡了，就是不合适。况且她还是我姐。她还说过想说说话，所以不能就这么睡，不得体。

……

“姐。”

“嗯。”

“最近教会活动多吗?”

“多。我给你说，信教可有意思了。回头我先给你一本《圣经》，你先看着。”

“不用，我有。”

“那你得了空儿好好看看。”

“嗯。”

……

“姐。”

“嗯。”

“还记得那一年你舍不得把你穿小的衣服给我的事吗?”

“唉，那时候，小。”

……

“姐。”

“嗯。”

“缺钱吗?”

“不缺。这个房子的拆迁款要是到手了，少说也有十万。”

“新房子乡里给盖?”

“嗯。正盖着呢。快好了。在镇子边上。楼。”

久久的沉默。似乎没什么好说的了。可我觉得还是有必要再说些什么。可是，说什么呢?

“姐。”

“嗯。”

“他来了？”

“谁？”

“他。”

黑暗中，她带着风声，呼地一下子坐了起来。

“你……咋知道？”

我沉默。终于，她又扑地一声躺了下去，“嗯”了一声。

“你们……怎么就好上了呢？”

“那年，他回来参选，有人夜里打他，我正好路过，给他伸了把手。后来，我这个房子，镇上要拆，他一直给我顶着……就好了。他人好。”

“小心点儿，别让姐夫知道。”

姐姐笑了：“傻话。其实，都忙，人多言杂，凑到一块儿可不容易，我跟他，没几次。你……也有吧？”

“没有。”

“瞅准了，能有的话，也有一个。要不然，这一辈子，老亏。那一年，你跟孩子他爸，不是也差点儿离了？”

“嗯。”

……

“姐。”

“嗯。”

“你困了？”

“嗯。”

“那，咱们睡吧。”

“中。”

十

姐姐的床上，很快响起了呼噜声。我静静地看着窗外无尽的黑夜。姐姐的呼噜声让夜越发地静了。深深地陷在床中央，我忽然觉得有些飘忽。忽然觉得自己很小，很小，小得像粮仓里的一颗麦子。

我睡不着。

打开床头的阅读灯，我拿起一本宾馆配送的杂志，随便翻到某页读了起来。是一篇小散文，说婚外恋的：

……婚姻是什么？社会的、经济的、家庭的、传宗接代的……诸多大梁把它造成了一所复杂且坚固的房子。房子里琳琅满目，都是生活的必需品。而婚外恋呢？它是森林深处的一方草地，两人相遇，躺在上面，星光熠熠，月光溶溶，花香如酒，鸟鸣如歌……

它在婚外，婚姻所有的功能和用处，它都不必考虑。它是最纯粹的那点儿爱，它是最朴素的那点儿爱，它是最简单的那点儿爱，它也是最可怜的那点儿爱。它的存在，除了爱本身以外，不再有任何意味。

忽然想起那年我去敦煌看到的月牙泉。月牙泉，它孤零零地汪在那里，如一只无辜的眼睛，让人心疼，仿佛一弯稍纵即逝的奇迹。

在我的想象中，真正优质的婚外恋就是这样的奇迹。

……

我笑了。呵，可真会写。我也去过敦煌，我也看过月牙泉，我也知道月牙泉外是漫漫黄沙，可我怎么就想不到这些呢？看看这些句子——

所以啊，最娇弱、最清澈、最甘甜的月牙泉，当你碰到它的时候，如果你情不自禁地躬身去掬。那就去吧。

不要问月牙泉的以后，也不要问月牙泉的将来，更不要去环顾那一望无际的漫漫黄沙。那些都在月牙泉外，在你本来就很微渺的步履之外。

你只需看月牙泉。静静的，默默的，看着月牙泉本身。

……

我合上杂志，不能再看了。这篇狗屁小散文勾出了我的难过。我抵抗一切让我难过的事物。活到了这把年纪，我想抵抗一切难过。可是，不行，还是难过起来了——不，不是为婚外恋难过，婚外恋本身没什么好难过的。要难过我也就不此起彼伏地恋着了。那是为什么呢？好像是为姐姐，但又不全是。那到底还为了什么呢？嗯，好像还有那个词：月牙泉本身。对，这个月牙泉本身也让我难过。那么这又是为了什么呢？嗯，好像，好像我曾经就是那个本身。是吗？我曾经就是那个本身吗？如果我曾经是那个本身，那我到底是怎么干涸到这步田地的呢？

脑袋里顿时漫漫黄沙。我忍不住又笑起自己来：切，就你？别糟蹋月牙泉了。

我翻过身，看着姐姐。姐姐此时只是一个轮廓。我看着她。这是我的姐姐，我和她是一个父母，我和她曾经是那么近，后来变得那么远。现在，此刻，又是那么近。明天之后，又会是那么远。我和她，这样的晚上，很可能只有一个。那么，这个唯一的晚上，是不是也如那篇文章所言，是一个月牙泉呢？

我的心里忽然涌起一种无边无际的恐惧。

“姐。”我喊。

她仍然睡着。

“姐！”我提高了声音。她的呼噜声停顿了片刻，又响起来。

“姐！”我更大声。

“嗯？”她应答，“咋了？”

“我……有点儿冷。”

她坐了起来，有些茫然地怔了片刻，摸索到我的床边，道：“别是发烧了吧。”然后，她摸了摸我的额头，道：“不烧。”又摸了摸我的被子，道：“这被子是有点儿薄。你秉性瓤，不顶。”

她打开灯，在房间里搜寻起来，但是没有多余的被子。她想了想，把她的被子搂了过来，道：“咱们挤一块儿睡，你就不冷了。”

姐姐的呼噜声在耳边重新响起。她厚实的背紧贴着我的背。我在姐姐温暖的体温里，静静地看着窗外无尽的黑夜，泪忽然无声无息地流了出来。我没有擦，任它在内眼角那里越聚越多……

我忽然想：这一洼小小的泪，衬着我黄色的皮肤，是不是也有点儿像沙漠里的月牙泉呢?!

（《西部》2011 年第 2 期，获第二届“西部文学奖”）

图书在版编目（CIP）数据

一个下午的延伸 / 乔叶著．— 北京：作家出版社，2015.12
（名家小说集）
ISBN 978-7-5063-8611-1

Ⅰ．①一… Ⅱ．①乔… Ⅲ．①短篇小说—小说集—中国—当代
Ⅳ．①I247.7

中国版本图书馆 CIP 数据核字（2015）第 310388 号

一个下午的延伸

作　　者： 乔　叶
策 划 人： 杨晓升
责任编辑： 张　平
装帧设计： 薛冰焰
出版发行： 作家出版社
社　　址： 北京农展馆南里 10 号　　**邮　　编：** 100125
电话传真： 86-10-65930756（出版发行部）
86-10-65004079（总编室）
86-10-65015116（邮购部）
E-mail：zuojia@zuojia.net.cn
http：//www.haozuojia.com（作家在线）
印　　刷： 北京盛兰兄弟印刷装订有限公司
成品尺寸： 130×185
字　　数： 176 千
印　　张： 11
版　　次： 2016 年 8 月第 1 版
印　　次： 2016 年 8 月第 1 次印刷
ISBN 978-7-5063-8611-1
定　　价： 48.00 元